novum pro

AF009973

Das Verhängnis von Al Ard

Walter Siegfried Lorenz

novum pro

www.novumverlag.com

Bibliografische Information
der Deutschen Nationalbibliothek:

Die Deutsche Nationalbibliothek
verzeichnet diese Publikation in
der Deutschen Nationalbibliografie.
Detaillierte bibliografische Daten
sind im Internet über
http://www.d-nb.de abrufbar.

Alle Rechte der Verbreitung,
auch durch Film, Funk und Fernsehen,
fotomechanische Wiedergabe,
Tonträger, elektronische Datenträger
und auszugsweisen Nachdruck,
sind vorbehalten.

© 2018 novum Verlag

ISBN 978-3-99064-129-3
Lektorat: Katja Wetzel
Umschlagfoto: Walter Siegfried Lorenz
Umschlaggestaltung, Layout & Satz:
novum Verlag

Gedruckt in der Europäischen Union
auf umweltfreundlichem, chlor- und
säurefrei gebleichtem Papier.

www.novumverlag.com

Inhaltsverzeichnis

Vorwort 7
Geboren aus dem Licht 8
Born out of the light 9

ERSTES BUCH

1. Morul 13
2. Der Berg ruft 17
3. Viehzeug 22
4. Orientierung 25
5. Die Hochzeit der Dreel 29
6. Enthüllungen und neue Fragen 33
7. Dimensionstransfer 41
8. Kalis böse Schwester 49
9. Der Gesang der Wale 52
10. Eine Stadt über dem Meer 62
11. Sahashrel 71
12. Eine Insel wird zu klein 81
13. Jagd auf Hanaquik 88
14. Die Trauminsel 91

ZWEITES BUCH

15. Die andere Seite 109
16. Der Ringwall 122
17. Ifran, das Würgemaul 129
18. Die Ebenen von Deraar 141

19. Ohmquart 155
20. Das Tribunal 164
21. Invasion 170
22. Der Bote von Sachch 179

Anhang – Beteiligte Charaktere und Orte 188

Vorwort

Der folgende Roman in zwei Teilen hat die Synthese einer fantastisch-fiktiven Welt mit frei ersonnenen Gestalten und Verhältnissen mit durchaus irdischen, zeitgemäßen Strömungen und Fragestellungen zum Ziel, eine Art Märchen für Erwachsene. Zu nennen wären etwa der Umwelt- und Artenschutz, die Ausübung von Sport bis in den Extrembereich, die immer breitere Esoterikwelle mit der Bildung bestimmter besonderer Fähigkeiten und der Wellnessbereich, in der Handlung eingebettet der ewige Kampf zwischen Gut und Böse und auch dessen Relativierung. Die Frage: „Was nicht ist und was kann noch werden …?", wird nicht nur positiv, sondern auch negativ reflektiert.

Letzten Endes steht jedoch die Unterhaltung in der Art einer Fantasy- und Science-Fiction-Geschichte im Vordergrund. Dieses Genre hat mich über Jahrzehnte trotz Beschäftigung in meinem Beruf als Arzt und später in der Pension nicht losgelassen. Auch ein Quäntchen Humor sollte in dem ewigen Abenteuer Leben immer seinen Platz behalten. An dieser Stelle verzeihe man mir ein wenig schwarzen Humor. Ich konnte einfach nicht anders. In diesem Sinne viel Vergnügen beim Lesen.

Geboren aus dem Licht

Die Sterne in der Ferne
Schenken uns keine Wärme
Doch sind wir eins mit ihnen
So wie sie uns schienen
Immerdar seit ewigen Zeiten
Uns am Firmament begleiten
Die Freude tief in unserm Herzen
Lügen straft uns schon beim Scherzen
Hebt sich unser innerer Engel
Wie die Blume hat auch einen Stängel
Wie der Drachen eine Schnur
Hohe Fügung ist es nur
Dass wir es auch erleben noch
Ganz nahe nur dem schwarzen Loch
Das Boot am weiten Ozean
Auf dem See der weiße Schwan
Glauben sie sich zwar verloren
Doch sich gefunden, neu geboren,
Aus dem Lichte auserkoren.

Born out of the light

The stars residing in the distance
Will not give us warmth
But one with them we are
The way they seemed to us
Forever since eternal times
Accompany us at the firmament
The joy, residing deep within our hearts
Lie punishes us in jest
Our inner angel lifting
Like the flower also has a stem
Like the kite a string
This is the only way
That we are experiencing it, too
Only very close to the black hole
The boat, gliding onthe ocean wide
On the lake of the white swan
Wouldyou believe you're lost
But found, just newly born,
Only from the light.

ERSTES BUCH

1

MORUL

Der imposante steinerne Turm ragte weithin sichtbar am Ende einer ringsum vom Meer umbrandeten Halbinsel über 70 Meter gen Himmel auf, die Spitze über den rasch und nieder dahinziehenden Wolken, nur sporadisch sichtbar, darunter ständig von schreienden Seevögeln umkreist. Seine Erscheinung war irgendwie unwirklich, keinem bekannten Bauwerk ähnlich stand er fest auf felsigem Untergrund, als wäre er vor Urzeiten von einer längst vergessenen Kultur dort errichtet worden. Seine Machart war sogar derart fremd, dass er, wie etwa die Pyramiden von Gizeh, nicht von Menschenhand erschaffen worden zu sein schien. Ein unheimlicher Nimbus beherrschte seine Umgebung und wider Erwarten zog kein auch nur noch so schmaler Weg zu seiner Basis hinan. Oft schlugen meterhohe Wellen an dessen Grundmauern. Wetterleuchten und bläuliche elektrische Entladungen erhellten die Spitze wie ein Elmsfeuer und geisterhaft flackernde Lichterscheinungen beleuchteten in unregelmäßigen Abständen das unmittelbare Umfeld.

Irgendwie passte er nicht so recht in die ansonsten gefällige, von Felsen und wildem Thymian bedeckte Landschaft seiner Umgebung, die wilden Schafe und Ziegen der umgebenden Hügel schienen sich ebenfalls nur sporadisch, auf der Suche nach Fressbarem, in die Nähe des Turmes zu verirren, um dann bald wieder das Weite zu suchen. Auch Menschen, meist mit knorrigen Stöcken versehene Schäfer, zogen, bei dessen Anblick möglicherweise Böses ahnend, weite Bahnen um die unmittelbare Umgebung, sodass der Ort letztlich ein eher einsamer und verlassener war.

„Du Ekel!", rief Tina ihrem Spielkameraden zu, der sie mit einer langen Salve von gerade gepflückten Kletten, welche oft in ihren langen, zum Zopf gebundenen Haaren einhaken, bewarf und dabei ob des gelungenen Angriffs hämisch frohlockte, und lief angewidert davon und der gleichaltrige, etwa siebenjährige John eifrig hinten nach. Er war der Schnellere von beiden und kaum in ihrer Reichweite, hielt er sie mit beiden Armen um ihre Leibesmitte fest und beide fielen lachend und sich mehrfach überschlagend, weich in die vor ihnen liegende Wiese in hohem Gras. Er befreite sie von dem unerwünschten Gestrüpp, sie frohlockte und beide rappelten sich wieder rasch und lachend auf, um ihre Verfolgungsjagd aufs Neue fortzusetzen.

Irgendwie gelangten sie in die Nähe des seltsamen Turmes, eher unbeabsichtigt, als eine Schar aufgebrachter Raben ihre Kreise in niedriger Höhe um den Schauplatz zog. Einige setzten sich kurz, um dann aufgeregt unter Zetern wieder hochzuziehen und sich dabei langsam dem Bauwerk zu nähern.

Unvermittelt verdunkelte sich die gesamte Umgebung und lediglich das unirdische Wetterleuchten in schwindelnder Höhe erhellte die Szenerie in einem fahlen, indigofarbenen, wechselnd intensiven Licht. Ein langsam anschwellendes Summen erfüllte die Luft ringsum und erst einzelne, dann hunderte und tausende fette, schwarze Fliegen umschwirrten eine fußballfeldgroße Fläche rund um die Basis des Bauwerkes, wo sich ein süßlicher Geruch langsam breitmachte. Tina und John stutzten und hielten jäh inne, blickten wie erstarrt auf die sich entwickelnde seltsame Szenerie. Sie wechselten kein Wort, als sich plötzlich das Unfassbare ereignete.

Irgendwelche Gegenstände fielen vom Himmel. Erst waren sie nur vereinzelt, dann prasselten massenhaft erst kleinere, dann auch Objekte von beträchtlichem Ausmaß aus großer Höhe ins Gras. Es waren Tierkadaver, besser gesagt, nur Teile davon, Hufe, Teile von Gedärmen, Stierköpfe und Schweinebäuche, ja halbe Pferdegestalten, Kot und schmieriges Blut explodierte dumpf beim harten Auftreffen, Knochen splitterten, die grausigen Massen schleuderten in alle Richtungen. Tina und John, erst wie erstarrt, suchten entsetzt das Weite, als sich Myriaden von Fliegen an den Brocken zu schaffen machten, der süßliche Geruch wurde unerträglich. Schwärme von Raben und Seevögeln machten sich an den Kadaverresten zu schaffen, als der Segen von oben langsam nachgelassen hatte. Einem Pferdekopf waren irgendwie die Augen abhandengekommen, stattdessen wanden sich mehrere graue, glatte Aale aus den leeren Höhlen, den Nüstern und der halb geöffneten Schnauze. Auch einigen der geschlängelten Tiere fehlten Teile ihrer Körper, andere jedoch wanden sich mit leise schlürfendem Schmatzen, um sich an den Resten des Kadaverteiles gütlich zu tun. Der lautlose Tod wurde nur durch Geräusche der Aasfresser durchbrochen, die sich um die Brocken zankten. Das Meer hatte sich mittlerweile beruhigt und bei Windstille und drückender Hitze bewegte sich langsam ein zigarrenförmiger Schatten über dem Ort des Schreckens. Ein etwa 30 Meter langes Luftschiff war auszumachen, welches langsam in Richtung der offenen See dahinglitt. Sein silberfarbener, ansonsten schmuckloser Körper wurde immer kleiner, um sich dann irgendwo in Höhe des Horizontes zu verlieren.

„Das ist vielleicht eine Sauerei!" Sergeant Harper lüftete seine blaue Kappe und wischte sich den Schweiß von der Stirn. Die Kinder hatten im einige Kilometer entfernten Ort die Schauermär rundweg in der Polizeistation gemeldet, wo ihnen zunächst nur zögernd Gehör geschenkt wurde. Die Geschichte klang ja wirklich zu seltsam, um wahr zu sein, bis man sich ein Herz fasste und letztlich nachgab.

Der stämmige Gesetzeshüter stand noch immer stramm da und blickte fassungslos auf das Schlachtfeld, welches sich ihm darbot. Eine Insel war ein überschaubares Areal und ein derartiges Ereignis würde hier natürlich große Wellen schlagen, das war ihm klar. Er nahm sich jedoch vor, pragmatisch vorzugehen, was sich viel später als recht nützlich erweisen würde. In der nächsten Stadt am Festland befand sich ein veterinärmedizinisches Institut, welches er kontaktieren würde. Den gefräßigen Raben hatten sich mittlerweile größere Vögel beigesellt, Geier und Bussarde, die einander jeden Bissen streitig machten. Dem musste Einhalt geboten werden, sonst gab es bald nicht mehr viel, das untersucht werden konnte. Die lokale Feuerwehr würde den Haufen mit einer Plane abdecken und die Massen verendeter Tiere würden dann mittels Lastwagen und Fähre an den Ort der Bestimmung gebracht werden. Dies musste rasch geschehen und Harper setzte sich an den Funkapparat seines Wagens und organisierte alles Nötige. Es wurde langsam Nachmittag und die Hitze war noch immer lähmend, doch das durfte keine Rolle spielen. Die Sache musste geklärt werden. Da konnte ja jeder seinen Mist irgendwo abwerfen und sich danach nicht mehr darum kümmern. Außerdem bestand naturgemäß Seuchengefahr. Der Schuldige musste eruiert werden, die Hintergründe der Tat durchleuchtet. Harper konnte es immer noch nicht fassen – wer machte denn so etwas?

2

DER BERG RUFT

Anderswo auf der Welt konnten die Berge nicht hoch genug sein. Der Himalaja, die Anden, die Alpen schon längst und alles immer wieder – auf neue oder unorthodoxe Weise, um dem Leben auch jeden Atemzug regelrecht abzutrotzen, machen es die Extrembergsteiger. Besser als jede Droge schaffte es Mutter Natur immer wieder, für den richtigen Kick, die ständige Gratwanderung zwischen dieser Welt und dem Unbekannten, zu sorgen. Man musste nur mutig, fit und ausdauernd genug sein, um sich in einer derartigen Disziplin behaupten zu können. Die meisten Pionierleistungen waren jedoch bereits vollbracht, abgesehen von noch waghalsigeren, an Wahnsinn grenzenden oder darüber hinausgehenden Aktionen, die leider auch immer wieder ihren traurigen Tribut forderten.

Eridan Scott und Ricky Weeler, beide aus Christchurch, Neuseeland, wollten es dem guten alten Sir Edmund Hillary letztlich irgendwo nachmachen, obwohl diesmal nicht auf dem Everest, sondern auf dem K2. Nachdem sie den Rest der Bergsteigergemeinschaft und die Sherpas hinter sich gelassen hatten, waren sie vom siebten Lager früh morgens um 4:00 Uhr bei stabilem Wetter und einigermaßen guter Vorhersage zum letzten Gipfelsturm aufgebrochen. Trotz der in mehreren Wochen erworbenen Polyglobulie, einer Vermehrung der roten Blutkörperchen auf etwa das Doppelte, um den auf großer Höhe nur mehr gering vorhandenen Sauerstoff besser zu nutzen, bedeutete jeder Schritt, ja, jede Bewegung ein hohes Maß an willentlicher Anstrengung und körperlicher Überwindung der Schmerzen in den Gelenken, oft bis auf das Äußerste – doch ohne Fleiß kein Preis beziehungsweise Genugtuung über das Geleistete. Schon jetzt bot sich eine atemberaubende, ans Unirdische grenzende Aussicht auf die übrigen Achttausender, der Blick nach oben ließ das Dunkel des Weltraums erahnen. Doch die Sonne schien bereits über dem Horizont und die Wetterverhältnisse boten eine klare Sicht in die Ferne, weit über hundert Kilometer hinaus.

Bewaffnet mit Pickel, Seil, Haken und Ösen und allerlei Hightech ging der unternehmungslustige Scott voraus und bahnte sich, jeden Schritt, jede Bewegung vorsichtig abwägend, durch Gesteinsvorsprünge, Überhänge und Eisflächen, meterhohe Felsspalten, oft in absonderlichen körperlichen Haltungen, seinen Weg nach oben. Dabei achtete er natürlich auch auf Rick, der ihm unterhalb in einigem Abstand folgte. Alles war vorher besprochen worden, jede Passage und manchmal fast jeder Meter des Aufstiegs waren im Voraus geplant und unter den beiden Männern abgesprochen worden.

Doch die Realität sah wie so oft anders aus als die Theorie, sodass ein Fortkommen an den eisig kalten, entweder soliden oder unerwartet brüchigen Felsvorsprüngen und teils senkrechten, teils überhängenden Wänden oft nur Zentimeter um Zentimeter und unter größtmöglicher Anstrengung möglich war.

Die Luft war dünn wie gefrorenes Seidenpapier und böig scharfe Winde zerrten an jedem Zentimeter der Kleidung und den wenigen unbedeckten Hautpartien. Der Blick nach oben offenbarte vereinzelt Sterne am helllichten Tag, nach unten schien es kein Ende zu geben und gen Horizont sah man die schneebedeckten Gipfel der Sieben- und Achttausender.

Eridan und Ricky waren seit der Highschool eng befreundet, gesunde sportliche Wettkämpfe taten dieser Freundschaft keinen Abbruch, ja, sie festigten sie noch zusätzlich. Schon damals spornte der eine den anderen zu Höchstleistungen an, was auch dem Lehrpersonal und den Mitschülern auffiel, die sie enthusiastisch anfeuerten, als die Rekorde im Laufen regelmäßig von einem der beiden neu gesetzt wurden. Später kamen die Marathondisziplin und noch längere, kräftezehrende Distanzen hinzu. All diese Qualitäten im Ausdauersport kamen den beiden jetzt, da es oftmals um Leben oder Tod ging, mehr als nur zugute. Eins und eins sind elf, denn ein Team, bei dem die beiden einander nahezu blind verstanden, erhöhte gewiss die Aussichten auf Erfolg und kompensierte die unvermeidlichen Fehler von Alleingängen. So war es auch am K2, nur sollte alles ganz anders kommen, als es irgendjemand erwartet hatte. Eridan Scott hatte sich an einem Felsvorsprung hochgezogen und stand jetzt auf einer Fläche, die kaum mehr Platz bot als für seine Schuhe. Der andere kletterte einige Meter unter ihm, stets durch ein Seil gesichert.

Eridan beobachtete, wie die Lebensleine von einer Sekunde auf die nächste plötzlich erst locker und dann schlaff wurde, und als er sie erschrocken zu sich ziehen wollte, hatte er nur das Seil in der Hand. Meter um Meter zog er es zu sich hoch, bis er ratlos das Ende in Händen hielt. Ricky konnte sich unten in einem Vorsprung verschanzt haben, doch die Wahrscheinlichkeit war weitaus größer, dass er aus unerfindlichen Gründen abgestürzt war. Mit dem Gewahrwerden der Situation gewann das Entsetzen in dem Bergsteiger über die Enttäuschung, den Gipfel nicht mehr erreichen zu können, und er entschied sich zu einem geordneten Abstieg, auch um den Dingen auf die Spur zu kommen, als die Luft um ihn plötzlich flimmerte und er das ferne Panorama nur noch schwach, wie durch eine von kleinsten multiplen Wellen gebrochene Wasseroberfläche, wahrnehmen konnte. Über ihm schien der Himmel zu explodieren und gleißendes, weißes Licht machte sich in der Mitte seines Hirns breit, erreichte alle Teile seines Bewusstseins, welches er dann jedoch letztlich verlor.

Er schien noch nicht gestorben zu sein; zeitlich schier und für ihn nicht bestimmbar lange kam er nach diesem Ereignis zu sich, langsam erst wollte er sich bewegen, erst einmal die Augen, dachte er. Schwer hingen seine Lider herab und es kostete Mühe, sie auch nur einen Spalt zu öffnen. Er hatte nichts an und kauerte seitlich gelagert in Fötusstellung, die Beine zum Körper gezogen, ebenso die Arme …

Schwache Geräusche echoten in einem geschlossenen Raum, grünlich diffus erleuchtet, mit glatt glänzendem Boden, Wänden, der hohen Decke … Anderenorts kam leises Stöhnen zu ihm durch, zu seiner Verwunderung fand er seinen Freund Ricky nur wenige Zentimeter entfernt, in ähnlicher Körperhaltung am Boden liegend, der sich nur zögernd und mit eher gezwungenem Ächzen bewegte.

Eridan schaffte es, unter ziehenden Schmerzen im Nacken, seinen Kopf ein wenig zu heben. Er traute seinen Augen nicht – aus einer Ecke in mehreren Metern Entfernung trappelten drei Kaiserpinguine scheinbar ziellos umher, gleich daneben hockten zwei Pelikane mit geschlossenen Augen, einer gab einen warnenden Zischlaut von sich, weiter weg lag ein asiatischer Wasserbüffel auf seiner Seite, die Beine und Hufe von sich gestreckt, atmete er nur sporadisch wie komatös ein scharfes Aroma ausstrahlend und erzitterte in unregelmäßigen Abständen mit krampfartigem Zucken am ganzen, wuchtigen, schwarzen Körper.

In einem Anflug von Dankbarkeit, aufatmend, zumindest vorerst einmal am Leben zu sein, gewahrte Eridan eine sich in einiger Entfernung öffnende, pneumatisch bewegte Tür und, um der irrealen Situation die Krone aufzusetzen, kam ein kleiner, gebeugter, chinesisch anmutender alter Mann in einem Rollstuhl hereingefahren. Auf seinem kleinen, eiförmigen, glänzenden Kopf war nur ein kreisförmiger Rest weißen Haupthaares verblieben, auf seinem Nasenrücken ritt eine zweifach mehrere Zentimeter in den Raum ragende Teleskopbrille. Er schimpfte erregt und pausenlos in einer asiatischen Sprache vor sich hin, bis er vor Eridan haltmachte und zu ihm hinunterblickte:

„Sie müssen verzeihen, das schlechte Licht …" Dann sah er wiederum auf, um einen Eindruck von der versammelten Gesellschaft zu bekommen. Er atmete einmal tief durch.

„Ich bin Zhen-Li. Meine Augen sind nicht mehr die jüngsten, Sie wissen nicht, wie mir meine Vergangenheit heute noch zu schaffen macht, all das jahrzehntelange Bücherlesen, dann diese undankbare Computerarbeit, aber nun zu Ihnen. Sie sind nicht mehr auf der Erde." Er breitete die Arme aus. „Dies hier ist zwar ein halbwegs passabler Raum, gefüllt mit atembarer Atmosphäre und annähernd konstanter Schwerkraft, aber unsere Freunde betrachten dies natürlich nur als Zwischenstation, sozusagen einen vorübergehenden Transportraum, von dem aus es bald weitergeht."

Welche „Freunde", dachte Eridan angewidert. Der Wasserbüffel gab ein dumpfes Stöhnen von sich und hob ruckartig seinen gewaltigen Kopf, um ihn dann erschöpft wieder fallen zu lassen und mit glasigen Augen ins Nirgendwo zu starren. Neuerliches Röcheln. Ein dumpfer Knall ließ den Raum erzittern und der nächste Ankömmling landete auf wackeligen Beinen schräg hinter dem Greis. Ein Elefantenbaby von der afrikanischen Sorte. Die Beine trugen ihn bald nicht mehr, er knickte vornweg ein, ein jämmerliches Tröten von sich gebend. Noch ein paarmal mit dem rechten Ohr wackelnd, fiel er unweigerlich nach vorne seitlich weg und rührte sich dann nicht mehr. Lediglich langsame Exkursionen seines Brustkorbs verrieten seine tiefe Ohnmacht.

Eine solche, ganz verschiedener Art, befiel auch Eridan, der noch immer unter den Nachwirkungen des erzwungenen Transports litt. Der greise Chinese saß noch immer neben ihm und registrierte mit Wohlwollen die Ankunft der Menschen und Tiere, so, als hätte er über den Vorgang irgendwie die Oberhand. Hatte er die? Oder war er nur Teil eines seltsamen, von anderswo, zu welchem Zweck auch immer, gesteuerten Schauspiels?

Ricky kam langsam auf die Beine, einerseits befremdet, ob der Umstände, andererseits froh über die Gesellschaft seines Freundes. Zhen-Li begrüßte auch ihn, anscheinend um die Spannung der Lage zu mildern. Dann wendete er sich an beide: „Sie werden sehr bald erkennen, worum es bei alldem eigentlich geht und wer Ihre Gegenwart für unabdingbar hält." Mit diesen Worten drehte er seinen Stuhl auf der Stelle um einhundertachtzig Grad und verließ den Raum auf dem gleichen Weg, den er gekommen war.

3

VIEHZEUG

Anderenorts saß eine attraktive Frau, Doktor Hella Pfermann, auf dem bequemen Drehsessel ihres Büros im ersten Stock des veterinärmedizinischen Institutes der Hafenstadt. Unter ihrem geöffneten weißen Arbeitskittel trug die Dame eine eng anliegende, schwarz glänzende Lederkombination mit V-förmigem Ausschnitt bis zur Mitte des Brustbeins, an ihren Füßen ebenso schwarze, hochhackige Stiefeletten. Ihre kastanienbraunen, glatten und schulterlangen Haare waren lediglich im Nacken zusammengebunden und hingen, wie um ihrem Namen zur Ehre zu gereichen, einem Pferdeschwanz gleich, herab. Der Mittvierzigerin gruben sich bereits zwei senkrechte Falten beidseits ihres schmalen Mundes in das ansonsten hübsche, doch eher streng anmutende Gesicht, die Spur eines disziplinierten und schon länger andauernden, routinierten Arbeitslebens einer Wissenschaftlerin. Dem Durchschnitt der Männerwelt wäre sie wohl zu betont maskulin, aber es soll ja auch solche geben, die den (um nicht zu sagen Domina-) Typ bevorzugen.

Stapel von Papieren und Unterlagen lagen vor ihr und sie arbeitete eifrig an ihrem PC, hinter dessen Monitor sie sich verschanzt hielt. Sie fluchte leise über einen temporären Ausfall ihrer WLAN-Verbindung und statt bunter Bilder erschien nur eine blödsinnige Maske, die den Makel anzeigte, als die schrullige Sekretärin mit dem Doppelkinn ihr leise den vor der Tür artig wartenden Besuch ankündigte.

„Lassen Sie sie herein!" Verärgerung und zornige Ungeduld schoss ihr ins Gesicht, um sich beim Anblick der eintretenden Herren dann doch entspannt zurückzulehnen.

„Sie kommen also in der Angelegenheit, die uns nun alle schon einige Zeit auf Trab hält. Es ist schon recht ungewöhnlich, normalerweise beschäftigen sich Tierärzte mit kranken Tieren, problematischen Nutztiergeburten oder unklarer Mauser bei Papageien, aber das hier …" Sie drehte den Monitor herum und es erschienen nach und nach für jeweils wenige Sekunden Bilder von den Tierleichen und Teilen der Kadaver, aufgerissene Schlünde enthaupteter Hunde mit heraushängender Zunge, Vogelleichen verschiedener Spezies, Flossen und Knochenreste unterschiedlicher Walarten, malträtierte Meerkatzen, ja, sogar ein Arm eines Orang-Utans und eine Menge für Laien kaum zu identifizierende Körperteile. „Das ist nicht unbedingt das Werk eines geheimen buddhistischen vegetarischen Ordens, nicht wahr? Nach Eintreffen der Objekte waren wir daran, Ordnung ins Chaos zu bringen und haben die Rekonstruktion versucht. Wegen der Unzahl an Teilen haben sich die Puzzleteile erst nach und nach zusammengefügt, aber nicht ganz – irgendetwas fehlt bei jedem Tier, wobei es sich einer geregelten Systematik entzieht, was es ist. Hier zum Beispiel." Sie zeigte das Bild eines Halbaffen. „Bei diesem Tier fehlt lediglich die Gallenblase, fein säuberlich herausgeschnitten. Bei Schafen hat man sich auf deren Gehirne spezialisiert (weitere Bilder), Katzen und Hunde sind sehr übel zugerichtet und es fehlen oft mehrere Organe, doch soweit beurteilbar, fein säuberlich herausgeschnitten, die Arbeit eines Chirurgen ist es aber nicht, sonst wäre das Leben einiger Tiere noch erhalten geblieben. Oder der Chirurg hat seinen Beruf verfehlt, ein gefallener Engel, der für dunkle Mächte seltsame Dinge herbeischafft."

Die drei Herren, zwei überaus mager und im schwarzen Anzug mit Krawatte, der dritte in Polizeiuniform, saßen irgendwie verklemmt vor der Ärztin da, nur Sergeant Harper, der erste erwachsene Augenzeuge, kam bald aus seiner Reserve: „Schon der erste Anblick war verrückt, wer entledigt sich denn auf derartige Weise für ihn unbrauchbaren ‚Materials', der muss doch damit rechnen, dass andere versuchen, ihm auf die Schliche zu kommen."

„Nun ja, wir Tierärzte sind keine Gerichtsmediziner, wir können Ihnen auch nur Beweise liefern, die Bösewichte müssen eben Sie oder Leute Ihres Schlages hervor kitzeln. Die Frage ist ja nicht nur WER, sondern WOZU tut sich das einer an, wer hat solch großes Interesse an diversen Tierorganen und was macht er damit? Ungeklärte Fragen, meine Herren. Übrigens – die Sache hat mir keine Ruhe gelassen und ich habe ein wenig im ‚www' nachgeforscht, Kontakte zu anderen Instituten strapaziert und bin zu einem alarmierenden Ergebnis gekommen. Ähnliche Ereignisse traten in den letzten Wochen an verschiedenen Orten der Welt auf, zum Beispiel regnete es in Westkanada haufenweise Grizzlys und Wolfsrudel, die Tiere mit argen Mutilationen. In Australien stranden die Wale in letzter Zeit weniger, als dass sie einfach vom Himmel fallen, selbstverständlich nicht in irgendjemandes Vorgarten, sondern irgendwo im Outback, wo die Tiere erst tagelang danach, fast verwest, von Farmern gefunden wurden."

Einer der mageren Herren regte sich jetzt und meinte zurückhaltend, aber bestimmt: „Ja, Frau Doktor, unsere Leute haben von Vorkommnissen dieser Art bereits erfahren und auch dort sind Expertenkommissionen mit der Aufklärung beschäftigt. Wir wären an einer weiteren Zusammenarbeit mit Ihrem Institut sehr interessiert und würden Sie um Material betreffend dieses Falls bitten. Lars Engholm, Staatlicher Sicherheitsdienst." Er zeigte eine Marke her und die Ärztin nickte nur betroffen und verständnisvoll, dann überreichte sie Engholm einige CDs mit zahlreichen Unterlagen. Die Herren erhoben und verabschiedeten sich höflich einer nach dem anderen, um eine ratlose und traurige Frau zurückzulassen. Sie hatte ihren Beruf ergriffen, um Tieren zu helfen, wenn derartige Missgriffe an der Natur jedoch Schule gemacht hatten, oder einfach nur in gleicher Art und Weise fortgeführt wurden, waren die Auswirkungen auf Dauer wohl auch verheerender als der dumme, von wenigen Ländern noch geduldete Walfang. Wozu wurden noch Arten geschützt, wie lange mochte es dauern, dass auch noch andere vor dem Aus standen? Die Ereignisse waren wohl von noch größerer Tragweite, als ursprünglich befürchtet. Tiefe Sorge stand in ihrem Gesicht geschrieben, als sie sich wieder der täglichen Routine ihrer Arbeit widmete.

4

ORIENTIERUNG

Eridan und Ricky konnten sich in ihrem unfreiwillig gewählten Aufenthaltsort letztlich doch aufrichten und beide beklagten das Fehlen jedweder Kleidung. Wie bestellt erblickten sie in einer noch freien Ecke fein säuberlich gestapelte, orange leuchtende Kombinationen. Sie waren aus ihnen unbekanntem, offenbar jedoch sehr widerstandsfähigem Material, dessen Beschaffenheit eher pflanzlicher als künstlicher Herkunft zu sein schien, fabriziert worden. Nachdem sie behände hineingeschlüpft waren, stellten sie fest, dass sich das Gewebe ihrem Körper fast lückenlos anlegte, so als wäre der Faser ein eigentümliches inneres Leben zu eigen. Die Overalls hatten mehrere aufgesetzte Taschen, man hatte sich bei der Herstellung demnach Gedanken über deren Effizienz gemacht. Wie auch immer, während beide nach dem Besuch des Chinesen offenbar wieder in Erschöpfungsschlaf gesunken waren, hatte man das Zimmer geräumt und gereinigt, von der seltsamen Ansammlung beklagenswerter Tiere war einschließlich derer Ausscheidungen und Gerüche nichts mehr zu merken, stattdessen lag ein Hauch von Ozon in der Luft.

Wie als Anspielung auf das Erlebte bemerkte Ricky: „Tiger und Löwen haben da noch gefehlt, dann wäre der erste Weltraumzoo wohl bald komplett. Die Saurier von anno dazumal waren ja Gott sei Dank nicht dabei."

„Was nicht ist, das kann ja noch werden", meinte Eridan und blickte auf seine nagelneuen braunen Laufschuhe herab, die sich gut anfühlten. „Man hat uns zwar nicht eingeladen, das Zimmer zu verlassen, aber – worauf warten wir eigentlich? Ich bekomme langsam Platzangst. Außerdem will ich wissen, was das alles hier soll. Wer entführt da Tiere und Menschen und was bezweckt er damit? Ich glaube kaum, dass wir an diesem Ort hier eine Antwort bekommen, zudem habe ich langsam Hunger …"

Als hätte man ihr Gespräch belauscht (wahrscheinlich hatte man das sogar), öffnete sich die pneumatische Tür, um einen Weg zu dem Geländer, hoch über einer riesigen Halle befestigt, freizugeben. Ein diffuses, etwas intensiveres Lichtblau dominierte die dortige Umgebung. Die beiden Ankömmlinge gingen die wenigen Schritte, um sich mit beiden Händen am dortigen Geländer festzuhalten, und blickten ebenso gebannt wie verwundert auf das Schauspiel, welches sich ihnen bot. Die Schwerkraft betrug auch hier etwa 0,8 g, sodass man sich ein wenig leichter fühlte, was natürlich der Haftung und Bewegungsfähigkeit kaum einen Abbruch tat, Letzteres sogar etwas begünstigte.

Direkt vor, über und unter ihnen öffnete sich der Raum und Geräusche unterschiedlichster Herkunft warfen von den teils auch ferneren Wänden ihr Echo. Die Halle mochte wohl gut einen halben Kilometer lang und einhundertfünfzig Meter hoch wie auch mindestens so breit sein. Auch eine bogenförmig den Raum überspannende Decke war von hellblauem Licht diffus geflutet. Vor ihnen tat sich jedoch ein Abgrund auf, links und rechts führte ein langer, an beiden Seiten mit Geländern bewährter, geschwungener Weg ohne Stufen über mehrere Stationen mit ähnlichen, vermutlich pneumatischen Türen unterschiedlichen Ausmaßes hinab. Eigenartige, eiförmige Luftfahrzeuge schwebten offenbar entlang vorgegebener Routen von Ort zu Ort, deren Antriebssystem wie auch ihr etwaiger Inhalt blieben jedoch im Verborgenen. An manchen Orten stoppten sie, wie von Geisterhand gelenkt, bis zum Stillstand in Schwebe abgebremst, und entließen, ohne dass man dabei eine Öffnung der Außenhaut der Gefährte gewahr wurde, offensichtlich teils-emenschenähnliche, teils völlig anders geartete Gestalten in die nähere Umgebung der Fahrzeuge. Ricky beobachtete eine solche sich näher befindliche Gruppe: Neben Menschen mit kahlen Schädeln in weißer Uniform, tummelten sich auch bläulich schimmernde Wesen mit an der Unterseite heraus sprossenden zahlreichen sich schlangenförmig windenden Tentakeln, welche einem einer Halbkugel gleichenden Körper an der Basis entsprangen und eine dünne Schleimspur wie bei Schnecken unter und hinter sich ließen. Fünf große Augen blickten traurig in alle Richtungen des Raumes. Daneben gab es auch zuweilen glasig transparente, in zahlreichen Farben wechselnd irisierende menschlich anmutende Gestalten, deren übriges Verhalten durchaus unauffällig wirkte.

Von diesen Bereichen verteilten sich dann die Individuen und strömten unterschiedlichen Gerätschaften zu, welche oft maschinellen Charakter aufwiesen oder gänzlich fremdartige, trichterförmige und schlauchartige Strukturen aufwiesen, die zuweilen bündelweise miteinander kommunizierten und mit größeren, merkwürdigen Kuppeln und kugeligen Gebilden, umgeben von einem wulstig vorgewölbten Äquator, verbunden waren. Alles in allem machte der Ort am ehesten den Eindruck einer Fabrik, durchsetzt von diversen Kontrollzentren. Was hier fabriziert werden sollte, blieb dem Betrachter jedoch verborgen.

Die Blicke der beiden lösten sich von diesem Anblick, als sich ihnen von unten her eine kleine Gruppe langsam näherte. Eine der Personen war Zhen-Li in seinem Rollstuhl, der im Gespräch mit einem der beiden anderen heftig gestikulierte. Er beruhigte sich jedoch schlagartig, als er vor den Bergsteigern zum Stillstand kam. Mit einer ermutigenden Kopfbewegung blickte er von dem einen zum anderen, diesmal durch eine normale Brille.

„Ich möchte Ihnen zwei Freunde vorstellen." Er wies auf die Person rechts von ihm, einen hochgewachsenen, schlanken jungen Mann mit festem, jedoch entspanntem Blick, kurzem, grauweißem Haar und graublauen, milde dreinschauenden Augen. Er verbeugte sich fast unmerklich. Der Alte fuhr fort: „Esmariel weiß viel über unseren eigenen Heimatplaneten und auch über die Welt hier und wird euch viele eurer Fragen beantworten können. Das Wichtigste aber ist für euch vermutlich … Ihr wollt wissen, warum ihr so gegen euren Willen entführt worden seid. Die Antwort ist, an euresgleichen ist etwas Besonderes. Ihr habt Fähigkeiten, die hier vonnöten sind und es steckt in euch beiden viel mehr, als ihr selber wisst. Wir haben eure genetische Sequenz der Basenpaare genau erfasst, zufällig seid ihr Abkömmlinge eines auf der Erde sehr alten Entwicklungsstadiums der Menschheit, welches vor etwa 8000 Jahren weitgehend verschwunden ist. Ihr seid das fehlende Bindeglied zu der Gesellschaft hier auf Al Ard – so heißt dieser Planet, auf dem wir uns befinden. Den Rest wird euch Esmariel näherbringen, er kann das besser als ich, nicht wahr?" Er blickte auf seinen Begleiter. „Ja, Herr Professor, wenn Sie meinen."

5

DIE HOCHZEIT DER DREEL

„Sie werden heute Augenzeugen einer ganz besonderen Feierlichkeit, einer Hochzeit unserer Dreel. Sie haben uns liebenswürdigerweise eingeladen, dem Ereignis respektvoll beizuwohnen." Esmariel gesellte sich zu seinen beiden Bergsteigerfreunden und erblickte ein Szenario, das seinesgleichen anscheinend suchte. Seine graublauen Augen begannen plötzlich zu glänzen, er blickte wie gebannt auf das sich entwickelnde Schauspiel.

„In Ausschöpfung ihrer genetisch determinierten Prospektive haben die Wesen bereits in grauer Vorzeit ein kompliziertes Fortpflanzungsmuster entwickelt, bei dem nach und nach notwendigerweise fünf verschiedene, jedoch gleichwertige Geschlechter ausgebildet wurden. Diesem Prinzip zufolge nehmen an den kleinsten entsprechenden Lebensgemeinschaften auch fünf Individuen teil, deren jeweilige Aufgaben sozusagen bereits von der Wiege an vorgegeben sind. Sie halten auch ihr ganzes Leben, sich gegenseitig in allen Lebenslagen unterstützend, zusammen. Durch Koalition, einem biologischen Verhalten, zu dem sonst nur wenige, auf der Erde nur niedere Wesen imstande sind, können die Partner auch tatsächlich physisch miteinander verschmelzen und bilden dann hier auch ein einziges Ich-Bewusstsein aus, in welchem, nebenbei gesagt, die besonderen Fähigkeiten der Spezies, nämlich Telepathie und Trauminduktion, potenziert werden. In Zeiten der Not oder Bedrohung, etwa durch andere feindlich Gesonnene, eine wirkungsvolle Waffe. Sie können jedoch jedes fühlende Wesen in ihren Bereich hineinführen, mit oder gegen deren Willen und ganz nach Belieben." Er wendete seinen Kopf und blickte auf Eridan herab: „Sie lassen dich träumen, Eridan!"

Auf einem Areal von etwa 30m Durchmesser wurde der Hallenboden frei, und eine Gruppe von 40 bis 60 Dreel begann mit einer gemächlichen, gegen den Uhrzeigersinn laufenden Prozession, gleich einer Spirale, der sich mehr und mehr der Wesen anschlossen. Nach einigen langsamen Umdrehungen sonderten sich einige aus dem inneren Bereich vom Rest ab und begannen mit einem vorsichtigen, aber zielstrebigen „Marsch" direkt auf das Zentrum, wobei jedes Individuum, ähnlich einem Chamäleon auf einem Ast, gleichsam zwei Schritte vor und einen zurück wanderte. All das wirkte wie ein ritueller Tanz. In diesem Bereich bildete sich kuppelförmig wenige Meter darüber hängend eine Wolke aus bläulich schimmerndem Tau, welcher immer dichter wurde und periodisch kaum merklich fluktuierte. Ein Auf und Ab leisen hochfrequenten Singens, wie von Hunderten kleinen Vögeln, erfüllte die Luft ringsum, als fünf der molluskenartigen Geschöpfe, jeweils eine dicke Schleimspur hinter sich herziehend, einander in der Mitte trafen. Dort gaben sie dann ein wechselnd intensives bläuliches Leuchten an ihre Umgebung ab und aus der Wolke darüber regneten frische Tautropfen, die die Körper von oben her benetzten. Sie kondensierten über und um sich derart wohl selbst eine feuchte Umgebung. Als sich das Pulsieren der Wesen synchronisiert hatte, war wohl der Höhepunkt der Zeremonie erreicht. Nach wenigen Minuten der Hochspannung, in denen, als wären sie voller Glücksgefühle, offenbar telepathisch erzeugte Wellen voller Güte und Liebe alle Beobachter erreichten, begannen sich zahlreiche, wenige Zentimeter große Patzen Schleims in unterschiedlich leuchtenden Farben von den Mutter- bzw. Vatertieren zu lösen, indem sie sich über den kuppelförmigen Körpern der Eltern, eingebettet in eine klebrige Schicht, bewegten. Das Verhalten des Nachwuchses der Dreel erinnerte entfernt an das vieler Spinnenarten, die auf den Rücken der Elterntiere Schutz und Halt fanden und von Letzteren rührend umsorgt wurden. All dies nahm lediglich eine Zeitspanne von einer Viertelstunde in Anspruch. Danach lösten sich zögernd die engen Bande und die fünf mit zahlreichen Kleinstwesen auf deren Rücken Beladenen schleimten wieder in verschiedenen Richtungen davon, wobei die Farbe und Zeichnung wie zur Tarnung vom Bläulichen bis ins tief Rotbraune wechselte. Sie würden die nächste Zeit vollauf mit der Pflege ihrer Kleinen beschäftigt sein, die sich vorerst von abgesondertem Sekret ihrer Eltern ernährten.

„Es wird gut drei der Jahre auf der Erde dauern, bis sich die Jungen zu adulten Individuen entwickelt haben, dabei werden Fähigkeiten und zusätzlich Erlerntes von der Gesamtheit auf das Individuum übertragen – derart wird eine Form kollektiven Bewusstseins über viele Generationen erhalten.

Stirbt jedoch ein Dreel, entweder gewaltsam, durch Krankheit oder einfach nur an Überalterung – sie werden im Schnitt gut ein Menschenleben alt –, gehen alle Erfahrungen des einen auf das Ich der Gesamtheit über. Das Ego-Bewusstsein der Gruppe kann telepathisch aufrechterhalten werden, selbst wenn man vom Tod, physisch getrennt von der Familie, ereilt wird. So wird einem realen Sterben dessen, was das Einzelwesen ausmacht, gewissermaßen der Stachel genommen und auch der oder die oder wie auch immer geartete Einzelne lebt im Gemeinsamen weiter und kann neue Erfahrungen sammeln. Manche erscheinen in einem der neugeborenen Jungwesen wieder, andere vereinen sich mit einem der älteren. Faszinierend, nicht wahr?" Esmariel blickte ehrfürchtig auf die versammelten Dreel und dann wieder auf Eridan und Ricky, der meinte:

„Dem Tod ein Schnippchen geschlagen, ei der Daus, wer hat schon vorher von so etwas gehört?"

„Die Wale und Delfine ... die sprechen und verstehen nämlich die Dreel, man hat es herausgefunden. Und man beneidet sie darum, wenn ich richtig informiert bin."

„Und wie haben SIE das herausgefunden, Esmariel, beherrschen Sie vielleicht auch deren Sprache? Auf der Erde hat man dies meines Wissens bis jetzt noch nicht geschafft, obwohl man sich wirklich bemüht hat", meinte Eridan herausfordernd.

„Die Dreel haben es uns auf telepathischem Weg geflüstert, Eridan, wir sind mit ihnen bereits seit Jahrtausenden vertraut, wissen Sie?"

„Und woher kennen Sie unsere Wale? Blöde Frage, die klauen Sie sich ja immer wieder von uns. Wie konnten wir nur so blöd sein, uns auf euch einzulassen, ihr stehlt uns unsere Erde, unsere

Tiere, Pflanzen und nun auch noch uns Menschen! Wir sind für euch nichts anderes als Versuchskaninchen, stimmt's?"

Ricky, der cholerisch veranlagt war, kam dem eher phlegmatischen Eridan zuvor, und war in Rage geraten; einige Dreel kamen erst zögernd, dann rasch auf sie zu, um dann doch etwas ratlos neben den Menschen und den Insaan zu verharren. Es war ihnen trotz Telepathie nicht ganz klar, was da vor sich ging. Esmariel war etwas betroffen, doch dann öffnete er nur entwaffnend die Arme und meinte:

„Sie sind unsere Gäste. Sie verstehen eben nicht, Sie sind weder mit unserer Kultur noch unserer Herkunft vertraut, wir müssen das ändern. Ich werde ein Consilium vorschlagen, bei dem die Personen aus Ihrer Welt, die hier sind, mit unseren Experten zusammen die Lage erörtern."

Ricky sagte: „Wir bitten darum. Doch zuerst wollen wir etwas essen, nicht wahr, Eridan, wir haben einen Bärenhunger."

Letzterer nickte zustimmend, während unter den um sie herumstehenden Dreel eine Veränderung vonstattenging. Sie färbten sich allesamt moosgrün und krochen übereinander um ein weihnachtsbaumartiges, mehrere Meter hohes Gebilde zu erzeugen, mit wie Äste herabhängenden Tentakeln, welche an deren Enden wie kleine Kerzen leuchteten. Frischer Tau tropfte auf die Köpfe der Versammelten. „Frohe Weihnachten, Eridan", meinte Ricky trocken und sie folgten Esmariel, in Erwartung eines ausgiebigen Festmahles. „Eigenartig, ich habe vor Kurzem an ein Weihnachtsessen meiner Kindheit gedacht", meinte Eridan im Vorübergehen. „Entweder sie machen sich über uns lustig oder sie bezeugen so ihr Mitgefühl."

6
ENTHÜLLUNGEN UND NEUE FRAGEN

Das Festmahl bestand lediglich aus einer diversen Auswahl an Gemüse, Reis und Soßen, Salat und einem Proteinkonzentrat, ähnlich dem aus Soja hergestellten Tofu. Als Nachspeise wurde Obst bereitgestellt. Wer hungrig war, wurde satt. Als Getränk gab es frisches Wasser. Ricky wischte sich mit einer Serviette den Mund, er war sichtlich enttäuscht: „Also, am Essen müssen die Herrschaften noch feilen, offensichtlich wollen sie uns gesund halten und achten auf unser Cholesterin." Er lehnte sich auf dem spartanischen Stuhl zurück. „Nach unserer Dosennahrung am K2 ist es wenigstens frisch", meinte Eridan. „Sie wollen uns vielleicht von den Qualitäten vegetarischer Küche überzeugen, aber da müssen sie sich wirklich etwas anderes einfallen lassen."

„Esmariel hat etwas von einer Art Konferenz gefaselt, die warten offenbar auch noch auf andere Leute. Bin gespannt, was wir da zu hören bekommen." Eridan kratzte nervös an seinem rechten Nasenflügel und atmete dabei kräftig durch. Er musste an die Art und Weise denken, wie er von der Erde Abschied nahm und bekam das Frösteln. Wer einen derartigen Transport beherrschte, musste zu ganz anderen Dingen fähig sein und ihm wurde die Unwirklichkeit der Situation zum ersten Mal bewusst. Waren sie beide die einzigen Menschen auf diesem Ard oder waren noch weitere hier? Sehr wahrscheinlich sogar, und umgekehrt – wie viele Insaan lebten bereits unbemerkt auf der Erde, getarnt als einfache, dem System treue Bürger oder gar Politiker? Ungeheuerlich auch die offensichtliche Ähnlichkeit der Insaan mit den Menschen, hatten also doch beide gemeinsame Vorfahren oder entwickelten sie sich rein zufällig hier, wahrscheinlich Lichtjahre von zu Hause entfernt. Oder war alles nur eine Farce und sie waren noch gar nicht weitergereist? Eine Erde mit Aliens, den Dreel wohlgemerkt, oder träumten sie alles nur, waren die Mollusken nicht sogenannte Trauminduktoren?

Die Spekulationen waren vielfältig und allesamt derzeit nicht schlüssig beweisbar.

Sie saßen in einer recht kleinen, sterilen Kantine, eher schmucklos, aber auch nicht gänzlich unfreundlich, als sich eine Tür öffnete und Professor Zhen-Li erschien. Er schien erschöpft zu sein und hing irgendwie nur in seinem Rollstuhl. Doch als er aufblickte, hatten seine Augen einen wachen und neugierigen Ausdruck, der wohl von der Erfahrung des Alters herrührte. Hinter diesen Brillen konnte sich jedoch alles Mögliche verbergen.

„Na, ich weiß, das Essen in Shanghai ist einfallsreicher, aber Sie dürfen es den Leuten hier nicht übel nehmen. Bei dem Projekt gelten eben bestimmte Standardvorgaben und die Ernährung gehört hier dazu wie Sauberkeit und Kleidung. Sie können dann später bei den Dreel mit naschen, die haben da einen ganz anderen Gaumen …" Der Chinese rümpfte die Nase und zog eine Grimasse. Dann zögerte er eine ganze Weile und sah auf eine rasche Abfolge von Zeichen, Bildern und Instruktionen auf einem zwischenzeitlich erhellten ovalen Bildschirm in einer der Ecken des Raumes. Ein nachhallender Gong kennzeichnete das Ende der Botschaft. „Sie können sich jetzt der Delegation Ihres Planeten anschließen, folgen Sie einfach dem Strom all der anderen. Ich werde ein wenig später erscheinen, habe vorher noch eine Menge zu tun. Also, gehen Sie jetzt; auf, auf!" Mit einer munteren Geste hieß er die beiden zur Eile.

Sie stoben mit weg krachenden Stühlen auf und schlossen, am Gang angelangt, zu den sich in einer Richtung bewegenden Menschen, Dreel, Androiden und anderen, noch viel seltsameren Geschöpfen auf, um letztlich einen kreisrunden Raum mit einem großen „Round Table" in der Mitte zu betreten. Mehr als vierzig Personen saßen bereits an ihren Plätzen, sie erblickten Esmariel, seinen engelsgleichen Begleiter Malaa'ek, daneben eine Gruppe von fünf Dreel, die einander an den Tentakeln hielten. Für sie galt hier absolutes Traum- und Telepathieverbot, außer im Rahmen strikter, der Sache dienlicher Konversation. Wie das allerdings kontrolliert werden konnte, war schleierhaft. Es wurden ihnen zwei Plätze zugewiesen und sie erhielten Headsets einfacher Bauart. Neben Eridan saß bereits eine hübsche Frau mit brünettem, nach hinten zu einem Pferdeschwanz herabfallendem, langem Haar, die, offenbar in tiefster Frustration entsetzlich in sich hinein fluchte. Stimmengewirr. Neben der Frau saßen wiederum oder besser – es turnten auf ihren Plätzen zwei höchstens fünfjährige Knaben vermutlich asiatischer Herkunft. Wie die beiden Kinder konstruktive Beiträge leisten konnten, kam Eridan schleierhaft vor.

Als alle auf ihren Plätzen waren, kehrte gespannte Ruhe ein, misstrauisch beäugten manche ihr Gegenüber mit schrägen Blicken, andere saßen nur entspannt auf ihren Stühlen und harrten der Dinge.

Eine Sitzgelegenheit war ausladender als alle anderen. Ein breitschulteriger, braun gebrannter, kahler Mann mit ebenso breitem Kopf und beiderseitig bauschendem Backenbart, flacher Nase und weit auseinander liegenden, von dichten Brauen gekürten braunen Augen, blickte ruhig auf ein Manuskript vor sich. Er war im Gegensatz zu den meisten der Teilnehmer lediglich mit einer Art Hawaiihemd und der dazu passenden Bermudahose bekleidet, so, als käme er gerade aus dem Urlaub. Ein einzelner schlichter goldener Ring hing von seinem rechten Ohrläppchen herab. Schräg gegenüber saßen fünf Dreel in physischer Verschmelzung nebeneinander, ein ruhiges, bläulich pulsierendes Licht von sich gebend.

Der mächtige Körper des Mannes mit dem Hawaiihemd erhob sich langsam und begann in dunklem Bass zu sprechen:

„Für diejenigen unter Ihnen, die mich noch nicht kennen: Mein Name ist Muhmktet III., oberster Herrscher und Diener der Insaan, der Welt der sieben hohen und tiefen Bereiche und – für die Menschen unter Ihnen – weltliches und geistliches Oberhaupt in diesem Bereich des Weltraumes." Er sagte dies ohne Überheblichkeit, so, als hätte er diese Floskel schon vielfach heruntergeleiert, wie ein Arzt seine unleserliche Unterschrift unter ein Rezept setzt.

„Erst einmal bitte ich Sie, meine formlose Kleidung – na, ich glaube, das Hemd ist gebügelt – zu entschuldigen, ich hatte leider nicht die Zeit …" Ein kurzer Blick auf eine eher unscheinbare, ebenso kahle, braun gebrannte junge Frau neben ihm – entspannte Erheiterung, da und dort kurzes Gelächter machte sich in der übrigen Runde breit.

„Doch nun zur Sache. Dies ist eine Konferenz. Die Menschen hier haben ein Anrecht, zu erfahren, wer wir sind, warum wir sie hergebracht haben, wo sie sich befinden und welcher Weg ihnen offensteht. Wir nennen diesen Planeten, astronomisch gesehen den vierten Planeten einer gelben Sonne im Sternbild des Schwans, seit Jahrtausenden Ard, eigentlich Al Ard. Über die Geschichte unterhalten wir uns später. Das Hier und das Jetzt sind wichtiger. Diese Welt ist etwas kleiner als Ihre Erde, das werden Sie schon gemerkt haben, Sie sind hier deutlich leichter." Er blickte verlegen auf seinen vorstehenden Bauch. „Der Planet dreht sich schneller als die Erde. Ein Tag auf Ard ist 17,937 Erdstunden lang – Sie müssen sich also umstellen, das dauert eine Weile. Über 98 % des Al Ard sind von Wasser bedeckt – Sie sehen, eine Wasserwelt. Die wenigen Kontinente, drei an der Zahl, verdienen diesen Namen eigentlich nicht, es sind Inseln, daneben gibt es verstreut zahlreiche weitere kleine und kleinste Inseln. Das Wasser ist nach Ihren Maßstäben brackig, d. h. stark verdünntes Salzwasser mit einem etwas höheren Anteil an Magnesium – und Kalium, die genaueren Werte werden Sie von unseren Experten erfahren." Mittlerweile war auf den beiden Stirnwänden jeweils ein großer ovaler Bildschirm aufgeflammt, der den Planeten, erst aus größerer Entfernung, dann aus der Nähe zeigte, er drehte sich und gab wenige, fleckig verteilte kleinere Landmassen in einem weltumspannenden Ozean wieder, welche sich perlenschnurartig, größtenteils in Nähe des Äquators, anordneten. Polkappen aus Eis waren nicht auszumachen. Wolkensysteme zogen gemächlich über die Oberfläche. In der nördlichen Hemisphäre zeigte sich zudem eine etwas größere Landmasse, in der bräunliche und Orangetöne vorherrschten.

„Unser Klima hier ist im Vergleich zur Erde ruhig und ausgeglichen, in Äquatornähe feucht und warm, zu den Polen hin ähnlich Ihren sogenannten gemäßigten Zonen. Doch dort gibt es nur einen Kontinent auf der Nordhalbkugel, und nur wenige Inseln. Die Insaan sind natürlich auf das Vorhandensein der Landmassen angewiesen, zwar bedingt – es gibt auch zahlreiche subaquatische Anlagen, so wie diese hier, doch gemeinhin atmen wir lieber die frische Seeluft oben und lassen uns von der natürlichen Sonne bestrahlen. Ich bin gerade auf Kur, wie Sie sagen würden. Darum meine lächerliche Aufmachung." Er blickte hinunter auf seine offenen Sandalen. „Doch im Ernst – hier gab es vor Jahrhunderten noch weitaus mehr Land, allerdings scheint der Planet langsam völlig überflutet zu werden, nicht so sehr aufgrund atmosphärisch-astronomischer Veränderungen, doch gibt es unter dem Erdmantel ebenfalls riesige Wasserspeicher, die sich infolge geothermischer Aktivitäten von Zeit zu Zeit entleeren. Existenziell ist das für uns letztlich keine große Gefahr, da auch der der Sonne etwas nähere Planet …" Es erschien ein neues Bild auf den beiden Bildschirmen, das einen Himmelskörper mit mehr bräunlich bis grau-grünlicher Oberfläche zeigte. Hier waren lediglich mehrere kleinere Binnenmeere zu sehen. „… wir nennen ihn Irdaneth, bedingt zur Besiedelung geeignet ist. Auf Al Ard leben rund vierhunderttausend Insaan, verteilt auf die Äquatorialregion, Irdaneth ist trocken. Landwirtschaft ist möglich, aber mühsam, die Welt könnte nur mit ausreichend Wasser mehr als hunderttausend Leute versorgen. Außerdem ist es dort unwirtlich heiß, die Vergangenheit hat gezeigt, dass nur Insaan, die dort in zweiter oder dritter Generation geboren werden, ein entsprechendes Alter erreichen, weil sie sonst Krankheiten wie Haut- und anderen Krebsarten, Herz-Kreislauf-Schwäche und weiteren seltsamen, Ihnen nicht bekannten Degenerationserscheinungen vor ihrer Zeit erliegen." Der Sprecher atmete einmal kräftig durch und gönnte sich ein paar Sekunden Pause, die er mit der Leerung eines Glases Wasser füllte. „Also weiter: Die Überflutung unserer Welt, die vermutlich erst in einem Zeitraum von mehreren Jahrzehnten nach und nach jedoch unvermeidlich stattfinden wird, ist nicht der vordringliche Grund, warum wir entschieden, das Portal zur Erde vorläufig wieder zu öffnen." Er blickte in die großen, traurigen Augen der Dreel. „Es gab in Ihrer bekannten Menschheitsgeschichte bereits einige für jeweils etwa bis zu hundertfünfzig Jahre andauernde Toraufbauten, die immer zur Hochblüte der verschiedenen, großen Weltkulturen vonstattengingen. Die zentralamerikanischen und südamerikanischen Indianer, zuvor die Ägypter, neuerdings die technologische Revolution der Menschheit mit ihren ersten Schritten ins All. Nur, und wirklich nur in diesen Zeiträumen, ist eine transdimensionale Reise zwischen den Welten durch Krümmung der Raum-Zeit-Ebene möglich. Für interstellare Reisen, noch dazu ohne die technische Hilfe von geeigneten Raumschiffen, sind wir auf die besonderen Fähigkeiten der Dreel angewiesen. Sie haben, ebenso wie die Wale und Delfine, ihre Vorfahren auf der Wasserwelt und beziehen die unvorstellbare Energie für den Aufbau der Raum-Zeit-Brücke aus dem Planeteninneren. Die dort erzeugte geothermische Energie steigt im selben Ausmaß wie die Entleerung der unterirdischen Wasserspeicher in das Weltmeer, also ein direkter Zusammenhang zwischen Erhitzung des Planetenkernes und der bereits eingesetzten Flut. Auf der Erde gibt es keine Dreel. Sie ist ihnen zu schmutzig. Die dortigen Wale, Delfine und auch ein Teil der dortigen Menschheit stammen ursprünglich zum Teil von Al Ard. Letztere wissen davon nur nichts, teilweise, weil sie sich mit dem Erbgut der ansässigen Menschheit vermischt haben. Nur manche beginnen mit ihrem ewigen Traum, der sie zeitweise mit dem Energiefeld von Ard und den Dreel- verbindet, erhalten Visionen und besondere Kräfte, finden einander auf weniger bewusster Ebene, werden Religionsführer und -gründer, berühmte Yogis, Heilige wie Franz von Assisi, finden sich auch oft unter Ärzten, Philosophen und Komponisten und so weiter … oder führen auch ein weniger auffälliges Leben. Eine nicht unerhebliche Anzahl unserer Nachfahren landet allerdings in psychiatrischen Krankenhäusern. Was der Mensch nicht versteht, wird bestenfalls beforscht, jedoch nur unzureichend wieder integriert. Dies geschieht nur

in einer – wie sich die Menschen hochnäsig auszudrücken pflegen – „idealen Gesellschaft". Wir Insaan wissen das, weil wir das alte Wissen nicht durch Vermischung mit primitiveren, von den weniger entwickelten Primaten abstammenden Menschen, so sehr wir sie auch respektieren, nun, dieses alte Wissen eben nicht verloren haben. Es gab hier keine Kriege um Ressourcen, für unterschiedliche Religionen sind wir alle offen und verstehen ihren Sinn, sind aber nicht von ihren Unterschieden behaftet, auch wenn wir diejenigen der Menschheit durchaus achten und deren Wert und Notwendigkeit beachten. Doch stützt sich unser Dasein, ja, die Existenz des gesamten bekannten Universums inklusive dessen Wunder auf für uns klar ersichtliche Gesetzmäßigkeiten. Und die entsprechen nicht immer Ihren mathematisch-physikalischen Vorstellungen. Das Rote Meer hat sich beim Auszug aus Ägypten unter Moses tatsächlich geteilt."
Er räusperte sich ein wenig und blickte auf einen schmächtigen Mann, der sich schräg gegenüber bescheiden und unauffällig gehalten hatte. „Ich bin schon ein wenig müde und erteile das Wort jetzt an unseren Xenobiologen und Gestaltwandler, Gusch von Elsimeth. Er kann Ihnen die Ihnen noch fremden Gesetzmäßigkeiten wahrscheinlich auch näherbringen, als irgendein anderer."
Mit ausgestrecktem Arm hieß er denjenigen aufzustehen, um sich gleich danach selbst zu setzen.

Ein bläuliches Flirren umgab Gusch und in den versammelten Menschen von der Erde ging eine seltsame Veränderung vonstatten. Eridan hatte den Eindruck, in einem merkwürdigen Tunnel nach innen zu reisen, seine Wahrnehmung durch die fünf Sinne wurde durch die Präsenz von Galaxien und bunten Sternennebeln bereichert, während sich auch sein eigenes Umfeld auf wundersame Weise erweiterte und erhellte, Wogen des Glücks schwemmten jeden überflüssigen Argwohn dahin, der sich in den Winkeln seines Herzens noch breitgemacht hatte. Als er dann auf seinen Freund Ricky und die hübsche Dame mit dem Pferdeschwanz blickte, gewahrte er, dass sich in ihnen wohl Ähnliches abspielte. Sie fühlten sich einfach sichtlich wohl. Nur die Kinder spielten weiterhin unruhig auf ihren Sitzen weiter. Eridan fühlte sich erhaben und komplett, alles war so einfach, und er fragte sich beiläufig, wozu er wohl den Ehrgeiz entwickelt hatte, als Bergsteiger einen Achttausender nach dem anderen zu erklimmen. Er sah jetzt auch die anderen der Versammelten mit neuen Augen und fühlte eine unaussprechliche Einheit, eine neue, doch gleichzeitig auch vertraute Bedeutsamkeit und Ehrfurcht vor sich selbst und ihnen. Sie waren alle eine Familie mit engeren Banden, als er es je für möglich gehalten hatte.

7

DIMENSIONSTRANSFER

Gusch stand auf. „Danke, edler Monarch." Mit einem kurzen und befreiten Auflachen musterte er nacheinander wohlwollend die Versammelten, vor allem die anwesenden Menschen. An den beiden Kindern blieb sein Blick besonders lange hängen, seine Augen leuchteten. Die Augen der Dreel jedoch waren jetzt weniger traurig, man verspürte bei ihnen eine erwachende, neue Aufmerksamkeit, wie auch bei allen anderen der Versammelten. Gusch war wirklich eine besondere Erscheinung, ein bloßer Mensch oder Insaan war er jedoch nicht mehr. „Ich bin Gusch von Elsimeth, Sprecher der Dreel und bewandert in xenobiologischen Fragen, Interspeziesmedizin, ich war mehrmals auf der Erde und anderen Planeten, erlebte das Chaos während eures Zweiten Weltkrieges, war damals in der Funktion als Kriegsberichterstatter Adolf Hitlers, natürlich unter anderem Namen und unterhalte regelmäßige Kontakte mit indischen Yogis, Schamanen auf Borneo, in Brasilien und Zentralasien und dem arabischen Raum. Ich erlebte die Zeit mit Imhotep, dem berühmten ägyptischen Arzt und Architekten mancher Pyramide, war Scharfrichter bei den Mayas. Ich kenne den Inhalt, den WAHREN Inhalt der Bundeslade, der Büchse der Pandora und der Kaaba in Mekka. Jesus Christus lebt. Auch heute noch."

Nach dieser Eröffnung hätte man ihn auf der Erde wohl psychiatrischer Behandlung zugeführt, ihn mit schweren Psychopharmaka vollgefüllt oder seine Psyche wissenschaftlich seziert, um wiederum zu keinem wirklich schlüssigen Ergebnis zu kommen. Ein armer Irrer. Wozu erzählte er das alles, nun, er war hier zu Hause und konnte das eben tun und er fuhr auch damit fort:

„Unter den Insaan nennt man mich Gusch, mein richtiger Rufname der Dreel ist für Sie nicht verständlich. Als Gestaltwandler könnte ich mich auch in einen Felsblock verwandeln, oder beispielsweise einen weiteren für Sie von den anderen nicht zu unterscheidenden Stuhl, oder ein Krokodil, insofern sind meine Möglichkeiten beinahe grenzenlos. Heute spreche ich jedoch als Insaan zu Ihnen, da sich die Anliegen unserer beiden Rassen in diesem Falle weitgehend decken, da sie unseren Heimatplaneten betreffen. Nun zum Kernthema.

Es gibt unter uns eine abtrünnige Sekte, deren Motive denen Ihrer Fundamentalisten ähneln. Die meisten von uns sind friedvoll, wir ernähren uns von Plankton im Meer sowie kosmischer Energie, wenn wir uns an Land befinden. Auch die Energie des Erdinneren ist für uns unter bestimmten Bedingungen nutzbar und notwendig, um Raum-Zeit-Brücken, etwa zu Irdenath und anderen Orten, wie beispielsweise der Erde, aufzubauen, zwecks Erschließung zusätzlicher Energie, aber auch die von Sonnen wie unserem Schamms in diesem System hier verwertbar zu machen. In vielen Millionen von Jahren hat uns die Evolution und eigener Erfindungsgeist zu dieser Fähigkeit geführt." Nach einer kurzen Pause, in der sich im Publikum kein Mucks mehr tat, fuhr er fort.

„Obwohl wir nur als Katalysatoren dieses Transfers für die Menschen und Insaan unvorstellbarer Energiemengen dienen, sind viele Individuen von uns nötig, um erfolgreich zu sein. Die Erschließung einer fünften, sechsten und teilweise auch siebten Dimension, zu denen wir gemeinsam mit den Insaan befähigt sind, ist für den Vorgang von essenzieller Bedeutung. Diese Dimensionen liegen außerhalb des von euch Menschen postulierten Raum-Zeit-Kontinuums, sind mit Ihren Mitteln rational, mathematisch nicht und physikalisch für Sie nur unzureichend erklär- und beweisbar, Letzteres zumindest theoretisch. Raum und Zeit sind relative Begriffe, Energie ist in Abhängigkeit vom Reinheitsgrad in weit größer gefächerter qualitativer und quantitativer Form existent, als es weder Insaan noch Menschen jemals erkennen konnten. So leid es mir tut, aber Sie stehen auf einer völlig anderen evolutionären Entwicklungsstufe, am Baum der Schöpfung sozusagen auf einem anderen Ast. Unter den Insaan gibt es jedoch noch höher entwickelte Individuen, welche einen eingeschränkten Zugang, zum Teil bis zur siebten Ebene, wenn auch nur zeitweise, unterhalten können. Unter der Menschheit gab und gibt es sogenannte freie Seelen, Avatare, Heiler, die sich der Energieströme höherer Ebenen bewusst bedienen können und konnten. Doch Vergangenheit, Gegenwart und Zukunft sind relativ und nur deren Einheit auf höherer Ebene kommt der Realität zumindest ein wenig näher. Der Schöpfungsplan sieht in seiner Evolution diese Entwicklungen wie auf einer Leiter vor, doch dieser selbst ist eine sehr hohe, reine Form dieser Energien. Ich kann dies mit einer Allegorie verdeutlichen, auf unteren Ebenen gibt es die schmalen, immer wieder vertrocknenden Rinnsale, je weiter man aufsteigt, gibt es Ströme und Ozeane dieser Qualitäten. Die Menschen würden sagen, die Dreel spielen jetzt Gott, wenn ich behaupte, wir können uns dieser Kräfte im Rahmen derer Gesetzmäßigkeiten bedienen, indem wir dazu fähig sind, bei echtem Bedarf gewissermaßen einen transdimensionalen Transfer durchzuführen. Jedoch müssen auch wir bestimmten Gesetzmäßigkeiten Folge leisten und auch unsere Kapazitäten sind für Sie enorm, letztlich jedoch begrenzt.

Nun zu einem anderen Thema. Brufan, selbst ein Dreel, lebt mit seiner getreuen Schar unter einer anderen Sonne, astronomisch gesehen einem roten Zwerg. Er ist ein Teufel in Dreelgestalt. Unter seinem Einfluss, der allerdings begrenzter als unserer ist, kam es auch auf der Erde zu Fehlentwicklungen, die im Nachhinein von der Menschheit als das Böse schlechtweg gewertet wurden. Der Nationalsozialismus unter Adolf Hitler, die Roten Khmer in Kambodscha, der stalinistische Kommunismus waren, jetzt nur einmal im zwanzigsten Jahrhundert, solche Entwicklungen. Er wurde von uns nach Sorr verbannt, wo er, zusammen mit seiner Hexe Hanaquik, seine dunklen Pläne schmiedet. Auch er ist von seinen Maximen überzeugt, und sie entbehren auch nicht gewisser Grundlagen. In seiner Gefolgschaft wurden ebenso Individuen rekrutiert, die etwa in die Erdbevölkerung eingeschleust wurden. Im Gefüge verursacht er jedenfalls Disharmonien, welche auch immer wieder zu ansonsten vermeidbaren Katastrophen geführt haben und auch noch führen. Sein rückschrittlicher Hang zum Materialismus hin etwa und seine irrationale Furcht, dass andere Rassen den Dreel ihren Rang ablaufen könnten, sind nur zwei der Beispiele seines Denkens. Wir sehen in ihm eigentlich nur einen von uns, der glaubt, dass wir bestimmte Entwicklungsstadien in unserer Evolution einfach übersprungen haben, was seiner Meinung nach nicht statthaft wäre. Er unterhält beispielsweise noch eine eigene große konventionelle Raumfahrt, seine Wissenschaftler experimentieren mit bestimmter Biomasse, erzeugen Mutationen von Fremdorganismen mit kybernetischen Teilen und vieles mehr. In unseren Augen ist er sozusagen noch im Mittelalter der Dreel hängen geblieben, und das ist eigentlich für uns nicht statthaft. Der illegale Transport von Meeressäugern auf die Erde vor Millionen von Jahren zu deren späteren Verwertung gehört beispielsweise auch dazu. Vor allem die Anpassung der Wale hat auf der Erde nie so richtig geklappt, die große Anzahl von Strandungen, die sich auch bereits in grauer Vorzeit ereigneten, ist der letztliche Beweis dafür. Auf der Erde hatten Sie natürlich keine Ahnung, nur wenige Tollkühne haben den Nagel auf den Kopf getroffen. Wer glaubt schon an weitere, erdähnliche Planeten, nicht einmal ein Bakterium wurde bislang im All gefunden. Auf dem Mond wart ihr aber, das wurde von uns nachgeprüft. In den letzten Jahren hat man ja schwer daran gezweifelt, und irgendwelche angeblich falsch belichtete Fotos gefunden." Guschs Montur entschlüpfte ein kleines orange gestreiftes, katzenähnliches Tier, das sich schnurrend um seinen Nacken schmiegte und ebenso wie er in die Runde blickte, jedoch mit schläfrigen Augen, zweimal herzhaft gähnte und die Vorderbeine von sich streckte. Er streichelte es kurz an seinem Nacken und fuhr fort:

„Es gibt noch sehr viel zu sagen, doch das Wichtigste zuerst, nämlich unser abtrünniger Dreel. Er ist der Meinung, dass die Entwicklung unserer Kultur im Allgemeinen einen anderen Verlauf nehmen sollte, ja, schon längst hätte führen sollen. Aus seinem Blickwinkel hat er natürlich recht, darum strömt ein Teil unseres Volkes ihm ja auch zu. Seit einhundertdreißig Jahren haben sich, und das ist neu in unserer Zivilisation, einige der Ältesten der Dreel von uns verabschiedet. Sie meinten, es wäre nun an ihrer Zeit und mit Bedauern verweigerten sie die Reintegration. Das bedeutet, dass sich ihre Seelen hier nicht mehr inkorporierten, für das Kollektiv unwiederbringlich verloren gingen und sie ihre physische Existenz bewusst aufgegeben haben. Nichts geht im Universum jedoch unwiederbringlich verloren. Ihr ardisches Dasein haben sie aber mit einer transdimensionalen Heimstätte vertauscht. Sie haben die traurigen Augen unserer Freunde erkannt. Jetzt wissen Sie auch, warum. Diese Fälle ereignen sich immer häufiger und schwächen uns. Brufan und seine Anhänger deuten dies als ein Zeichen, dass wir, sozusagen frühreif, den Gipfel unserer Evolution erreicht hätten und von nun an nur mehr degenerierten. Er will einen neuen Anfang und hält sich dabei ans Leben unserer Vorfahren. Er hat nicht bedacht, dass wir dann auch wie diejenigen leben müssen, das heißt im Klartext: ein Abstieg auf der Evolutionsleiter bis hinunter zum Barbaren mindestens. Nicht nur Fisch, sondern Meeressäuger und auch Landtiere stehen auf seinem Speiseplan –" Gusch rümpfte voller Abscheu die Nase. „Es fehlt nur noch, dass sie sich in kannibalischer Manier gegenseitig auffressen. Es gibt nämlich auf ihrem Planeten kaum noch ein Landtier, kaum noch einen Wal oder Delfin zum Verspeisen.

Unsere Insaan haben die Erde vorsichtig infiltriert, es leben dort gegenwärtig etwa viertausend von ihnen, verteilt auf die Kontinente und in unauffälligen Berufen. Wir greifen nicht in eure Entwicklung ein, wenn wir es nicht müssen. Wir lassen euch sogar die irrwitzigsten Kriege führen, wie jüngst der Völkermord der Hutus durch die Tutsis in Ruanda, ohne einzugreifen. Oft fehlt uns einfach auch nur die Macht dazu. Doch auch Brufans Söldner finden sich, wenn auch in geringerer Zahl, in einigen Schlüsselpositionen bei euch. Es sind nur wenige, da er kaum noch über die Kraft verfügt, eine Brücke zu euch aufzubauen. Manchmal gelingt es uns auch, seinen Weg zu uns umzuleiten, und dann retten wir euch ein paar der Tiere, die er von eurem Planeten stiehlt, so wie gerade erst." Er blickte auf ein paar Aufzeichnungen in einem im Konferenztisch vor ihm eingebauten Bildschirm: „Drei Kaiserpinguine, zwei Pelikane, ein Elefantenbaby und ein asiatischer Wasserbüffel, na ja ..." Er streichelte wieder seinen lebenden Pelzkragen.

„Seine Leute sind für die außerordentliche Neugier sogenannter japanischer Wissenschaftler verantwortlich, welche so den Walfang rechtfertigen. Die Reste derselben holt er sich dann aus dem Meer, solange sie noch genießbar sind oder nicht auf irgendwelchen chinesischen Märkten landen. Arterhaltende Tierzucht wie auf der Erde ist ihm fremd, ich vermute, er hat auch nicht einmal mehr die Ressourcen dafür. Dieser Dreel muss gestoppt werden. Wie wir das anstellen sollen, ohne unsere Prinzipien zu verletzen, ist jedoch unklar und muss einer weiteren Konferenz als Thema dienen. Wir werden die Hilfe der Insaan und vielleicht auch der Menschen brauchen, bestimmter Menschen, wohlgemerkt ..." Er blickte in die Richtung der Anwesenden. „Doch dazu später. Ich glaube, die Gäste von der Erde müssen das Gesagte jetzt erst einmal verdauen. Ich stehe für Fragen jederzeit zur Verfügung."

Mit diesen Worten setzte sich der ungewöhnliche Teilnehmer wieder und es trat ein minutenlanges, betroffenes Schweigen ein. Muhmktet III. hing nur noch müde in seinem wuchtigen Stuhl und stierte vor sich hin, als seine weibliche Begleitung ihn wiederholt anstupste, er sich aufsetzte und das Wort ergriff:

„Unsere Besucher von der Erde sollten Gelegenheit erhalten, unseren Planeten näher kennenzulernen, wie die Insaan hier sich auch mit den Menschen austauschen sollten." Er blickte nacheinander auf Eridan, Ricky, der Dame namens Dr. Pfermann und den beiden Knaben, die sich sichtlich langweilten. Die Versammlung löste sich langsam auf und Esmariel munterte die kleine Menschengruppe auf, ihm zu folgen. In der Zwischenzeit hatte sich auch der Chinese Zhen-Li der Versammlung angeschlossen und gemeinsam verließen sie den Sitzungssaal, gefolgt vom engelsgleichen Malaa'ek, der das Schlusslicht bildete.

Draußen führten im Querschnitt kreisrunde, röhrenförmig verzweigte Gangsysteme zu verschiedensten Orten. Viele lagen im selben Niveau, ein geradeaus und nach oben verlaufender

Hauptgang verfügte jedoch über ein langsam in beide Richtungen laufendes Transportband, sodass man beim Gehen kaum ins Schwitzen kommen konnte. Die Entfernungen waren allerdings nicht zu unterschätzen. Die Konferenzteilnehmer bildeten oft heftig debattierende Gruppen, nur Muhmktet III. nutzte das aufwärts führende Band, ohne einen unnötigen Schritt zu gehen, an seiner mächtigen Gestalt kam auch keiner ohne Weiteres vorbei. Hinter ihm stand die um gut zwei Köpfe kleinere, schmächtige Gattin des Monarchen. Als Nächstes spielte Gusch mit seinem wieder munter gewordenen Haustier und die beiden Jungen nahmen sich ebenso dessen an, womit sie endlich eine für sie sinnvolle Beschäftigung hatten. Die beiden Dreel waren schon vorher irgendwo in einem Seitengang verschwunden, es folgte die kleine Gruppe mit Esmariel und Eridan an der Spitze, dahinter Dr. Pfermann, die im Gespräch mit Ricky Weeler aufgebracht gestikulierte und die Ungeheuerlichkeit beklagte, von ihrem Arbeitsplatz, mir nichts, dir nichts, einfach gekidnappt worden zu sein. Als sie dann aber erfuhr, wohin die Reise eigentlich hingehen sollte – die Brücke von der Erde nach Sorr wurde ja glücklicherweise manipuliert –, beruhigte sie sich dann doch noch ein wenig. Die Pläne, die der dunkle Dreel gerade mit ihr haben mochte, erschienen jetzt nicht sehr verheißungsvoll. Wie sehr verabscheute sie die sinnlose Quälerei von Tieren und sie selbst hatte ja Zeugnis der traurigen Reste abgegeben, die das Wüten der perversen Dreel verursacht hatte.

In der Zwischenzeit näherten sie sich der Meeresoberfläche und durch längliche Panorama-Bullaugen konnte man die Umgebung links, rechts und oben betrachten. Schwärme silbrig schillernder, kleiner Fische zogen vorbei, die in dichten Wäldern aus bandförmigem Tang Zuflucht fanden, als mehrere Meter große Haie unheimlich nahe an die Scheiben kamen. Durch das türkisfarbene Wasser schimmerten die ersten Strahlen der goldenen Sonne und dort, wo die Röhre die Oberfläche durchstieß, endete das Band in einer dem Land vorgelagerten, am Kai aufgebauten Halle. Aufgeregte Stimmen kamen von oben auf sie zu, statt milder salziger Meeresluft wurden sie von Übelkeit erzeugendem Gestank nach Aas umgeben, um vor dem Eingang einen Berg willkürlich aufgehäufter Tierkadaver gegenüberzustehen. Das war die Rache Brufans, die Revanche für die Demütigung, seine Brücke zu sabotieren, er hatte die Erdbrücke einfach nach Al Ard geführt.

Muhmktet III. bekam einen Schweißausbruch, seine Beine wurden schwach und seine Gattin fiel schluchzend auf ihre Knie, ihr Antlitz mit beiden Händen bedeckend. Hier gab es keine Raben und keine Geier, nur einige Vögel, die aussahen wie Möwen, kamen zu einer unerwarteten, viel zu reichlichen Mahlzeit. Der Konflikt hatte sich zugespitzt und fassungslos kamen auch die übrigen Menschen, mit Esmariel an der Spitze, heran, stumm und mit einem aufsteigend sauren Geschmack im Mund. Welch ein Schandfleck in dem Südseeparadies, dachte Ricky.

8

KALIS BÖSE SCHWESTER

Dakshineshwar, nahe Kolkata und am Ganges gelegen, ist das alte religiöse Zentrum des Ramakrishna-Ordens. Hier wirkte Mitte des neunzehnten Jahrhunderts der Heilige der Hindus und übertrug einer Reihe seiner Schüler, darunter Narendra, dem späteren Swami Vivekananda, die weltweite Fortführung einer international beachteten Yogaschule. Hier erhielt Ramakrishna seine berühmten Visionen der Mutter Kali, der Gefährtin Shivas, welche mit ihren vier Armen, umgürtet mit einem Band aus Menschenschädeln und mit dem Schwert bewaffnet, auf dem horizontalen Körper ihres Gemahls stehend, die Welt von der Unwissenheit befreit.

Der Kali-Tempel wird auch heute noch viel besucht.

Ramesh, ein junger Mann aus der nahen Großstadt hatte seinen Weg hierher gefunden, um bei Kali Schutz zu suchen. Seine Frau war mit dem dritten Kind schwanger, die schlechten sanitären Verhältnisse und einseitige, mangelhafte Ernährung gefährdeten die Geburt des Kindes. Er war verzweifelt und die Tränen rannen ihm in Bächen herab, als er wieder und wieder vor der bunten, mit Girlanden geschmückten Statue Pranam machte, also sich hingebungsvoll am Boden kniend verbeugte und die Statue, Mantren, immer wieder kehrende Gesänge vor sich hinmurmelnd, mit glasigen, weit geöffneten Augen anflehte. Barfuß, nur in einfachster, an mehreren Stellen beschädigter Kleidung rührte sein Anblick wohl jedes fühlende Herz in seiner Umgebung.

In Versenkung blickte der bedauernswerte Mann langsam und ehrfürchtig zur mehrheitlich schwarzen Statue auf, beginnend bei den ausnahmsweise rot lackierten Füßen, um sich dann bis zu ihrem Tilaka, dem Punkt zwischen ihren Augen, hinaufzuarbeiten.

Zwischen seinen eigenen Augen erschien zu seiner Überraschung ein kristallklares diamantenes Licht, das rapide an Größe gewann, so rasch, dass ihm angst und bange wurde, dann geschah das Unerwartete: Die Sonne explodierte in seinem Schädel! Er verlor letztlich sein Bewusstsein.

Den wenigen beteiligten Augenzeugen entfuhren unmittelbar Schreie des Entsetzens – dort, wo der brave Mann gekauert hatte, war – NICHTS! – Wenn man von der schwülen, drückenden Luft in diesem Tempel absah.

Ramesh erwachte zu Füßen seiner Göttin. Etwas enttäuschend: Kali hatte nur zwei Arme und wirres, verklebtes, dunkles Haar. Aus ihrem linken Mundwinkel hing eine qualmende Zigarre, und statt jener von Räucherwerk stand beißender Fischgeruch in der einfachen, hölzernen Hütte. Die Frau steckte nicht in festlicher Robe, sondern war lediglich mit einem langen groben Sack aus Jute, an dem zwei unvollständig angenähte Halbärmel befestigt waren, gekleidet und saß auf einem primitiven blauen Stuhl Marke Hellas.

Ihr Gesicht war ansprechend, jedoch mit tausend Falten und nicht bestimmbaren Alters. Ihre Augen bekamen einen sanften Blick und sie streckte dem armen Ramesh, wie zum Trost den rechten Arm aus, legte ihn behutsam auf seine Schulter.

„Du bist bei Hanaquik, der Schwester von Kali. Ich habe deinen tiefen Schmerz gespürt und wollte mich deiner annehmen, mein Junge. Hör' jetzt endlich auf zu weinen, du bekommst ja das, weswegen du hier bist. Es geht um deine Frau, stimmt's? Sie kriegt einen Balg?" Ramesh nickte mehrmals schnell hintereinander. Hanaquik stand auf, zog einmal kräftig an ihrer Havanna und wand sich von ihrem Besucher ab, ihr Blick auf einen Punkt an der Holzwand gerichtet. Blitzschnell drehte sie sich unvermittelt wieder herum, ging nur wenige Zentimeter vor ihm in die Hocke und starrte ihn mit weit aufgerissenen Augen an, als sich ihr Mund zu einem großen „O" öffnete. Darin zeigte sich die dunkelste Höhle, die er je gesehen hatte ... Ihre Zigarre fiel auf den Boden. Wieder explodierte etwas in seinem Schädel und er verlor das Bewusstsein. Als er erwachte, war er im Kali-

Tempel, zu Füßen der Statue und umgeben von einer raunenden Menge. Welch ein Wunder! Tempelbesucher hatten Scharen von Menschen herbeigerufen, die in aufgeregten, gestenreichen Gesprächen abwechselnd zu Ramesh und der Statue blickten, welch Kraft steckte wohl in der heiligen Mutter, dass sie diesem armen Mann erschienen war und ihm Gehör geschenkt hatte.

Seine Frau brachte drei Monate später auch eine gesunde Tochter zur Welt.

Doch das Band zwischen Ramesh und der Hexe sollte weiter bestehen, er war in ihrem Bann und wusste ja jetzt, wie sie ihn herbeirufen konnte. Sie hingegen stand stolz vor einem Spiegel in ihrer Hütte und plusterte sich auf wie ein Pfau:

„Hanaquik – gibt verbrauchte Energie sofort zurück!"

Sie erschauerte vor ihrem Ebenbild und steckte die halb abgebrannte Glimmrakete dann wieder trotzig in ihren sabbernden Mund. Auch sie hatte da wieder ein neues Kind erhalten, das sie in Zukunft für ihre Zwecke benutzen würde, und das erfüllte sie mit Zufriedenheit und Stolz. Hektisch begann sie, in ihrer Mottenkiste zu kramen und förderte ein paar bronzene, mit Edelsteinen verarbeitete Schmuckstücke hervor, mit denen sie sich eifrig behängte. So ein Erfolg musste ja auch gebührlich zelebriert werden.

9

DER GESANG DER WALE

An der Kaimauer lag noch gut eine Tonne Tierkadaver von der Erde. Giraffenhälse mit ihren Köpfen, Schlangenhäute, Ochsengerippe, ja sogar abgerissene Krokodilköpfe und Zebrahäute lagen wie stumme Zeugen eines Gemetzels auf einem Haufen. Sichtbares Leben fand sich nur noch in Form von Millionen von Fliegenmaden, die sich in den geöffneten Tierbäuchen, Grauen und Übelkeit erregend, wanden. Der Ursprung des Materials war also diesmal Afrika.

Eine nähere Untersuchung wurde nicht angeordnet, man ging nur daran, sich der Abscheulichkeit so rasch wie möglich an anderer Stelle mittels Feuers zu entledigen. Zu diesem Zwecke kamen mit kleinen Lastfahrzeugen Arbeiter in Schutzanzügen, welche die Fleischbrocken und Knochen oft leise fluchend aufluden und an anderer Stelle auf einem mit Benzin übergossenen Haufen verbrannten. Der Rauch zog aufs Meer hinaus und bald zeugte nur noch ein qualmender Ascheflack von dem Ereignis, wenn man von einem süßlichen Geruch der im Hallenbereich stehenden Luft absah.

Muhmktet III. und seine Gattin hatten sich wieder erholt. Sie saßen mit Gusch, Esmariel und den Erdlingen zusammen auf einer Hafenterrasse in Korbstühlen um einen runden Glastisch und kamen einander näher. Auch Zhen-Li war dabei.

„Tod und Verderben spuckt dieses Ekel aus!", zischte der Greis empört. Es kamen zwei weitere Gäste hinzu, ein junger, dunkelbrauner, kahler Mann und eine etwa gleichaltrige Frau mit langen, schwarzen Haaren, die glatt bis zur Gesäßfalte reichten. Beide waren in Gesicht und Körperbau von auffallender Schönheit und ihre Bewegungen waren leichter als der laue Morgenwind, graziler als die von heranpirschenden Raubkatzen. Sie setzten sich entspannt neben ihren Vater, den Monarchen, ohne sich zunächst an dem Gespräch zu beteiligen. Derselbe hörte lauernd dem trockenen Humor versprühenden Gusch zu, um bei der Pointe dann in schallendes Gelächter zu verfallen, wobei sich sein mächtiger Bauch schwabbelnd auf und ab bewegte. Der Neuankömmlinge gewahr werdend, stellte er sie dann stolz den Erdlingen vor: „Darf ich Ihnen vorstellen, meine Kinder. Meine Tochter Gezired und Plondt, mein Thronfolger. Sie sind beide noch jung und wohnen bei mir im Schloss."

Die herrschaftliche Residenz Inuket war ihnen schon beim Hertransport aufgefallen, ein an einen Renaissancebau der Erde entfernt erinnerndes, beachtliches Anwesen auf einem ufernahen Hügel, gesegnet mit einem atemberaubenden Ausblick. Von dort aus konnte man an manchen Tagen bis Addhaduun, der Stadt über dem Meer, blicken. Ihre Umrisse schimmerten dann über der flirrenden Luft des Horizontes.

Er fuhr fort: „Doch so ist es bei der Jugend, kaum aus dem Haus, verfolgen sie schon ihre eigenen Pläne und Interessen. Gezired ist eine Walhörerin, sie verfügt über die Gabe seit ihrer Geburt und kann sich leicht mit Dreel und Walen gleichermaßen verständigen, nicht vielen liegt das im Blut, und ich bin stolz auf sie." Auch die Monarchin blickte mit leuchtenden Augen zu Gezired auf, die sich sichtlich in sich selbst verkroch, ob dieser Ehre … „Außerdem schwimmt sie wie ein Fisch, manchmal verbringt sie stundenlang auf See, hängt an irgendeiner Rückenflosse und lässt sich von den Viechern allerlei Wunder zeigen …

Einmal ist sie bis nach Addhaduun, ohne uns vorher was zu sagen, um dann in aller Seelenruhe mit dem Kopter vor dem Schloss zu erscheinen und Guten Tag zu sagen, mit zwei Dreel an ihrer Seite und sichtlich vergnügt." Er blickte sie streng an. „Es gibt da draußen auch noch andere, weniger freundliche Geschöpfe, wissen Sie? Aber sie redet sich dann jedes Mal 'raus, sie wäre dort sicher wie in Schwobbels Schoß, alle rundherum passen schon auf, na, da habe ich schon von anderen Dingen erfahren, aber sie will ja einfach nicht hören, eine richtige Draufgängerin ist sie, unsere liebe Tochter. Ich habe Plondt immer wieder gesagt, er soll doch auf sie mehr achten, doch entwischt ihm die Kleine immer nur."

Er schüttelte resigniert den mächtigen, oben haarlosen, von Schweißperlen bedeckten Kopf, ein geprüfter Vater, wie er war, hatte er, obschon Monarch, die Fäden doch nicht immer in seiner Hand.

Gusch meldete sich wieder, und diesmal im Flüsterton: „Unsere Dreelhörer belauschen doch unentwegt die nächsten benachbarten Systeme. Es scheint, dass Hanaquik wieder unglaublich aktiv geworden ist."

Muhmktet erschrak ein wenig und warf ein: „Aktiv? In welcher Weise? Was heckt das alte Monstrum denn schon wieder aus? Haben wir denn nicht schon genug Ärger mit ihrem Herrn, dem schwarzen Dreel?"

„Sie plant da etwas, so viel ist sicher, Monarch. Man munkelt, sie rekrutiert auf verschiedensten Planeten ihre Kinder, die dort, ihr hörig, als Schläfer auf ihre große Stunde warten. Auch auf der Erde gibt es solche Unglückselige, man kennt jedoch nicht ihre genaue Anzahl, es dürfte sich aber schon um Tausende handeln. Man versucht anhand von Berichten Dritter ihre Identität ausfindig machen und ihr Verhalten zu überwachen."

Plondt lehnte sich zurück und meldete sich mokiert zu Wort: „Gusch, der Geheimdienstchef der Dreel, welch eine dunkle Aufgabe für euresgleichen!"

„Nachforschungen sind notwendig, Plondt, man will doch nicht einmal vor vollendete Tatsachen gestellt werden, und mir nichts, dir nichts stehen wir in einem offenen Konflikt mit unüberschaubaren Konsequenzen. Das haben wir wirklich nicht notwendig. Wir müssen uns schützen, Augen und Ohren offen halten und auch die niederen und höheren Dimensionen müssen ständig abgetastet werden. Hier lauert die größte Gefahr, wie Sie wissen. Vorbeugen ist die bessere Alternative, um das Übel im Keim zu ersticken."

Muhmktet fragte: „Und wo befindet sich die Hexe jetzt?"

„Das ist der wunde Punkt, das weiß man bei der gerissenen Person nie so genau, aber man wird sie finden, das ist ein Versprechen."

„Man sagt, sie kann teleportieren, wie wollen Sie sie dann ausfindig machen?"

Gusch schwieg, Betroffenheit und Ratlosigkeit machte sich in der Runde breit, bis der Monarch die Initiative neu übernahm: „Wie geplant, sollen die Menschen hier sich ein wenig heimisch fühlen und man soll sich auch ausgiebig um sie kümmern – Gezired, Plondt, zeigt ihnen ein wenig von unserem Planeten, erklärt ihnen die Zusammenhänge und letztlich auch unsere Nöte."

Damit löste sich die Runde langsam auf. Gezired kam ungezwungen auf den etwas spröden Eridan zu und nahm ihn mit einer aufmunternden Geste an der Hand, die er, wenn auch zögernd, annahm. Einiges kam ihm hier nicht ganz geheuer vor, aber er wischte die dunklen Gedanken beiseite und erwiderte ihr freundliches Lächeln. Um ein Abenteuer war der Mann nur selten verlegen.

„Gehen wir zum Strand, ich habe Lust auf ein Eis." Gezired hopste voran, Eridan an ihrer Hand, und sie zog ihn nach. Unten an der Promenade angelangt, reihten sich die Geschäfte und Restaurants, Buden mit trockenem Fisch und scharfer Soße, offenen Läden mit allerlei wie indischen oder chinesischen Speisen aufwartend, seltsame und vertrautere Gerüche, dann endlich – das ersehnte Speiseeis. So viele Sorten, und eine exotischer als die andere. Die Aufschriften erinnerten an Arabisch, bei genauem Hinsehen waren sie aber doch wieder ganz anders. Lesen konnte Eridan natürlich nichts davon, woher auch? Sie bestellte einfach zwei kleine Dosen mit jeweils mehreren Sorten, es machte kaum Sinn, jede einzelne Frucht oder das Aroma zu erklären, denn alles musste ihm unbekannt sein, die verschiedenen Farben und Geschmäcker erinnerten entfernt an Pfirsiche, Aprikosen, einer Art Milcheis und Schokolade. Gab es auf Ard Schokolade? Dann war da noch ein ganz seltsamer Geschmack, und Gezired antwortete auf Befragung: „Das ist aus einer aromatischen Nuss und wirkt belebend, aufmunternd. Ein beliebtes Getränk wird daraus hergestellt. Seit ein paar Jahren haben wir hier sogar Cola, weißt du? Das hat vielleicht eingeschlagen, du bekommst es jetzt an fast jeder Ecke." Er blickte in ihre offenen Augen. Sie waren dunkelbraun gescheckt, schön und sanft. So schlenderten sie weiter, das Eis wurde nach und nach weniger. Einige entgegenkommende Leute, die die Prinzessin kannten, grüßten artig.

„Weißt du, Eridan, so darf ich dich doch nennen, oder?" Er nickte und sie fuhr fort: „Das Leben einer Prinzessin kann oft ganz schön einsam sein, alle sind so übertrieben höflich, niemand will jedoch wirklich etwas mit dir zu tun haben, weil sie wissen, dass du für sie außer Reichweite bist. Ab einem gewissen Punkt bist du dann immer alleine. Spezielle Erziehung, Unterricht in Etikette, nur wenig Freizeit, und die ist schon vorgeplant für dich. Dann sind da noch meine Eltern, mein Bruder, ich bin jetzt zwanzig und komme mir oft vor wie eine alte Jungfer. Kein Wunder, dass ich jede Gelegenheit suche, mir meine eigenen Erfahrungen zu sammeln. Sieh' dir die Fischer dort an!" In einiger Entfernung lag ein mittelgroßer Kutter, der gerade seinen Fang löschte. Die Leute waren vollauf beschäftigt mit Netzen, Eimern, Seilen und allem, was zu einem solchen Geschäft gehörte. „Der läuft bald aus, wetten? Wir fragen einfach, ob er uns mitnimmt, was meinst du, Eridan? Nur ein Stück, an einen netten Strand ohne Publikum, bitte. Ich komme mir hier vor wie ein Ausstellungsstück!" Eridan zögerte kurz, um sich ihr dann erwartungsvoll zu öffnen, vielleicht erfuhr er ja von ihr ein wenig mehr über den für ihn noch neuen Ort: „Okay, aber auf deine Verantwortung."

Sie trippelte mit ihren schmalen nackten Füßen behände über die Bordplanke und wurde an Deck schon von drei Seeleuten in blauer Arbeitskluft erwartet. Als Gezired sie heftig in einer seltsam fremden Sprache anredete, blickten sie nur entwaffnet zu Boden, vorsichtig mit dem Kopf schüttelnd. Dann kam der Kapitän. „Janos, quazaazech! Tak si lemor, se teckel remede?" Sichtlich erfreut, sie zu sehen, legte der alte Seebär doch tatsächlich seinen rechten Arm um ihre Schulter, die da befreit triumphierte und dabei Eridan ein wenig von oben herab, wie eine Siegerin, ansah. Sie streckte den freien Arm ihrerseits gen Himmel: „Natürlich geht das! Janos wird mir doch nicht meine Wünsche abschlagen, nicht wahr?" Sie löste sich rasch aus der Umarmung, tanzte zu Eridan hinüber und meinte trocken: „Du darfst mit. In wenigen

Minuten laufen sie aus, ich hole nur schnell noch zwei passende Dulpurs." Damit war sie auch schon weg und der Kapitän ging auf Eridan zu, streckte ihm die Hand entgegen:

„Hummur so sollz vischud, min scheckl. Hrave?", meinte er nur mit rauer Stimme. Eridan schüttelte nur lächelnd den Kopf und zeigte abwechselnd auf seinen Mund und seine Ohren, versuchte dann dem Kapitän auf mindestens acht irdische Sprachen zu danken, doch darauf gab es seitens des Seemanns auch nur ein Kopfschütteln, dann lachten beide einfach nur und strahlten sich gegenseitig an. Doch das Ungesagte hing in der Luft und drückte jedem ein wenig auf die Brust. Jeder wollte dem anderen noch etwas mitteilen, aber das ging eben nicht. Eridan sollte unbedingt wenigstens nur ein paar Worte von der hiesigen Sprache lernen, wenn er sich einmal alleine unters Volk mischen müsste. Mit der Gebärdensprache alleine kam man eben nicht immer ans Ziel …

Gezired war wieder da, über die Schultern jeweils mit einem dunkelgrauen, gummiartigen Ganzkörperschwimmanzug behangen, warf sie beide über die Planke auf Deck und unterhielt sich dann ein wenig, jedoch mit Janos. Dabei gebärdete sie sich oft übertrieben und immer wieder gab sie erstaunte Laute von sich. Sie sah wieder auf die Anzüge, dann blieben ihre Blicke bei Eridan hängen: „Die sind schwer, weißt du?"

„Auf der Erde gibt es auch so was Ähnliches, wir nennen sie Tauch- oder Neoprenanzüge. Doch die hier schließen den ganzen Körper inklusive Gesicht mit ein. Habe ich noch nie gesehen, auf der Seite am Rumpf, sind da nicht zahlreiche Schlitze?"

„Das sind doch die Kiemen, wie willst du sonst unter Wasser atmen, du Dummkopf?" Gezired schüttelte ein paarmal hintereinander den Kopf und begann, in Eridan eine tollpatschige Landratte zu sehen. Zu seiner Entschuldigung meinte Eridan: „So einen Anzug gibt es bei uns eben noch nicht, Gezired. Übrigens – woher kennt ihr bei Hofe eigentlich unsere Sprache? Habt ihr die in der Schule gelernt?" „Ja, ja, eure Sprachen, Englisch ist Pflicht bei uns, aber so viele verschiedene Sprachen und Dialekte, wie kommt ihr nur miteinander aus? Man sagt, ihr habt Englisch als neue Weltsprache auserkoren, fühlen sich da die einzelnen anderen Völker nicht benachteiligt?" Gezired hatte sich offenbar so ihre Gedanken gemacht. Er meinte nur: „Man kann ja mehr als nur eine Sprache lernen, oder? Außerdem gibt es jede Menge Leute, die im Lande bleiben und einfachen Dingen nachgehen – brauchen die dann unbedingt mehr als ihre Muttersprache?"

Inzwischen war klar Schiff und ein großer Elektromotor begann dunkel zu schnurren, um mit der Schraube das Wasser an Achtern aufzuwühlen. Die Fahrt begann, der aufkommende Wind milderte den überall an Deck herrschenden Fischgestank. Die Kaimauer und die Promenade wurden rasch kleiner und die Stadt mit dem über ihr thronenden Palast war jetzt deutlicher zu sehen. Es kamen viele von alten Bäumen erfüllte Parks zur Ansicht, herrschaftliche Villen, die den Bauwerken der Kolonialzeit in entsprechenden Breiten auf der Erde ähnelten, wechselten sich mit einfacheren Hütten ab. Vielenorts herrschte geschäftiges Treiben. Hochhäuser oder Viertel mit den auf der Erde so üblichen Wolkenkratzern sowie die hässlichen Wohnsilos waren hier nirgendwo auszumachen. „Wie heißt eure Stadt da eigentlich?", wollte Eridan wissen. „Das ist – Mezmerie", ihr Körper straffte sich kurzzeitig in aufkommendem Stolz, „unsere alte Hauptstadt."

Ein paar Sekunden verstrichen. „Sie ist schön, eure Hauptstadt. Die alte? Gibt es auch eine neue?", wollte Eridan wissen. Sie zeigte mit der ausgestreckten Hand in Richtung hinter den Hügeln. „Ardenia. Das liegt etwa dreihundert eurer Kilometer landeinwärts. Aber hier ist es schöner. Ich brauche das Meer. Als Landratte wäre ich nicht komplett, auch wenn es nicht so weit weg ist … ich lebe lieber hier. Außerdem hat man neue Städte im Meer gebaut, da drüben ist zum Beispiel Addhaduun, das wirst du sicher noch kennenlernen!"

In den ruhigen Momenten wanderten Eridans Gedanken zurück auf die Erde. Dort galt er als vermisst, war wahrscheinlich schon für tot erklärt worden. Ein erschütternder Gedanke. Er hatte zwar nicht viel Anhang, nur einen dementen Vater, der in einem Heim nahe Christchurch vor sich hindämmerte. Aber Ricky – der hatte Familie! Zwei halbwüchsige Töchter, eine Frau, für sie musste es ein katastrophaler Schock gewesen sein, vom Absturz ihres geliebten Vaters und Ehemanns verständigt worden zu sein.

Auch wenn sie immer mit so etwas rechnen mussten, bei dem Lebenswandel ... Es lag momentan nicht in seiner Macht, Angehörige oder überhaupt irgendjemanden auf der Erde zu verständigen, sie zu beruhigen, dass es ihnen gut ginge ...

Sie hatten die weitläufige Bucht von Mezmerie verlassen, waren um eine Landzunge abgebogen und fuhren in mehreren hundert Metern Entfernung entlang der Küste. Dieselbe verlief flach dem Meer zu, das Ufer von zahlreichen palmenartigen Bäumen und hohen Koniferen gesäumt. Da waren auch viele größere und kleinere Einschnitte wie Buchten, Mündungen von Bächen und kleinen Flüssen, wo sich ufernahes Fischen aus kleinen Booten verdichtete. Der Kapitän am Steuer wurde unruhig, ging ein paar Meter hierhin – ein paar Meter dorthin, murmelte etwas in seinen Vollbart und erregte sich zusehends immer mehr, als er auf irgendetwas auf der Wasseroberfläche zeigte: „Taak! Rhinzano septimok weteeh!"

Er hielt in Achselhöhe die Arme auseinander und war sichtlich beeindruckt, schaute immer wieder ermunternd zurück zu Gezired und Eridan, um dann wiederum seinen Blick nach vorn zu richten. Voraus schwammen mindestens acht riesige Wale, einige davon Weibchen mit ihren die Nähe der Mütter nicht verlassenden Kälbern, die Kleinen ihrerseits mindestens vier Meter und oft schon über eine Tonne schwer. Der „Blas" war ringsherum immer wieder auszumachen und die mächtigen Bullen schossen hoch, um sich in riesigen Fontänen vor den Weibchen wieder ins Meer zu stürzen.

„Hier gibt es viel Krill!" Gezired meldete sich wieder. „Auf Ard müssen die Wale nicht über Tausende von Meilen wandern, um zu fressen oder sich fortzupflanzen, es gibt hier auch noch viel mehr als bei euch Barbaren." Eridan fühlte sich ein wenig beleidigt. „Bei uns gibt es nur noch wenige Nationen, die sich dem Walfang verschrieben haben, die meisten Menschen haben deren Bedeutung erkannt und achten die wundervollen Tiere!"

„Nachdem ihr sie fast vollständig ausgerottet habt, ich weiß", entgegnete Gezired bitter. „Sie stammen ursprünglich von hier, ich habe noch von keinem auf Ard gestrandeten Wal etwas gehört, Eridan." Ihre Augen bohrten sich in seine und er wurde verlegen …

Der Kutter hatte haltgemacht und lag nur noch in der schwachen Strömung. Gezired stand an der Reling und hatte die Augen geschlossen, um in sich hineinzuhören. Ein leises Schmunzeln machte sich in ihrem Gesicht breit, dann murmelte sie etwas, um danach die Augen langsam wieder zu öffnen.

„Die Herde hat mich wiedererkannt! Der große Bulle da", sie zeigte erregt auf einen der Wale, „Er kann sich noch an mich erinnern. Wir waren einmal gemeinsam abtauchen, ich glaube, vor zwei Monaten." Der Wal legte sich ein wenig auf die Seite, um alle Versammelten an Deck mit seinem großen Auge nacheinander zu mustern. Dann schickte er eine riesige Wasserfontäne durch sein Atemloch nach oben. „Er fragt, wer du bist, Eridan! So einen Teufel hat er noch nie gesehen. Er hat deine Gedanken durchforstet und kennt sich bei dir nicht aus. Er sieht Bilder aus deiner Heimat, Berge, Eis und Schnee. Er kennt das alles nicht, woher auch. Er fragt, was das für eine Metallkiste ist, mit der du immer wieder herumfährst." Eridan schaltete sich ein: „Sag ihm, das ist ein alter australischer Ford, nicht umzubringen." „Der Wal meint, der stinkt ganz entsetzlich. Und du bist so bleich. Du solltest etwas für deine Gesundheit tun."

Eridan wurde verlegen. Was ging nur in diesen Hirnen da unten vor? Gezired sagte: „Jetzt wird's persönlich, er macht mir Komplimente, der alte Knacker, wofür hält er sich denn?" Die Prinzessin wurde rot, dann verstand sie aber: Der Bock war in Paarungsstimmung, na, so was … Mit einer heftigen Bewegung seiner Fluke verursachte er eine mindestens 2 Meter hohe Welle, die auf die Bordwand schlug und alle nass machte.

Er tauchte ab. Gezired tat jetzt sehr gescheit und begann zu erklären: „Jetzt geht er singen. Er taucht auf eine Tiefe von, na sagen wir einmal 40 Meter, und verharrt dort für eine Weile regungslos. Dann beginnt er damit. Andere Wale, vor allem jüngere Bullen machen es ihm nach. So ruft er die Dreel. Er will sich wohl bei ihnen informieren, vielleicht wissen die was von dir. Er ist ganz außer sich, der Gute." Sie war ganz erregt, dann hörte sie wieder in sich hinein, um plötzlich zu frohlocken: „Da sind ja unsere Freunde ! Unten ist eine ganze Gruppe unterwegs zur Trauminsel! Die sind im Ausnahmezustand, irgendetwas ist passiert, glaube ich, ich frage einmal nach …" Gezireds Miene verdüsterte sich plötzlich und sie stand für eine Weile still mit geschlossenen Augen da.

Dann öffnete sie wieder ihre Augen und musste sich hinsetzen. „Das darf doch nicht wahr sein! Mit so etwas haben wir alle nicht gerechnet. Ich muss sofort meinen Vater verständigen. Janos, ti lappe sin Mezmerie, quinn!" Sie sah zu Eridan auf. „Wir müssen zurück. Da braut sich was zusammen."

Die Wale zurücklassend, beschrieb der Kutter einen großen Bogen und machte volle Fahrt zur alten Hauptstadt. Die Wogen waren jetzt deutlich höher und der Kiel spaltete das Wasser unter aufspritzender Gischt. Niemand gab auch nur ein Wort mehr von sich.

10
EINE STADT ÜBER DEM MEER

Addhaduun. Wohlan, man stelle sich eine Ölplattform, etwa in der Nordsee vor, auf meist vier, manchmal sechs oder mehr dicke runde Stelzen gestützt, eine Plattform in bis 45 Meter Höhe über dem Meeresspiegel, die jedem Wetter und fast jedem Beben trotzt. Dem nicht unähnlich, stand 40 Meilen vor der Küste des zentralen Kontinentes eine Konstruktion zahlreicher Einheiten, jeweils gestützt von fünf derartigen Kolumnen, jedoch in fast einhundertzwanzig Metern Höhe, mit einem annähernd hundert Meter im Durchmesser haltenden kugelförmigen Gebilde obenauf, Letzteres mit mehreren Stockwerken und durchwegs Fenstern mit Meerblick. Die einzelnen Wohnblasen waren durch miteinander vernetzte teils offene, teils geschlossene Gangsysteme verbunden.

Die Stützpfeiler waren tief in den maritimen Boden vorgetrieben worden und reichten oft nahe an eine tief liegende, riesige Magmablase heran, aus deren Umgebung reichlich geothermische Energie gefördert werden konnte. In gleicher Höhe eingestreut waren nach oben offene, lediglich in den Randbereichen Zwecks Wind- und Erosionsschutzes böschungsartig vom Abgrund begrenzte, schwimmfähige, auf Pontons aufgebaute landwirtschaftliche Nutzflächen. Hier standen auch zahlreiche Windräder zur Gewinnung von elektrischem Strom. Diese bei Bedarf offenbar schwimmfähigen Inseln waren oft unterschiedlich, stern- und tropfen-, ja auch nierenförmig begrenzt, und sahen mit zuweilen bewaldeten Flecken fast schon natürlich aus. Auf den Feldern schlichen große landwirtschaftliche Maschinen dahin, ob zur Aufbringung von Saatgut oder zur Ernte der unterschiedlichsten Getreidesorten, des Gemüses oder gar Obstplantagen. Herden von an asiatische Wasserbüffel erinnernden, jedoch so gut wie unbehaarten Tieren, aber auch Ziegen und Schafe benötigten Weidegrund. Auch dafür war gesorgt.

Darüber hinaus gab es auch von dichtem Dschungel oder Savanne bedeckte, von Wildtieren bevölkerte Inseln. Liebliche Wasserläufe, die zuweilen über kleine Katarakte stürzten, sich an anderer Stelle zu fast stehenden teichförmigen Gewässern verbreiterten, durchzogen ganze Landschaften. All dies benötigte natürlich unheimlich viel Platz, sodass die gesamte „Anlage" eine Fläche vom Großraum Los Angeles einnehmen musste. An technischen Einrichtungen waren noch mehrere Wassertanks, Behälter für Treibstoffe und Chemikalien verschiedener Art, zwei Meerwasserentsalzungsanlagen und ein größerer und an anderer Stelle kleinerer Luftfahrt- und Raumhafen erwähnenswert. Mehrfach schoben sich bandförmig an die Meeresoberfläche herabführende Landzungen zu einigen groß angelegten Hafenanlagen, deren Existenz von einer umfänglichen Schifffahrt auf dem Planeten zeugte. Die ausladenden Halbinseln passten sich automatisch den etwaigen Veränderungen des umgebenden Wasserstandes der Meeresoberfläche an und waren von Straßenzügen durchzogen. Androiden unterschiedlicher Bauart versahen hier ihren einförmigen Dienst. An den jeweiligen am Ende liegenden Küstenstreifen fanden sich ebenfalls Anlagen, die oft mit romantischen und Ruhe ausstrahlenden Buchten versehen waren. Addhaduun war hinsichtlich vitaler Systeme offensichtlich ein intakter und von möglichen anderen Zentren augenscheinlich unabhängiger, weitestgehend selbst versorgender, eigenständiger Ort mit einer autarken Infrastruktur, ähnlich einem Stadtstaat.

Hier ließ es sich offenbar auch gut leben. Die Insaan hatten in ihrer freien Zeit die Auswahl an verschiedenen Sportarten wie Speerwurf, Bogen schießen, Wasserball, natürlich Lauf- und Schwimmsport, auch Mannschaftssportarten wie Fußball und Polo hatten Dank interessierter Beobachtung der Menschen auf der Erde über die Brücke hier großen Zulauf bekommen. Man tauschte sich hier wohl eben nur einseitig aus, denn wer hatte bei uns jemals von Dohlden und Knarr gehört, zwei kombinierten Wasser-/Landsportarten, ähnlich unserem Triathlon, doch bei

Dohlden musste ein seltsamer Gegenstand, im Aussehen einer Wassermine aus dem ersten Weltkrieg ähnelnd, in amphibienartiger Manier ans Ziel gebracht werden (Esmariel beteuerte jedoch mehrmals beharrlich deren Ungefährlichkeit).

Bei Knarr war man auf dem Weg gezwungen, zahlreiche Hindernisse zu umgehen oder einzureißen, wie etwa Steinmauern mit bloßen Händen zerstören oder geeichte Kampfroboter unschädlich zu machen. Dabei gab es mehrere Schwierigkeitsgrade und auch der Letzte bekam noch eine Trophäe als Anerkennung des durchgestandenen Parcours. Verletzungen wie Abschürfungen, Rissquetschwunden und Knochenbrüche waren hier an der Tagesordnung.

Am meisten Zulauf hatte jedoch das Delfinreiten, bei dem nur ein optimal abgestimmtes Insaan-Delfinpaar mit starker telepathischer Bindung von Reiter und Tier Aussicht auf Erfolg hatte. Das Rennen ging über unterschiedliche Distanzen, abschnittsweise auch über längere Strecken unter Wasser, wobei der Weg mittels entsprechender farbiger Bojen gekennzeichnet war. Aus diesem Grund wurden auch mit künstlichen Kiemen versehene, eng anliegende Dulpur-Anzüge getragen, die eine optimale Beweglichkeit bei fehlender Notwendigkeit eines Druck-Ausgleiches beim Auftauchen garantierten. Esmariel schwärmte von „seinem" Tier, mit dem er noch immer, nach dessen „Pensionierung", eine innige Verbindung hatte und regelmäßig auf Tauchgang ging. Auch Delfine hatten eben ein Recht auf Freiheit, das man ihnen hier auch nicht streitig machte. Flipper konnte ja auch noch kommen und wegschwimmen, wann ER es so wollte.

Esmariel und Eridan standen am Rand einer der äußeren Inselplattformen, hinter ihnen Wiesen und Äcker, vor ihnen das offene, ruhig daliegende Meer und im Westen tauchte die bald untergehende Sonne das gesamte Firmament und die See in ein eindrucksvolles, tiefes Rot. Die Sicht war jedoch überaus klar und in der Ferne konnte man, geradeaus blickend, einen Silberstreif von Land erahnen. Der freundliche Insaan hob den rechten Arm und beendete eine Minute des Schweigens halblaut:

„Dort liegt Mezmerie, unsere Perlenstadt. Wir sind hier etwa 40 Seemeilen entfernt, für den Fall des Falles gibt es mehrere Transportsysteme, mit denen auch rasch evakuiert werden kann. Neben dem Seeweg und der Luft gibt es auch ein mittlerweile fast planetenweit etabliertes Unterwasser-Rohrsystem mit hydrokinetischem Antrieb, auf diesem Wege gelangen wir auch heute Nacht rasch wieder an Land."

„Erwartet man denn einen Notfall?"

„Nun, Sie kennen mittlerweile schon die Gefahr des Ansteigens des Meeresspiegels durch etwa raschere Entleerung unterirdischer Wasserspeicher. Darüber hinaus gibt es auch weniger friedlich eingestellte Charaktere, etwa die Leute aus Sorr, aber auch Völker, von deren Existenz Sie noch nichts wissen können. Aber dazu später.

Die Tage auf Ard sind um gut zwei Stunden kürzer als auf Ihrer Erde und im Äquatorialbereich geht die Sonne auch sehr rasch auf und wieder unter."

Tatsächlich sah man in der Ferne eine Herde Finnwale mit blutrot aufglänzenden Rücken, das dahinter liegende Gestirn nur noch zu einem Drittel sichtbar, die Schatten der beiden Männer wurden nach hinten zu immer länger. Dort joggten noch ein paar Frauen und Männer, einige grüßten freundlich. Die Agrarmaschinen dahinter stellten langsam ihre Tätigkeit ein. Ein kühlerer Hauch kam vom Meer herauf und Esmariel bedeutete seinem Begleiter, sich auf einen Eingang der großen Rundbauten zuzubewegen.

In einem kreisrunden Versammlungsraum warteten schon Ricky, Hella, Plondt und Gezired, auch Gusch kam gerade aus der Tür gegenüber herein, und sie setzten sich alle an einen kleineren, runden Tisch. Der erlebnishungrige Ricky hatte sich offenbar in einer Runde Knarr geübt, an Kopf und Armen mehrere Verbände, und ächzte müde vor sich hin. Der angenehme Geruch eines entfernt nach Kaffee erinnernden Getränkes erfüllte die Luft ringsum.

Plondt eröffnete die Runde etwas verlegen:

„Da sind wir ja wieder beisammen. Ihrer Frau Doktor ist es schon aufgefallen. Die beiden Jungen haben wir, zumindest vorübergehend, der Gesellschaft Gleichaltriger zugeführt, wo sie sich sicher wohler fühlen. Wir haben sie nicht ‚gekidnappt', wie einer von Ihnen sich auszudrücken pflegte, sondern jeweils aus für sie lebensbedrohlichen Situationen geholt. Der eine war kurz vor dem Ertrinken, der andere auf der Flucht vor einer marokkanischen Organtransplant-Mafia-Bande, die seiner Niere nachstellte. Auch sie hat man unter vielen Tausenden von Kindern erkannt.

Das Besondere an euch liegt in euren Genen. Hier ergeben sich auffallende Parallelen mit jenen der Insaan. Bei einigen ist daher zu erwarten, dass sich bei gewisser Übung und Führung auch bestimmte Fähigkeiten ausbilden, die sowohl für uns wie auch euren Heimatplaneten von Nutzen sein würden. Diese wiederum sind individuell sehr verschieden. Um das eben herauszufinden, bleibt ihr für eine Weile bei uns, wenn ihr wollt. Es soll keine Freiheitsberaubung sein, aber überlegt bitte schnell. Wer Bedenken hat, möge sich dann melden. Ich bin hier nicht der Spezialist, das fällt dann eher ins Resort von Gusch und seinen Leuten. Die führen eigens zu diesem Zwecke reguläre Schulen und Institute. Später könnt ihr dann für uns Insaan, irgendwo im Einflussbereich unserer Kultur oder auch auf der Erde zu beiderseitigem Nutzen eingesetzt werden. Ich bin sicher, ihr werdet alle euren Weg und eure Bestimmung finden."

Er nippte an seiner Tasse, währenddessen sich bei den Beteiligten unterschiedliche Reaktionen abzeichneten. Gusch musterte sie abwechselnd mit seinen Falkenaugen, verbreitete dabei allerdings eine Ruhe und Zufriedenheit sondergleichen.

Gezired, die sich neben Eridan gesetzt hatte, blickte zu Letzterem erwartungsvoll auf. Der blieb vorerst ganz ruhig.

Die Veterinärmedizinerin verzog jedoch unbehaglich ihr Gesicht und ging in Abwehrhaltung:

„Ich kann nicht für die anderen sprechen, aber wir alle erfüllen auf der Erde eine gewisse Aufgabe, Herr Weeler hat dort Familie, und ich einen wichtigen Job …"

„Sie alle sind dort entweder für abgängig oder tot erklärt worden. Auf Ihrem Sessel, Dr. Pfermann, sitzt dort schon einer Ihrer Kollegen, wir wissen das. Was die Familie von Ricky Weeler betrifft, haben wir uns da etwas ausgedacht. Er wurde auf wundersame Weise gerettet und verbringt jetzt Zeit mit ein paar Mönchen im Himalaja, welche von uns diesbezüglich eingeweiht wurden. Das ist zwar ein ganz schöner Brocken für seine Frau und seine Töchter, aber immerhin besteht für sie die Chance einer Wiedervereinigung. Nur Eridan ist sozusagen tot, bei einer Rückkehr bräuchte er eine neue Identität, die wir ihm natürlich verschaffen würden ..." Letzterer meldete sich zu Wort:

„Und was bekommen wir als Gegenleistung? Ich meine, offensichtlich braucht ihr uns ja, und daheim ist es üblich, dass Dienste ähnlicher Art entsprechend abgegolten werden." Gusch:

„Sie haben natürlich recht, Eridan. Mir sind eure Sitten bekannt. Wir verfügen selbstverständlich über Ressourcen, und werden uns nicht kleinlich zeigen." Mit einer läppischen Handbewegung versuchte er, alle Bedenken beiseitezuschieben. „Wir werden uns schon handelseinig. Doch Ihre Dienste sollten auch für die Erde von großem Nutzen sein, und allein der ideelle Wert für alle Beteiligten, auch für Sie persönlich, ist, wohlgemerkt, durchaus bedeutsam. Sie können hier eine Menge lernen und wir werden nichts unversucht lassen, Ihren Aufenthalt so angenehm wie möglich zu gestalten." Mit einem Blick durch die Runde schloss er. „Sie alle werden jedoch durchaus gefordert werden, davon sollten Sie ausgehen, und danach werden Sie nicht mehr dieselben sein."

Plondt meldete sich wieder zu Wort: „Vorläufig wohnen Sie zur Eingewöhnung in unserem Palast in Mezmerie, erhalten neue, adäquate Kleidung und unabdingbare Ausrüstungen, die Sie in weiterer Folge benötigen werden. Gezired wird sich dann Ihrer annehmen und Sie weiter hier integrieren. Sie werden mit unserer Kultur, Sprache, den Ritualen und der allgemeinen Lebensweise bekannt gemacht, bevor die Dreelschulung für jeden Einzelnen beginnt und Ihnen jeweils kompetente Ausbilder beiseitestehen."

Gusch schlug in dieselbe Kerbe:

„Unser Volk hat im Umgang mit den Insaan große Erfahrung. Zu aller Anfang werden wir euch austasten. Keine Angst, das ist weder schmerzhaft noch schädlich, erbringt aber ausführliche Informationen über die jeweiligen eigentümlichen Kapazitäten und Perspektiven Ihrer Entwicklungsmöglichkeiten. Eine Anzahl von Spezialisten der Dreel hat bereits begonnen, sich auf die feierliche Prozedur vorzubereiten. Sie findet auf der Insel Mehuraam statt, und das bereits in wenigen Tagen. Auch wir müssen uns vorbereiten. Bis dahin haben Sie alle Ausgang, den Sie wahlweise auf Addhaduun oder Mezmerie verbringen sollten. Da gibt es überall Möglichkeiten der Zerstreuung und Sie können Ihren jeweiligen Neigungen nachgehen, wie gesagt, Sie sind unsere geschätzten Gäste und sollen sich unserer Gastfreundschaft erfreuen und wohlfühlen.

Danach erbeten wir dann Ihre letztgültige Entscheidung, die Ausbildung ist umfangreich und aufwendig, und nur, wer es von ganzem Herzen will, hat auch Aussicht auf Erfolg. Nicht vielen Menschen wurde bislang ein solcher Weg geboten, und Sie sollten sich für geehrt und einzigartig erachten. Soweit es uns möglich, moralisch und ethisch vertretbar sein wird, werden wir Sie auf das Niveau einer für Sie zuvor unbekannten Rasse bringen."

Hella wurde unbehaglich zumute:

„Ist das ein erprobtes Verfahren? Ich meine, es ist für mich kaum vorstellbar, dass hier keine Gefahren lauern, Sie sagen selbst, wir werden nicht mehr diejenigen sein, die wir zuvor waren. Auch die menschliche Psyche ist kompliziert und anfällig für allerlei Fehlfunktionen, angefangen mit Psychosen bis zum Suizid, Geistes- und Verhaltensstörungen aller Art bis hin zum Wahnsinn ..."

„Wir werden Sie nicht über Gebühr belasten und haben die Sache im Griff, Sie sind nicht die Ersten, glauben Sie mir. Wir haben vielenorts bereits Leute eingeschleust, die mit ihren Fähigkeiten gut und wie selbstverständlich umgehen können. Wir verabreichen auch keinerlei Drogen, außerdem gibt es eine eingebaute ‚Notbremse', das heißt, bei Überschreitung einer gewissen Toleranzschwelle bildet sich die erworbene Fähigkeit von selbst zurück, ebenso wenn es für sie keinen Bedarf gibt." Er stand jetzt auf, um sich eindringlich an alle zu wenden:

„Wir brauchen jeden Einzelnen von euch, um der kommenden Bedrohung die Stirn bieten zu können, eine Bedrohung, die zunächst unsere, dann sicherlich auch eure Welt betreffen wird. Wir haben vorausgesehen, dass diese Bemühungen nicht nur von Wert, sondern von existenzieller Bedeutung sind. Es wird nicht nur um Wale und andere Tiere gehen, sondern um uns alle. Doch wir haben Verbündete, die Insaan, die Malak, auch die Engelsgleichen genannt, die Schoschonoor von Altair und auch die Menschen der Erde, sofern sie dazu befähigt sein werden, werden im Kampf gegen die Abtrünnigen von Sorr, Brufan und Hanaquik gemeinsam auftreten. Auch das Überwesen Sachch ist ob der Umstände äußerst besorgt und wird hoffentlich überzeugt werden können. Für die Lehrgänge kann ich euch nur einen Rat geben – geht da hinein mit den Herzen eines Kindes, dann fällt vieles leichter."

Nun kam durch die Tür auch noch Zhen-Li in seinem Rollstuhl, wiederum mit seinen auffälligen Brillen bewehrt. Gusch stellte ihn nun auch näher vor:

„Euer Landsmann ist Professor für vergleichende Interspeziesgeschichte, bei Bedarf wird er euch kompetent auf Fragen hinsichtlich der Insaan, Dreel und der anderen Rassen Auskunft geben können. Er lebt nun schon für viele Jahre bei uns und wird wohl auch seine letzten Tage noch hier verbringen."

Der Chinese wirkte irgendwie entrückt, als wäre er mit seinen Gedanken noch bei seinen Büchern. Gusch fuhr fort:

„Bei technischen Problemen hat Esmariel die beste Übersicht, Malaa'ek wird euch die Geschichte seines Volkes näherbringen. In Sachen der Hofetikette und auch in marinen Dingen seid ihr bei Gezired und Plondt bestens aufgehoben."

Gusch sprach weiter: „Nicht jeder Dreel ist Gestaltwandler wie ich und zur Erleichterung der Kommunikation geben wir euch Gezired mit auf die Insel. Wir treffen einander dann in einer Stunde am Hydrokineton-Bahnhof. Morgen um diese Zeit herum erwarte ich dann eure endgültige Entscheidung."

Die letzten Worte hatte er mit einigem Nachdruck betont und dann setzte er sich.

Die Gesellschaft zerfiel in kleinere Gruppen und Gemurmel machte sich breit. Irgendwie war die Luft von Elektrizität erfüllt, aufgeregte Erwartung stand in den meisten Gesichtern geschrieben, zum Teil heftiges Debattieren war vernehmbar, darüber eine Wolke Duftes von dem gerne angenommenen Kaffee.

Irgendwo da draußen braute sich etwas zusammen und die Abendstimmung mit der allzu stillen See erschien wie die Ruhe vor dem Sturm ...

11
SAHASHREL

Al Ard, nördliche Halbkugel. Eine Insel im Weltmeer. Sahashrel hatte das Sein und das Nicht-Sein überwunden und schwebte in seinem Körper, der nur sein Werkzeug war. Kein Schmerz, kein Gedanke, zu seiner Überraschung hielt ihn etwas in diesem Zustand wie in einer liebevollen Umarmung, die mehr war als er selbst, insgesamt und doch alles umfasste, was er war. Er hätte sich bewegen können, tat es aber kaum, er atmete nur tief und gleichmäßig, die Kraft steuerte seine Atmung und die geringen Bewegungen, die sein Körper noch vollzog. Markanterweise bewegte er sich nicht, er wurde bewegt; doch er fühlte. Er wusste, er war es selbst, der fühlte. Die Gedanken, sofern sie noch von Relevanz waren, *wurden* gedacht, doch er konnte aus der Distanz beobachten, wie sie entstanden:

„Was bin ich?"

Wie ein feiner Faden durchströmte es seinen Körper und seinen Geist.

„Warum bin ich hier?"

„Du suchtest nach einer Antwort", kam ihm leise zu Bewusstsein.

„*Dies* ist die Antwort, kannst du sie jetzt erkennen?"

Er wusste es – alles, alles war so offensichtlich, klar und einfach. Er wurde gelebt. Er war die Marionette und der Marionettenspieler in einem.

So viele Jahre, Jahrzehnte waren vergangen und immer wieder stellte er sich diese Frage, und dann erhielt er nur unzureichende „Antworten", die ihm jetzt wie perpetuierende Irreführung vorkamen, jetzt, ob der Offensichtlichkeit, der Klarheit, die ihn durchdrang. Nun, er gab sich selbst auch die Schuld: War er einfach so lange Zeit auf dem Holzweg, hatte er gesucht und an die falschen Türen gepocht? An Türen, die nur aufgemalt waren, die sich aber letztlich nur als taubes Mauerwerk herausstellten? Waren seine Intentionen auch fehlerhaft, hinter jedem dieser Versuche steckte obschon der ehrliche Wunsch des „Sich-Befreiens", das Verlangen nach endgültiger Erfüllung der geheimsten Sehnsucht, mit der Erkenntnis, dass deren Auflösung auch die Erfüllung gebracht, die letzten Schleier gelüftet hatte.

Danach glitt sein Bewusstsein in tiefen, scheinbar endlosen Schlaf.

Dieser Zustand des traumlosen Schlafes war erquickend und das Erstaunliche war: Er konnte sich selbst beobachten, wie er einschlief, er konnte mitzählen, wie oft er sich im Schlaf umdrehte (15 Mal!) und wie er aus dem Tiefschlaf langsam erwachte.

Er brauchte keinen Wecker, um zu wissen, wie spät es war: 7:30 Uhr. Es war Zeit, aufzustehen. Nach Erledigung der Morgentoilette und nachdem er seine Montur angelegt hatte, trat er ins Freie und blickte auf das ihn umspannende Firmament: Wie beeindruckend, der gestrige Sturm hatte sich gelegt, doch konnte er hohe, schnell vorüberziehende Wolken in tiefen Orangetönen im Licht der Morgensonne verfolgen, die Luft war überaus klar und kalt.

Auf den vor ihm liegenden Wegen lagen kreuz über quer die von den Gewalten abgerissenen, noch teilweise belaubten Äste, und unter deren Krachen und Knistern bahnte er sich seinen Weg, indem er in langsamem Trab, seinen Bogen um die Schulter, die Pfeile am Halfter, zielsicher vorankam. Dabei begann die vor ihm liegende Luft, anfänglich fast übernormal klar, zu flimmern. Er selbst beschloss, in Transzendenz zu gehen, zu desintegrieren und in diesem Zustand etwa 200-mal schneller voranzukommen als wäre er nur gelaufen. Er beherrschte diese Technik seit Langem. Dazu bedurfte es lediglich einer geringen Mehranstrengung, einer konzentrierten spontanen Flutung des sich vor ihm öffnenden Zwischenraumes; diese Art der Fortbewegung war überaus ökonomisch.

Er wusste gut, wer er war, er kannte die Bedeutung seines Handelns sehr genau und seine Aufgabe war ihm bestens vertraut: Es war ihm einleuchtend, er würde auch bereit sein müssen zu töten, um zu überleben, auch lag es in seiner Natur, dies zu tun.

Er nannte sich Sahashrel und er war der letzte Kämpfer seiner Art.

★★★

Wie dem auch sei; Imperien entstehen, erblühen in ihrer ganzen Pracht, doch auch die am längsten bestehenden Reiche sind – und dies ist eine historische Tatsache – letztlich dem Untergang geweiht gewesen. Selbst die Götter werden alt, zur Legende und durch neue Götter ersetzt, die die alten sagenumwobenen Figuren ablösen und deren neuer Imperativ den Geist und das Gewissen von Abermillionen beherrscht, die Allmacht verkündet und die Menschen leiten soll. Was wäre gottgefällig und wodurch wird das bestimmt? Gewiss, es gibt sogenannte bleibende Werte, welche die Zeiten überdauern und derer sich zu besinnen wohl nie ein Fehler sein kann, in einer Welt, deren offenkundig stetige Veränderungen sich aus ihrer jeweiligen eigenen Natur definiert. Ohne sich weiter ethnologischen Fragen zu widmen, kann ein göttlicher Plan im Spiegel der Natur und ferner auch der menschlichen Natur gesucht und gefunden werden, mit den Methoden der Wissenschaften lassen sich viele Phänomene ergründen, deren Gesetzmäßigkeiten erkennen, um jedoch immer wieder auf neue Barrieren zu treffen, wo anerkannte Wissenschaften nur noch eine Anzahl von Hypothesen zu bieten haben, zur Findung einer allgemeingültigen Wahrheit jedoch nicht in der Lage sind. Das Nicht-Wissen dieses offenbar schier unendlichen Teiles unserer Existenz verleitet uns möglicherweise dann, auch andere als die wissenschaftlich erprobten Wege zu beschreiten zu versuchen, wie früher in der Alchemie, der Magie, der Welt der Kulte und Rituale, deren es wohl keiner auch so winzigen menschlichen Kultur ermangelt, um wiederum in all unserer Schlichtheit unserer eigenen Ohnmacht gegenüberzustehen, den Sinn unserer Existenz eben nur ansatzweise verstanden zu haben.

★★★

Chielmar hatte sich ursprünglich nach und nach aus einer alten Einsiedelei entwickelt, dort, wo Wasser, Land und Luft sich trafen, ein natürlicher Hafen für die Aussätzigen der Welt, Menschen, die Letztere aufgegeben hatte und die entweder noch imstande waren, für sich gerade noch eine Zuflucht zu finden oder die, welche aus freien Stücken hier waren und sich bewusst einer althergebrachten Lebensweise widmeten, die ihrer mehr oder weniger traurigen Existenz einen neuen Sinn verleihen sollte. Es war eigentlich ein Ort, den, einmal dort angekommen, so gut wie niemand mehr verließ, auch wenn es ihm freistand, und wenn in Ausnahmefällen jemand nach längerem Aufenthalt wieder in das geschäftige Treiben der übrigen Welt zurückkehren sollte, war er auf seltsame Weise verändert, er würde nie mehr derselbe sein, die in der übrigen Welt anzustrebenden Ziele wie etwa ein Geschäft oder eine Familie zu haben, einer bestimmten Berufung zu folgen, hätten für ihn den Reiz verloren. Denn abgesehen von den unattraktiven Umständen, welche das Leben in Chielmar prägten wie Mühsal, die herrschende allgemeine Armut und das offenkundige Fehlen der Möglichkeit jedweder geistiger Zerstreuung oder die Ausübung gemeinhin zumindest teilweise als Laster empfundener Tätigkeiten wie der Gebrauch von bestimmten Drogen, Alkohol, ein Ausleben der Sexualität, hatte dieser Ort doch eine besondere Wirkung auf so gut wie alle, die dort lebten, eine besondere wirksame Kraft, die jeden berührte, die Körper und Geist wie auch die Seele jedes Einzelnen auf unnachahmliche Art prägte und bleibend veränderte. Doch auch denjenigen, die von der Existenz dieses Platzes wussten, erschien es im Allgemeinen nicht erstrebenswert, dort zu weilen.

Kaum jemand hier sprach viel. Litsched kehrte wie jeden Tag emsig vor dem Eingang ihrer kleinen Lehmhütte, wobei sie sich zwingen musste, ihren durch Arthrose deformierten Körper in der notwendigen Weise zu verwenden, wobei sie die in scheinbar allen Gelenken auftretenden Schmerzen nur mehr registrierte. Sie war jetzt 132 Jahre alt und immer noch fähig genug, neben ihrem spartanisch eingerichteten Haushalt einen Kräutergarten und einen Stall mit zwei Ziegen zu bewirtschaften. Den besonderen Umständen dieses Ortes zu verdanken waren jedoch ihre in dem Alter sonst meist durch Katarakt getrübten, in ihrem Fall aber falkenartig wachen und fast durchdringenden Augen, mit denen sie die über dem Meereshorizont aufgehende, blutrote Sonne und somit den neuen Tag begrüßte, zu welchem Zwecke sie kurz innehielt. Sie war eine der Seligen, d.h., sie konnte, mehr als alles andere, ihren Lebenshauch, der sie beseelte, wiederum bewusst und zu ihrem eigenen und anderer Wohl dorthin zurückführen, wo er entsprang. Sie hatte dieses Wissen, ihr gesamtes Handeln ruhte im Ursprung der Kraft, die andere leider meist unbewusst, seltener bewusst in ihrem Leben vielerorts suchen und nicht dauerhaft finden können beziehungsweise einfach nur verschwenden, weil sie es nicht besser wissen. Selbst an diesem Ort machte Litsched dies zu einer geachteten und in vielen Fragen gesuchten Frau. Sie hatte, allein durch ihr Beisein und ihre Güte, schon so manchem Insaan, aber auch Tier über Umstände des Lebens hinweggeholfen, die diese alleine nicht meistern hätten können. Der vielen betagten Individuen anhaftende Hang zu Zynismus, ein tiefer Hass auf jeden und alles oder zumindest eine gehörige Portion Misstrauen war Litsched so gut wie nicht anzumerken, was sie wirklich zu einer außergewöhnlichen Persönlichkeit machte.

Zwei jüngere Männer in Mönchskutten beschrieben einen Bogen um eine Wolke Staub, die vom tanzenden Besen der Alten aufstob.

„Hritel und Fihr, habt Ihr etwa Brot?"

Einer der beiden Männer hielt sachte inne, holte aus seinem Umhang einen Laib des hierorts üblichen Kräuterbrotes heraus und hielt es der Alten hin. Sie nahm das noch warme Gebäck mit einem gemurmelten kurzen Dank an, nachdem sie den Besen an die Lehmmauer gelehnt hatte.

„Der Sturm hat den Steg am Hafen aus seiner Verankerung gerissen", meinte Fihr. „Und drei Boote der Fischer zerlegt." Der hochgewachsene, knochig wirkende Mann deutete auf die am Ufer liegenden zertrümmerten Planken, um die gleichmäßig Wellen der jetzt weitestgehend zur Ruhe gekommenen See spielten. Vielenorts blitzte das sich reflektierende Licht der jetzt schon etwas gestiegenen Sonne über dem Meer. Litsched verschwand kurz in ihrer Hütte und kam mit einem Stück Käse zurück, das sie den beiden Männern wortlos übergab, so, als wäre es nur selbstverständlich, ein einfacher, hier durchaus üblicher Tausch von Lebensmitteln zu beiderseitigem Nutzen. Hritel bedankte sich und die beiden Männer setzten ihren Weg in Richtung Langhaus fort.

Dieses stand auf einer leichten Anhöhe, etwa sechzig mal vierzig Ellen im Grundriss, mit zwei Stockwerken und einem Giebeldach, unter dem das Wappen von Chielmar, zwei ihre Hörner kreuzende Narwale auf hellblauem Grund, prangte. Diese Geschöpfe des Meeres waren draußen auf hoher See noch dann und wann aufzuspüren, sie galten als heilig und wurden von den Fischern geschont. Außerdem waren sie schon recht selten geworden, die Gründe hierfür waren hierorts unbekannt. Vor dem Eingang des Langhauses warteten bereits mehrere Personen unterschiedlichen Alters und Geschlechts, darunter neben blonden, hochgewachsenen und blauäugigen, skandinavisch anmutenden auch Farbige, Mulatten und mongolisch-asiatische Charaktere. Die Männer und Frauen waren allesamt einfach gekleidet, in handgeschneiderten Umhängen aus Leinen oder Tierleder, meist in Tönen von Graubraun bis Dunkelbraun, selten mit farbig blau, orange oder grün bordierten Ausschnitten und Ärmeln, die Männer trugen oft breite Ledergurte, an denen vielfach Taschen mit für den täglichen Gebrauch benötigten Werkzeugen, bei den kräftigeren Männern auch Köcher mit Pfeilen, oder Messer für die Jagd befestigt waren. Einige hatten gar kunstvoll verzierte geschmeidige Bögen aus Eibenholz um den Rücken hängen.

Hritel stand schon an der Schwelle zur eher düster wirkenden Eingangshalle, in der nach kurzer Andacht der Rat der Ältesten regelmäßig zu tagen pflegte, als ihm ein umgänglich wirkender, kahlköpfiger, stämmiger Mann mittleren Alters draußen noch freundschaftlich die Hand auf die Schulter legte: „Ursache und Wirkung sind zweierlei und beide beeinflussen einander in einem

Gleichgewicht ständig wechselnder Intensität – wie der Wind und die Wellen des unendlichen Ozeans." Kundut, der Stämmige, versenkte seinen Blick in der eigenen Herzgegend, um seine Ehrfurcht vor der Schöpfung zu bekunden., erhob seinen Kopf mit einem glückseligen Lächeln.

Hritel verlor plötzlich seine Steifheit und streckte dem Mann erleichtert und entspannt seine Hand zum Gruß entgegen: „Wir haben Zahltag", meinte er mit einem kurzen, aber herzlichen Kopfnicken und steckte dem Stämmigen ein paar Silberne in den Beutel. „Dies ist für deinen Bruder, den Schrecklichen ohne Beine, ich kann ihn mir nicht auch noch ansehen …", und er dachte den Satz nur zu Ende „…wie er bei lebendigem Leib verfault, der Arme …, sie haben ihm die Beine abgenommen, wer weiß, was als Nächstes dran ist …" Hritel ging weiter auf das Langhaus zu.

Als hätte er seine Gedanken gelesen, rief ihm der Stämmige nach: „Aber er hat noch ein Herz und seine unsterbliche Seele!"

„Keiner hält es hier lange aus an diesem Ort, warum sind **wir** eigentlich noch hier? Das Essen ist kärglich, die Hygiene miserabel, die Menschen in abscheulichem Zustand, eigentlich kein richtiges Leben, und doch …"

„Wir haben genug!", meinte auch der kleine Lagu, ein Pygmäe, und setzte noch einige Klicklaute nach, wie bei den Buschmännern fernab, stampfte einige Male kurz hintereinander mit dem rechten Fuß auf den staubigen Boden, wie zum Trotz drehte er sich dabei um die eigene Achse, um dann wiederum mit gesenktem Haupt dazustehen. Ein paar Ziegen im Hintergrund wurden unruhig.

Einige Minuten lang gab es noch ein missmutiges Gemurmel unter den Versammelten, als ein kräftiger, untersetzter Mann mit entschlossenen Schritten die Menge durchschnitt. Kahlköpfig, verschwitzt, ein alter Insaan mit mongolischem Aussehen mit wachsamen, etwas grausam wirkenden dunklen Augen bedachte Einzelne mit wiederholt strafenden Blicken, schwang sich dann zum solide hölzernen Podium am Eingang des Langhauses hinauf und brachte die Menge mit einer Handbewegung zum Schweigen:

„Wer hat hier nicht genug zu essen?" Die Leute blickten teils betroffen, teils devot um sich und verstummten nach und nach.

Es kamen auch noch ein paar Kamele mit ihren Führern herbei und gesellten sich zu der Menge.

Litsched, die Alte, schlich auch herbei und lehnte sich auf ihren Besen, glotzte missmutig den Redner an, in stummer Erwartung.

„Ihr habt euch nicht um mich zu bekümmern, schaut auf euch selber!", donnerte es vom Pult herab. „Wo wart ihr noch vor ein paar Monaten, was hat euch bewogen, diesem Teil der Welt die Treue zu schwören? Das Land gibt genug her, ja, natürlich, die Ernten sind schlechter geworden, die Stürme häufiger, es gab ein paar Verluste bei den Fischern auf See …" Er hielt kurz inne, um dann fortzusetzen: „Das ist bedauerlich, doch der Preis für ein Leben vor dem Zug der Vögel in das Tal, wo eure gesamte Schar von Idioten das eigentliche Zuhause finden wird!

Chielmar ist nicht eure Heimat, euer Zuhause findet ihr in euch selbst! Wer das nicht versteht, sollte sich auch nicht hier aufhalten." Bei dem Wort „Idioten" zuckten einige der Zuhörer zusammen, um sich dann verschämt in einer Ecke zusammenzustellen und in leises Gemurmel zu verfallen. Der Unmut steigerte sich dann noch, als der Stämmige sich streckte und in die Menge spuckte. Eine vorbeifliegende Taube verlor ihren Kot genau über seiner fettigen Glatze und er fluchte verächtlich in seiner Muttersprache. Bald hatte er sich jedoch gefasst, entfernte die Abscheulichkeit, ein teuflisches Blitzen überkam seine dunklen Augen und er fuhr fort:

„Das Tal der Gesegneten ist das Ziel eurer Reise und ihr werdet es niemals sehen, wenn ihr euch jetzt geschlagen gebt. Noch herrscht raue See und der Zug der Vögel wird noch ein wenig länger auf sich warten lassen, doch in wenigen Tagen wird der Sturm nachlassen und wir können uns auf den Weg machen. Trefft eure Vorbereitungen, zählt euer Vieh und holt die letzte Ernte ein. Dann halten wir ein Freudenfest zu Ehren des Taux und der Yra, dem Paar des Verlangens wird wieder ein Opfer gereicht! Ein Opfer wird es sein, wenn der Rauch des verbrannten Fleisches des jungen Kamels zu den Göttern steigt!"

Mit diesen Worten schloss der Redner und machte sich, gefolgt von ein paar aufgeregt schnatternden Männern und Frauen, auf den Weg zu seinem Reittier, einem flugunfähig gemachten Raubsaurier, der bereits mit scharrenden Klauen ungeduldig wartete.

„Na, dann Mahlzeit!", meinte Hritel zu Fihr und strich sich durch sein schütteres Haar und zupfte nervös an seinem Bart herum. „Dem Typen muss man wohl trauen, auch wenn er ein Schwein ist, sagt er die Wahrheit. Wir werden uns wohl seinem Urteil beugen müssen und das kalte Nest aufgeben, hier …" So kam es, dass die Leute von Chielmar einen neuen Führer hatten, einen Insaan namens Bosch.

Ein gesegnetes Fest war in Vorbereitung und man holte das Kamelfohlen, das sich röhrend und sabbernd sträubte, in Vorahnung seines entsetzlichen Endes.

Inzwischen sammelte man die restlichen Tiere, trieb sie in Pferche und mehrere Wagen verließen den Platz, um das spärliche Korn, Obst und Gemüse einzuholen.

Bewegung kam in die Menschen von Chielmar, nichts ahnend von der Katastrophe, die es ereilen sollte.

∗∗∗

Lonoq erwartete Sahashrel. Sie liebte den sonderbaren Mann aus vollem Herzen, ihre weichen, goldbraunen Züge mit den dunklen Mandelaugen versteckt in vollem, schwarz glänzendem, langem Haar und ihre aufgerissenen Lippen bebten vor freudiger Erregung. Die vollen Brüste tanzten, als sie in leichtem Galopp dem Geliebten zustrebte. Der Angebetete kam auf sie zu, hob sie auf und beide vereinten sich in einer innigen Umarmung und küssten sich lange und innig. „Was habe ich nur auf der Welt ohne dich?", flüsterte sie tränenüberströmt. „Ich dachte, du wärest tot und die Geier hätten sich deines Fleisches gütlich getan!" Er lächelte, blickte sie dann mehrere Sekunden liebevoll, aber schief an und sagte kein Wort mehr. Er nahm nur langsam seinen Bogen und den Köcher mit den Spezialpfeilen mit und ohne Widerhaken ab und die beiden setzten sich auf das feuchte Moos.

Sie streiften einander gegenseitig den Tau von den Gesichtern und blickten tief in die Augen des jeweils anderen. Lonoq war die Frau des Munkt gewesen, dem sie bei lebendigem Leibe das Herz herausgerissen hatte, nachdem er sie mit einer Köchin betrogen hatte. Seit jenem Tage lebte sie vogelfrei in den Wäldern des östlichen Hochlandes, das sich durch sein noch mildes Klima und einen ungewöhnlichen Reichtum an essbaren Pflanzen auszeichnete, stets auf der Flucht vor den Schergen der Sippe. Erst Sahashrel konnte ihr dann infolge seiner integren Stellung den nötigen Schutz gewähren, den sie auch brauchte. Sie war eine richtige Wildkatze, gesegnet und verflucht durch das Feuer ihrer Abstammung, lebenshungrig und freiheitsliebend.

„Kann es noch einen Grund geben, dich zu verlassen und die Einöde zu wählen, aus der ich gekommen bin?", meinte der Mann bedächtig und blickte befreit zum Himmel. Die beiden wurden entspannter und setzten ihr Liebesspiel inbrünstig fort. Der Tag ging zur Neige und die blutrote Sonne verabschiedete sich langsam am Horizont, weit hinter den fernen Hügeln von Bradhare.

12
EINE INSEL WIRD ZU KLEIN

In der Zwischenzeit hatten sich die menschlichen Teilnehmer der kleinen Konferenz in Addhaduun entschieden, dass sie allesamt auf Ard blieben, vorerst jedenfalls. Und ebenso wussten sie, was sie mit der unverhofften Freizeit anzufangen gedachten.

Hella und Eridan folgten Plondt und Gezired nach Mezmerie. Der hydrokinetische Transport dauerte weniger als 10 Minuten und in der Nacht beobachteten sie durch die Bullaugen fasziniert das fremdartige, bunte Treiben der lumineszierenden Geschöpfe der See, Quallen und Riesendiatomeen (Riesenkieselalgen), die majestätisch ihre Bahnen zogen, Gruppen von Dreel, die in ihrer seltsamen Art mittels verschiedener Farbsignale Konversation betrieben und Schwärme silbrig glänzender Fische, die vom Bordscheinwerfer kurzzeitig aufgeschreckt waren. Plondt erklärte stolz die Funktionsweise des Antriebes:

„Wir bewegen uns in unserer Kabine wie in einer Luftblase in einem von Wasser gefüllten Schlauch, wobei es nur minimalen Verlust an Energie durch Reibung gibt. Die Wassersäule wird durch riesige Turbinen an den Kopfbahnhöfen angetrieben, welche ihrerseits ihre Energie in Form von Elektrizität aus den geothermischen Kraftwerken beziehen. Umweltverschmutzung wie auf der Erde ist hier tatsächlich ein Fremdwort, der Einstieg in die Atomenergie wurde hier bereits vor vielen Jahrhunderten, zu Beginn unseres technologischen Zeitalters, ad acta gelegt und findet sich in Form von Fusionsreaktoren lediglich im All, auf Raumstationen und unbewohnten Planetoiden, wo unter anderem Helium 3, der Grundstoff für die Kernfusion, abgebaut wird. Die Fahrzeuge unserer kleinen Raumflotte sind überwiegend mit modifizierten Ionentriebwerken, seit gut achtzig Jahren auch Linearbeschleunigungskonvertern für den Überlichtflug ausgestattet. Dieser kommt in Effizienz jedoch nicht an die Dreel'sche Raum-Zeit-Brücke heran."

Sie passierten die schwach beleuchtete subaquatische Anlage, wo auch nächtlich robotische Einheiten mit Wartungsarbeiten beschäftigt waren. Dreel und Insaan in Dulpur-Anzügen waren vereinzelt auszumachen. Die Kabine verlangsamte die Fahrt, um dann sanft zum Stillstand zu kommen. Sie stiegen langsam aus.

Der Bahnhof in Mezmerie war geräumig und kunstvoll mit Stuckatur verziert, vergoldete Säulen stützten die rundliche Deckenkonstruktion wie in einer Kathedrale. Eridan erinnerte der architektonische Pomp an die Stationen der Moskauer U-Bahn, nur dass alles noch viel größer, höher wirkte, etwa vergleichbar dem überdachten, orientalischen Suq von Aleppo in Syrien. Ihre Schritte hallten an den Wänden wider, wo Reliefs von der Buntheit und Vielfalt des maritimen Lebens Zeugnis ablegten. Um zur Residenz zu gelangen, hatten sie nur in ein kleineres, schräg nach oben führendes Gefährt umsteigen müssen. Andere Ausgänge führten an die Oberfläche. Oben angekommen, eröffnete sich ihnen ein atemberaubender Ausblick auf die Lichter der Stadt mit seinem Hafen. Eine Unzahl fremder Sterne schmückte das Firmament, das in seiner Unendlichkeit den Betrachter ganz klein erscheinen ließ. Sie lehnten nebeneinander an einer gut einen Meter hohen, von Blumen und Bodendeckern überzogenen Steinmauer und lauschten still dem rhythmisch an den Strand plätschernden Geräusch der Wellen unter ihnen. Gezired hängte sich bei Eridan ein, er genoss entspannt die wohltuende Wärme ihres Körpers. Plondt und Hella standen etwas abseits, und der Thronfolger beantwortete eine Reihe von Fragen der nun wissensdurstig gewordenen Ärztin.

Ein fernes Knattern erfüllte plötzlich die Umgebung und sie wurden Zeugen eines bunten Feuerwerks, die Szene wirkte plötzlich allzu irdisch. Gezired freute sich:

„Schon wieder eine Hochzeit! Eridan, du musst einmal bei einer unserer Feiern mitmachen, die gehen nicht nur die ganze Nacht durch, sondern dauern oft über eine Woche lang, da wird getanzt, musiziert, die Kinder spielen, die Leute sind alle gut drauf und kommen sich dabei näher."

Eridan fühlte sich angenehm berührt, das Mädchen neben ihm roch gut und seine Hormone bescherten ihm ein auf dem Planeten mit geringer Schwerkraft noch gesteigert euphorischeres Leichtgefühl, dem er sich gerne hingab. Plondt bemerkte das aus dem Augenwinkel heraus und bremste ein wenig:

„Es ist schon spät, ihr seid müde und habt alle eine Menge zu verdauen, ich schlage vor, ich zeige euch eure Unterkunft und wir machen morgen weiter. Wir frühstücken um 7:00 Uhr."

Sie gingen auf knirschendem Kies durch ein schmiedeeisernes Tor, an beiden Seiten von Soldaten in bunten Uniformen bewacht, die Plondt flüchtig grüßten. Im Hof, der von arkadenförmig überdachten Kreuzgängen wie in einem alten Kloster auf der Erde gesäumt war, fanden sie rasch ihre geräumigen und ruhigen Zimmer. Gezired blickte Eridan noch nach, und das Feuer in ihren Augen verriet vielleicht mehr, als sie wollte. Ausgelassen, mit federnden Schritten, folgte sie Plondt zu den Herrschaftsgemächern.

Rickys Gesundheitszustand nach der kräfteraubenden Knarr-Partie machte eine Atempause vonnöten, die er auf Addhaduun verbrachte. Dort teilte er den Tag in Ruhephasen, die er teils an einem der Strände verbrachte und tat sich dann anschließend mit Zhen-Li zusammen, um einiges mehr über den Planeten und seine Bewohner, deren unterschiedliche Kulturen und Geschichte kennenzulernen. Auch die Datenbänke der hiesigen Institute durchforstete er mit steigendem Interesse und kam immer wieder aus dem Staunen nicht heraus. Insbesondere die Lebenszyklen der Malak hatten es ihm angetan.

Die Individualentwicklung der Engelsgleichen begann in den Tiefen der See, wo sie über ein Larvenstadium mit anschließender Verpuppung in ein zunächst amphibienartiges Dasein hinüberwechselten, mit fortschreitender Entwicklung des Neocortex verloren sie dann nach und nach ihre Wassernatur und wurden Humanoide, mit allerdings mehrdimensional bewusster Existenz. Sie entwickelten dabei übersinnliche Fähigkeiten, die sie in halbsymbiotische Nähe zu den Menschen brachte. Die Fähigkeit der

Entstofflichung ermöglichte dahingehend eine enge Verbindung zur Psyche der Insaan. Viele der Malak blieben für über elfhundert Erdenjahre in diesem menschenartigen Zustand, manche davon wechselten in ein avales Zwischenstadium, indem sie flugfähig wurden, ihnen Schwingen wuchsen, und einige wenige schafften den Aufstieg zu einer immateriellen Existenz mit sagenhaften seelisch-geistigen Fähigkeiten bzw. den Aufstieg zu einem nun wirklich engelartigen, quasi unsterblichen Dasein mit Wirkungsbereichen bis in hyperdimensionale Felder. Diese Form war jedoch nur einer Handvoll Individuen vorbehalten, dem Hohen Rat der Tichyel, wie sie respektvoll genannt wurden. Ihnen oblag, gemeinsam mit dem Schubbutz der Dreel, die eigentliche Macht auf Ard. Gusch war ein Mitglied des Schubbutz. So war es bereits seit zweihundertsiebenundsiebzigtausend Ardjahren, seit jener Vorzeit gab es bereits lückenlose Unterlagen über Geschichte und Schicksal des Planeten, jedoch waren die Informationen nur zum Teil zugänglich, großteils geheim und nur durch Kenntnis der sogenannten Dreelschlüssel zu lesen.

Zu den intelligenten Lebewesen gehörte auf Ard auch noch eine Kolonie vom Sternenreich Zebuhron von Altair. Die Zebuhren, Riesenkraken, waren wie die Wale Telepathen und verbrachten einen großen Teil ihres Lebens in den Tiefen des Ard'schen Großmeeres, fanden sich jedoch auch in Gruppen an den Stränden, wo sie sich eigentümlichen, nur ihnen verständlichen Ritualen hingaben. In der Nähe einer der äquatorialen Inseln lag ein kleiner subaquatischer Raumhafen, wo sie mit ihren tropfenförmigen Weltraumfahrzeugen aus der Heimatwelt regelmäßigen interstellaren Verkehr pflegten. Die Kraken waren am liebsten unter sich, doch von Natur aus neugierig und überraschten oft, wie aus dem Nichts kommend, Dreel, Insaan und Malak, um sich mit ihnen für eine Weile auszutauschen. Es gab jedoch kaum offizielle Kontakte, das Zusammenleben mit den einheimischen Rassen gestaltete sich hingegen durchaus freimütig und friedlich, solange sie nicht bei einem ihrer Rituale ungebetenerweise gestört wurden.

Auf der nördlichen Halbkugel siedelte in großen Tiefen das Volk der Schoschonoor, Methanatmer, die ihre Heimat ebenso wie die Zebuhren nicht auf Ard hatten, sie wurden in grauer Vorzeit von den Riesenkraken als Sklaven gehalten, hatten mit ihrer eigenen Kultur und Lebensweise jedoch längst die Freiheit erlangt, wollten aber mit ihren einstigen Herren nicht viel zu tun haben. Auch sie hatten regelmäßigen Kontakt zu ihrer Heimatwelt und bedienten sich ihrer eigenen Technologie. Einige von ihnen standen allerdings in dem zweifelhaften Ruf, sich mit Brufan auf Sorr zusammengetan zu haben.

Al Ard im Schamms-System war, auf eine Weise wie die Erde, eine Perle im All, eine Insel, die voller Leben fast schon zu klein für alle zu sein schien. Doch friedliche Koexistenz der Rassen in einem ausgewogenen Gleichgewicht konnte bislang die vielen unterschiedlichen Wesen beherbergen, wobei jede auf ihre ureigene Art in Freiheit und gegenseitiger Toleranz gedieh. – So schien es jedenfalls zu sein. Manchmal gab es Missverständnisse, Zwischenfälle, die durch die eng geflochtenen Kontakte untereinander aber rasch beigelegt werden konnten.

Zhen-Li kam zum Holotron, einem dreidimensionale Bilder- und Filmsequenzen generierenden, sphärischen Raum mit einem Durchmesser von zumindest vierzig Metern. Ricky saß auf einem bequem gepolsterten Stuhl, neben ihm die sensorgesteuerten Bedienungselemente. Auch er hatte jetzt eine Brille mit teleskopartig mindestens 5 cm in den Raum vorstehenden Linsen auf der Nase, er sah kurz zu dem heranrollenden Chinesen auf, der seinerseits gleichartig gerüstet war.

„Diese Geräteanordnung ist phänomenal! Man könnte hier stundenlang sitzen und immerzu neue Informationen abrufen. Die englische Transkription erlaubt fast lückenlosen Zugang zu allen Geschichtsdateien, wissenschaftlichen Abhandlungen und Personenporträts. Die ideale Lernmaschine."

Der greise Chinese übernahm und spielte ein wenig mit den Armaturen, ließ seine Finger geschickt und lautlos über die Sensoren wandern, dann meinte er:

„Die Dreel sind auf den technischen Kram nicht angewiesen. Für mich war die brennendste Frage anfangs die nach den Ursprüngen der Insaan. Hatten sie sich evolutionär hier entwickelt oder kamen sie von anderswo, und wenn, dann zu welchem Zeitpunkt und warum?"

Unvermittelt wurde alles um sie herum dunkel. Nach einigen Sekunden strahlte mitten im Raum eine gelbe Sonne. Sie wurde von sieben Planeten unterschiedlicher Größe umkreist, jeder hatte wiederum eine wechselnde Anzahl kleinerer Monde.

Das Zentralgestirn wurde rasch kleiner, strahlte dann aber umso heller, weißlich-bläulich, bis es, auf einen kleinen Punkt konzentriert, lautlos explodierte. In den sich sphärisch ausbreitenden Licht- und Energiewellen wurden alle Planeten und Monde verschluckt, zuweilen wie Streichholzköpfe kurz aufleuchtend, um dann in der Schwärze des Alls unterzugehen.

Ehrfurchtvolles Schweigen erfüllte den Raum, als Zhen-Li flüsterte:

„Dies war das Ende der Zivilisation unserer gemeinsamen Vorfahren."

Ricky starrte ihn ungläubig an.

Hatte eine kosmische Katastrophe, offenbar das Entstehen einer Supernova, die frühe Zivilisation der Menschheit ausgelöscht? Wann war all dies geschehen und in welchem Teil des Universums? Der Chinese fuhr fort:

„Die Erde, Al Ard und noch ein gutes Dutzend Kolonien überlebten, fernab der Katastrophe. Die Menschheit hat ihren eigenen Untergang selbst verschuldet. Die Sonne in der Andromeda-Galaxie ist manipuliert worden, offenbar wollte man wieder einmal Gott spielen …

Das Ereignis wurde auf 242516 Jahre vor Christus rückdatiert. Auf der Erde ging die Menschheitskultur mangels Nachschub und Versorgung langsam zugrunde, das Genpool mischte sich mit den einheimischen Homo sapiens-Varianten und verlor im Wesentlichen seine frühere Identität, ausgenommen bestimmter genetischer Subloci der DNS, die sich in der weiteren Selektion erhalten konnten. Die Reinform der Menschheitsvorfahren konnte auf keiner der Kolonien vollständig erhalten werden, doch gibt es da qualitative Unterschiede. Die Insaan stehen den menschlichen Vorfahren noch am nächsten. Auch auf der Erde kommen immer wieder Individuen auf die Welt, so wie du, Ricky, oder Eridan, oder die beiden Kinder, die genetisch den Vorfahren wenn auch nicht gleichen, so doch sehr ähneln."

„Unsere Ahnen haben da ja nicht unbedingt allzu weise gehandelt, als sie sich selber quasi auslöschten – müssen wir sie uns also unbedingt zum Vorbild nehmen?", meinte Ricky trocken.

„Nun ja, vielleicht hatten sie damals einfach keine andere Wahl mehr, wir können das heute nur unvollständig nachvollziehen, da uns ein Teil der Daten fehlt. Das Ereignis fand jedoch statt, dies ist unbestritten."

Zhen-Li zeigte auf weiteren 3-D-Sternenkarten auf rote Punkte in anderen Bereichen des Weltraums, und gab die Adressen der anderen Kolonien bekannt. Ricky fühlte sich jedoch durch die astrometrischen Daten etwas überfordert und wollte lediglich wissen, wie es den anderen Gestrandeten im Verlaufe der Zeit so ergangen war. Die Geschichten waren recht unterschiedlich, manch eine Kolonie schaffte es für begrenzte Zeit, zu neuer Blüte zu gelangen, den Griff nach den Sternen zu wagen und nach den verlorenen Brüdern und Schwestern im All zu suchen, doch letztlich scheiterten alle, bis auf die Insaan, und diese nur mit fremder Hilfe, nämlich den Dreel. Somit war der Kreis geschlossen. Zhen-Li sagte:

„Die wichtigste Frage für mich war damit geklärt, nämlich ob die Menschheit als solches das Zeug hat, die physikalischen und biologischen Fähigkeiten aus sich selbst hervorzuholen, die notwendig sind, um beispielsweise interstellare Raumflüge zu meistern. Die Insaan haben bewiesen, dass auch die spirituelle Entwicklung des Homo sapiens noch lange nicht abgeschlossen ist, sondern eher noch in ihren Kinderschuhen steckt."

13

JAGD AUF HANAQUIK

Die Alte stand gemütlich in ihrer Hütte, zufrieden mit sich selbst und kochte gerade Gemüsesuppe. Sie summte leise ein Lied, lupfte nacheinander mehrere Kochtopfdeckel und schnupperte mit ihrer Nase tief hinein. Man sagt, Leute werden allmählich etwas eigenartig, wenn sie lange Zeit für sich alleine leben, nun, Hanaquik hatte da schon noch ihre Kontakte … Sie konnte es jedoch noch nicht verwinden, dass sie der dreckige, verstoßene Dreel einfach aus dem Haus geworfen hatte.

Auf verstohlenen Wegen, um nicht nachverfolgt zu werden, war sie erst mit einem Shuttle nach Juhndeet, einem Eisplaneten, gezogen, dort in einer psychiatrischen Klinik untergetaucht, um Monate später mittels Raumfähre zusammen mit mehreren entkommenen Geisteskranken nach Al Ard zu fliehen. Dort hatte sie es sich auf Runi, einer kleinen, sonst unbewohnten Insel mit Süßwasser und mildem Klima, gemütlich gemacht. Hier war sie einstweilen unbehelligte Selbstversorgerin mit einer kleinen, gemütlichen Hütte, vier Schafen und zwei Ziegen, einem Esel zum Lastentragen und baute ihr eigenes Gemüse an. Niemand dort störte ihre Kreise und sie konnte sich ganz auf ihre Aufgabe konzentrieren, ohne jemanden, der ständig versuchte, sie zu gängeln, ungestört und vorerst ungestraft ihre transdimensionalen „Kontakte" pflegen und ihr eigenes, kleines Reich aufbauen, durch das sie die bestehende Weltenordnung bald erneuern würde. Es hatte sich vieles zu ändern, auch wenn sie dafür alle Energiequellen des Universums für sich nutzbar machen musste.

Gusch erschien in Menschengestalt mit vier anderen Dreel direkt aus dem transdimensionalen Bereich, und zwar genau vor Hanaquiks Haustür. Während sie mittels ihrer Tentakel um die Hütte einen mehrfach interdimensionalen Käfig aufzubauen begannen, stießen sie auf Widerstand. Die Hexe hatte die Lunte bereits gerochen, bevor die ungebetenen Gäste materialisierten. Schon beim Aufspüren hatte sie Gegenmaßnahmen ergriffen und mehrere Kraftfelder aufgebaut, die unbemerktes Ein- und Ausgehen in schlauchförmigen Bereichen ermöglichten. Fluchtwege, Löcher im Gefängnis. Und die wusste sie auch zu nutzen, nur kam sie nicht weit, da Gusch so etwas geahnt hatte. Vor den Ausgängen platzierte sich jeweils ein Dreel und versperrte ihr den Weg. Doch war sie nicht zu fassen, denn sie multiplizierte sich einfach:

Hanaquik saß ruhig auf ihrem Stuhl, aber auch gleichzeitig verkehrt herum im Schneidersitz an der Decke, machte in einer Ecke Handstand und zeigte in einer anderen den Zusehern ihr entblößtes Hinterteil, und alle Hexen lachten. Gusch war kurzzeitig verwirrt, die anderen hielten ihre Stellungen.

„Du kannst jetzt aufhören, wir haben dich!" Ihn verließ langsam die Geduld und er lief auf eine der Erscheinungen zu, um … einfach durch sie hindurch zu gleiten, er stolperte, drehte sich um und auf ein Neues … die nächste, wieder bekam er nichts zu fassen. Und die Hanaquiks? Die begannen sich langsam aufzulösen, eine nach der anderen verwandelte sich in viele bunte Lichter, die nach und nach verglommen und aus dem Nichts erschien vor ihm Suuhf, der Esel mit der Sternenkrone, der, wie zum Hohn, mehrmals Gusch mitten ins Gesicht „iahte".

Sie hatte ihn zurückgelassen, ihren lieben Gefährten, der ihr ans Herz gewachsen, so dienlich war und bescheiden geholfen hatte. Der arme Suuhf. Doch sie war frei, Inselhüpfen, jedoch auf die andere Seite des Planeten, wo sie sich vorsorglich ein zweites Heim geschaffen hatte. Auf Lemp, der kleinsten der Inseln der Drachen. Die dort lebenden Riesenwarane waren ihr jedoch schon hörig und noch einmal gestört, würde Gusch oder ein anderer unerwünschter Besucher sein blaues Wunder erleben. Mit den Viechern war nicht zu spaßen. Außer Hanaquik, die hatte ihre Freude mit ihren neuen Freunden. Auch hier stapelte sich ein Jahresvorrat Zigarren von der Erde. Sie steckte sich erst noch eine an und kam ins Sinnieren. Man war ihr auf die Schliche gekommen, auch wenn es Gusch erst einmal nichts gebracht hatte, musste man sich jetzt vorsehen.

Der Vorfall hatte sie eine Menge Energie gekostet, und unvermittelt rutschte die Alte in einen erquickenden Trancezustand, wo sie mit Elfen und kleinen blutroten Dämonen, die sie an der Nase herumführte, tanzte:

Der Blick
Der Hanaquik
Führt zu Schmerzen im Genick
Sausen, Brausen, einerlei
Und im Herzen vogelfrei
Liebt sie ihre Kinder
Jetzt auch noch den Inder
Der hütet seine Rinder
Echsenkot, die Sonne rot
Ist gar mancher Gast schon tot
Der ihr einst die Stirne bot

… und Gusch hatte fürchterliche Nackenschmerzen. Doch tot war er noch lange nicht … Der Esel trabte langsam aus der Hütte, der Glatzkopf sah sich um, für die Dreel-Sippe war hier nichts mehr zu holen, leise vernahm er jedoch ein Wispern im Schläfenbereich, sein Hirnschädel waberte dreelartig wie ein bläulicher Pudding. Sie war noch auf Ard, kein Zweifel. Er beschloss, wieder nach Addhaduun zu teleportieren. Die Jagd würde zweifellos weitergehen, diesmal jedoch mit anderen Mitteln. Eine neue Sekte im ewigen Traum der Dreel war ein Fremdkörper, nicht kontrollierbar und in jedem Fall schädlich. Hanaquik war ein verdorbener Charakter, ihre „Kinder" bedauernswerte, hinters Licht geführte Sklaven ihrer Launen, auch wenn sie zuweilen ihre guten Seiten hatte, sie war und blieb eine Gefahr, die beseitigt werden musste. Doch Guschs Aufgabe war nicht leicht, die Listen der Gegnerin mannigfaltig.

14
DIE TRAUMINSEL

2460 Seemeilen in östlicher Richtung von Mezmerie lag Mehuraam. Die kleine Insel als Teil eines Archipels von 34 kettenförmig angeordneten Eilanden hatte ihre höchste, spitz zulaufende Erhebung, den Puatepel, fast genau in ihrem Zentrum. Der tropische Regenwald reichte von den weißen, von mehreren Riffen geschützten Sandstränden bis nahe an den kahlen, von schwarzem Basalt gebildeten Gipfel heran, der auf 357 Meter Seehöhe lag. Der Kern des Berges bestand im Wesentlichen aus Herkalith, dem Schwefelerz des auf der Erde nicht vorkommenden Metalls Herkelorium, welches auch bei höheren Temperaturen Supraleitfähigkeit aufweist. Eigentlich wirkte der Gipfel im Falle des Falles wie ein gigantischer Blitzableiter.

Die Nachbarinseln waren dem gegenüber zumeist dichter besiedelt, wobei Städte und Dörfer sowie subaquatische Anlagen der Insaan die relative Mehrheit bildeten und der Name der gesamten geografischen Region sich aus deren Ursprache ableitete – Charunara –, was gleichsam das alte Wort für Irrgarten war, da sich ein Navigieren der alten Seefahrer durch das Insellabyrinth mit seinen Riffen und Untiefen als äußerst schwierig gestaltet hatte. Der Reichtum an Erzen in dieser Weltregion bedingte schon von alters her eine bedeutsame Industrialisierung, die auch im fortgeschrittenen Zeitalter der umweltfreundlichen Softtechnologie insbesondere im Anlagen-, Werft- und Raumschiffteil-Fertigungsbereich zu den Topstandorten auf Ard gehörten. Auch der Anteil an Hochtechnologie, welcher zusammen mit jener der Dreel und Zebuhren meist in subaquatischen Fabriken stattfand, war außerordentlich bedeutsam. Die friedliche Zusammenarbeit zwischen den Völkern war bemerkenswert, jedoch von multilateralem Nutzen geprägt. Interstellare

Raumhäfen mit ihrer Hektik prägten das Bild zweier Inselstandorte und oft war das Donnern der Antigravitations-Triebwerke aus der Ferne zu hören.

Nun, abgesehen von diesen trockenen Fakten war Mehuraam, etwas abseits liegend, wirklich eine Trauminsel wie aus dem Prospekt, von herrlichen Stränden gesäumte Buchten, dahinter palmenartige Bäume und Baumfarne mit orchideen- und bromelienartigen Blütengewächsen, glitzernde Bachläufe, die sich in das ebenso klare, türkisfarbene und meist ruhige Meer entleerten. Die Vogelwelt war sagenhaft, Paradiesvögel, Papageien und zahlreiche kleinere bunte Arten sorgten für ein Konzert, das vom rauschenden Klang des Meeres und der milden Brise vom Ozean her nur noch betörender anmutete. Kleine Eidechsen sonnten sich untertags auf den wenigen flachen Felsen am Strand, wo an einer Stelle nächtlich Schildkröten zur jährlichen Eiablage kamen. Die Insel und wohl auch ihre Nachbarn konnten sich in ihrer Schönheit leicht mit jeder vergleichbaren Perle der Südsee messen.

Dieser Ort war Sperrgebiet der Dreel, es gab daher kaum Insaan, welche nur vereinzelt, und dann mit Sondererlaubnis dessen Ufer betreten durften. Der Grund hierfür war keineswegs in strategischen militärischen Aktivitäten zu suchen. Als heiliger Berg galt er nicht nur den Haubenwesen, sondern auch den Zebuhren und Malak als ritueller Versammlungsplatz. Hier fanden in regelmäßigen Abständen gar ungewöhnliche gemeinsame Aktivitäten statt. So war es auch heute:

Um den Nahbereich der Insel wurde die Meeresoberfläche erst kaum merklich, dann zunehmend unruhig, als ob größere Fischschwärme von irgendwelchen Prädatoren zusammengetrieben würden. Bald brodelte und spritzte es vielenorts und wo möwenartige Vögel dicht über dem Wasser schreiend ihre Kreise zogen, ragten immer wieder dicke, von Saugnäpfen gesäumte Fangarme, aber auch Rücken- und Schwanzflossen von blasenden Walen unterschiedlicher Art und Größe hervor, um dann wieder unter der Oberfläche zu verschwinden. Es schäumte, wogte und ein unheimliches, tiefes Röhren lag über dem gesamten Eiland.

Dann geschah etwas sehr Ungewöhnliches. Die Zebuhren, es mochten ihrer an der Zahl Hunderte sein, legten ihre meterlangen Fangarme, allesamt in sternförmiger Formation zum Zentrum der Insel ausgerichtet, auf den nackten Sand der Strände und hielten dann ruhig inne. Zwischen den Armen der Riesenkraken wanderten nun an mehreren Stellen, prozessionsartig einer nach dem anderen, hunderte, ja vielleicht einige tausend erregte Dreel mit in allen Farben irisierenden Haubenköpfen aus dem Wasser, um sich zielstrebig die Bachbetten hinaufzuarbeiten, alle gegen das steile Zentrum der Insel hin. Auf ihrem Weg verharrten sie dann auf etwa halber Höhe, wankten dabei wie in Trance leicht hin und her und als das dumpfe Röhren vom nahen Meer her und die Spannung unter den Haubenköpfen auf ihrem Höhepunkt waren, begannen gänzlich unirdische Kräfte zu wirken:

Kraken-Fangarme, Baumwipfel und Dreelköpfe erhoben und neigten sich allesamt konzentrisch, wie magnetisch, schräg zur Spitze des Berges hin angezogen, ein elektrisierendes Flirren lag überall in der Luft, welche, statisch aufgeladen, gleich einer Glocke über der gesamten Insel lag, die von Millionen schmaler Lichtfäden erfüllt war. Ein Klang wie von tausend Harfen erfüllte das Firmament, nun begann am helllichten Tage der Berg von oben herab weißlich zu leuchten und die Spitze entließ einen mehrere Meter dicken, gleißenden, senkrechten Energiestrahl gen Himmel, der darüber hinaus über eine unbekannte Distanz wohl bis weit in den Weltraum reichen musste. Diese kosmisch anmutende und physikalisch kaum erklärbare Erscheinung hielt für mehrere Minuten an, um dann ebenso plötzlich, wie sie aufgetreten war, wieder zu verlöschen. Die Lichtsäule musste über mehr als hundert Kilometer deutlich zu sehen sein.

Wie unter allgemeinem Stöhnen begann sich die Ansammlung unterschiedlichster Wesen langsam und entspannt aufzulösen, die Zebuhren schlängelten sich wieder ins endlose Meer, der Großteil der Dreel verschwand dort ebenso. Nur knapp hundert von ihnen blieben auf der Insel zurück, wo sie sich in den Bachläufen positionierten.

Mehuraam war jetzt energetisch hochgeladen, es taten sich Tore zwischen mehreren Welten auf, die wohl für einige Wochen offen bleiben sollten, und die Dreel bewachten ihre Eingänge, regulierten den Zu- und Abstrom von Energie und Materie in allen physischen und metaphysischen Bereichen. Das Ereignis hinterließ keinerlei sichtbare Schäden an Fauna und Flora und die Vögel sangen bald wieder ihr altes Lied, als wäre alles nur ein Traum gewesen.

Im fernen Mezmerie waren gerade alle beim Frühstück, das gemeinsam eingenommen wurde, und zwar im Rittersaal des Anwesens. Die Tafel war lang, Muhmktet III. saß am einen Ende und ließ es sich sichtlich schmecken. Esmariel machte eine kurze Pause und meinte:

„Das Frühstück ist bei uns die Hauptmahlzeit." Und entsprechend reichhaltig war das Angebot, der schwere Eichentisch bog sich geradezu unter frischem Gebäck, Tees, Kaffee von der hier üblichen Sorte, jedoch auch heißen gedämpften Teigwaren, Soßen und exotischem Gemüse, oft knusprig garniert und gebraten, zum Schluss gab es Früchte mit eigenartigen Aromen, Eiern, hierzulande mehr als doppelt so groß wie die von heimischen Hühnern. Es wurde kaum geredet, fast jeder gab seinem Appetit freien Lauf ...

Nur Gusch aß wenig, nippte bescheiden am Tee und beobachtete abschätzend und verstohlen die anwesenden Neulinge. Was ging wohl in seinem modifizierten Dreelgehirn gerade vor? Nur er konnte es wissen.

Ricky, spät in der Nacht gekommen, gähnte mehrmals herzhaft, der Verbände hatte er sich nun größtenteils entledigt, war jedoch offenbar noch mächtig verspannt. Als alle satt zu sein schienen, meldete sich der Gestaltwandler zu Wort:

„Ich hoffe, Sie alle fühlen sich wohl. Heute steht ein längerer Ausflug auf dem Programm, der Ihnen neue Horizonte erschließen soll. Es wird nötig sein, dass sich jeder Einzelne, zunächst für sich alleine, dann gemeinsam, mental vorbereitet, darum beginnen wir mit einem kurzen Meditations-Retreat, sagen wir in zwanzig Minuten, gleich nebenan. Die kommenden Ereignisse erfordern von Ihnen einen offenen Geist und gleichzeitig müssen Sie auch innerlich ausreichend gefestigt sein."

Hella warf ihre Serviette auf den Tisch und lehnte sich zurück: „Das kenne ich, das habe ich schon einmal gemacht. Ich glaube, mein Geist ist gut genug gefestigt. Wie steht's bei euch?" Sie blickte herausfordernd erst Ricky, dann Eridan ins Gesicht …

„Ja, wir beide haben das … auch schon einmal gemacht", antwortete Eridan nach einem verlegenen Hüsteln, Ricky verkniff sich eine Antwort, grinste jedoch verstohlen in Eridans Richtung. Meditationsübungen waren bei den beiden Extrembergsteigern unabdingbarer Teil der Vorbereitung auf ihre Expeditionen. Gusch übersah das kleine Intermezzo.

„Danach begeben wir uns zum Energiekanaleingang in der Krypta, ich meine nicht nur die Erdgeborenen, sondern auch Esmariel, Plondt und Gezired."

Muhmktet III. stand auf, sein schwerer Sessel quietschte dabei gepeinigt. „Dann wäre ja alles klar. Machen Sie sich auf ein Abenteuer gefasst, für mich ist das nichts mehr auf meine alten Tage. Viel Glück kann ich nur wünschen!"

Damit war das Frühstück beendet und aufgeregt plauderten die Teilnehmer miteinander in entspannter Atmosphäre und voller Tatendrang, um sich dann nacheinander im Nebenraum einzufinden, wo Gusch bereits wartete und mit ihnen einige Übungen unternahm, die er von seinen indischen Freunden eigens für die Gäste ausgesucht bekommen hatte, Techniken aus dem Hatha- und Raja-Yoga.

Gegen Ende der Meditation schimmerte die Luft für Sekunden, dann bekamen sie alle zur gleichen Zeit die Vision eines im Schneidersitz vor ihnen, dicht über dem Boden schwebenden Inders, der mit geschlossenen Augen und lediglich von einem langen Tuch eingehüllt, wie aus dem Nichts erschienen war. Die Gestalt war nicht wirklich materiell greifbar, eher einem Hologramm ähnlich, doch durchaus real, wie aus einem aus sich selbst heraus leuchtenden Lichtgespinst. Die sich kaum bewegende Erscheinung, die langen Haare und das Tuch wurden wie vom Wind gekräuselt, hing so fast eine Minute und strahlte eine unaussprechliche Ruhe und den stillsten Frieden aus, der nun alle Anwesenden erfasste. Eine energetische Aura lag jetzt über allen, die jedem Einzelnen ein Gefühl der Sicherheit gab, fast als wären ihre Herzen und Seelen wie in Watte gebettet, unerschütterlich und wahrhaftig.

Das Gefühl hielt auch noch lange nach dem Ereignis an, schweigend blickten die Anwesenden einander an, und ohne Zweifel hatten alle dieselbe Vision. Eridan registrierte ein leichtes, durchaus nicht unangenehmes Druckgefühl zwischen seinen Augen und, gleichsam als Nebeneffekt, waren seine Aufmerksamkeit und Gedanken in diesem Bereich fixiert und beeinträchtigten nicht mehr die bewusste Wahrnehmung seiner selbst wie auch der Umgebung, die er nun klarer als zuvor wahrnahm. Es war, als wäre das Tor zur Ewigkeit einen Spaltbreit geöffnet worden und seine Existenz war um eine unaussprechliche Qualität bereichert worden, welche ohnehin immer vorhanden, bis dahin aber kaum erahnt werden konnte. Sein Herz war gänzlich von Vorfreude und Erwartung gefüllt.

Das Tor zur Krypta war ebenfalls geöffnet, die Bäume und Sträucher dahin waren von zuvor ungeahntem Leben erfüllt und die versammelte Gruppe huschte in den leicht abgedunkelten und kühlen Raum einer nach dem anderen, um sich zu dem bereits auf sie wartenden Gusch zu gesellen.

Ein unaussprechlicher, jedoch von allen gefühlter Friede lag um und in ihnen, als der Gestaltwandler bedeutete, sich in einem bestimmten, peripheren Bereich der kleinen Basilika aufzuhalten. Ein geheimnisvolles Lächeln schrieb um sein Gesicht und seine leuchtenden Augen waren in die Mitte des gut 120 Quadratmeter messenden, runden Raumes gerichtet. Die erzeugten Geräusche hallten von den hohen, steinernen Mauern und der gewölbten, uralten Decke wider.

„Das Zentrum muss frei gehalten werden, denn hier werden gleich enorme Kräfte wirksam, deren Fluss wir nicht stören wollen."

Und tatsächlich erschien vor ihnen, zunächst unscheinbar, dann immer deutlicher wahrnehmbar, ein sich stetig und langsam drehendes, rötlich glühendes Feuerrad, das zur Horizontalen im etwa 45-Grad-Winkel geneigt war. In seiner Mitte tat sich ein schwarzer Abgrund ohne Ende auf, der sich bis auf einen Durchmesser von annähernd viereinhalb Metern vergrößerte. Ein Geräusch wie von einem heftigen Sturm erhob sich zunächst, ebbte dann ab und als die Erscheinung stabil war, bedeutete ihnen Gusch, es ihm nachzumachen, und er sprang, die Beine voran, mit einem Satz einfach hinein, um dort vollständig zu verschwinden. Einer nach dem anderen tat es ihm gleich. Die Entschlossenheit bei den Erdlingen war bewundernswert, und später konnte es keiner fassen, mit welcher Todesverachtung sie wohl damals gesegnet sein mussten, als sie einfach ins Nirgendwo sprangen, ohne sich vorher zu fragen, ob und wo sie danach wieder herauskommen würden. Hella war die Vorletzte und Esmariel bildete das Schlusslicht. Er sah, wie die Tierärztin kurz nach ihrem Sprung die Gestalt veränderte, immer länger und dünner wurde, bevor sie in den unergründlichen Tiefen, fernab und winzig geworden, fast vollständig verschwunden war. Dann, zuletzt, sprang auch er. Das Gefühl, dass sich in der Schwerelosigkeit sein Magen nach oben drückte sowie ein leichter Schwindel, verging rasch und vor seinem geistigen Auge arrangierten sich Ereignisse aus seinem vergangenen, aber auch zukünftigen Leben kaleidoskopartig, während er fast gleichzeitig diese Eindrücke auch gleich wieder hinter sich ließ, und es gab für ihn nur das Hier und Jetzt des Augenblicks, seine unbeschwerte, unbelastete momentane Existenz während er jeden Sinn für Körperlichkeit und Zeit verloren hatte.

Dass sie mittlerweile fast zweitausendfünfhundert Meilen, quasi in Null Zeit, hinter sich gebracht hatten, war ihnen nicht bewusst, bis sie etwas unsanft, mit den Beinen und dem Gesäß voran, am Ende des Energietunnels in einem Bachbett landeten. Einer nach dem anderen rappelte sich dort wieder auf, die Kleidung triefend nass. Ricky und Hella fluchten leise vor sich hin, der Dreel, der den Tunnelausgang überwachte, stand fast wie unbeteiligt neben ihnen und sah nur kurz mit seinen traurigen Augen zu ihnen auf. Wie ein sich schließendes Fenster bei Sturm verriegelte sich auch der Kanalausgang und es war wieder einigermaßen still im Südseeparadies. Nur ab und zu hörte man eine Vogelstimme und der Bach plätscherte fröhlich hinunter.

„Was machen wir jetzt mit den nassen Sachen?" Hella blickte angewidert auf sich herab und stand da, als hätte sie sich in die Hose gemacht. Den anderen ging es nicht viel besser. Gusch jedoch begann, auf dem Waldboden kleine Äste zu sammeln und meinte nur: „Ausziehen und trocknen, irgendwelche Schamgefühle?"

Man fügte sich in das Unvermeidliche und bald saßen sie alle vor einem angenehm knisternden, wärmenden Feuer, die grüne Tropenkleidung war auf einfachen, aus Ästen gefügten Gestellen rund um die Feuerstelle aufgehängt worden. Die Gruppe war immer mehr zu einer Einheit zusammengewachsen. Gezired zitterte und schmiegte sich, die Enden ihrer Extremitäten schon bläulich verfärbt, an Eridan, dem es aber nicht viel besser erging. Doch genoss er sichtlich ihre körperliche Nähe, während Plondt sich bemühte, den Eindruck zu erwecken, dies nicht zu bemerken. Insgeheim freute er sich jedoch über Gezireds neues Glück. Gusch hatte sich kurz verabschiedet und kam nun mit einem Köfferchen zurück:

„Das nächste Nahrungsdepot ist nicht weit." Er zog aus dem Behälter frische Gewürze, tiefgekühlte Süßkartoffeln, verschiedenes Gemüse und Blöcke eines eigentümlich bröckeligen Käses heraus, bereitete in einem ebenso integrierten Metalltopf und einem Liter Bachwasser ein gut duftendes Mahl vor, das über dem Feuer vor sich hin köchelte. Nach einer halben Stunde meinte er:

„Das gibt Kraft und Wärme, meine lieben Freunde", und jeder schlürfte genüsslich von der deftigen Gemüsesuppe. Danach war die Kleidung wieder einigermaßen getrocknet und am Ende einer kurzen, wohltuenden Rast, während derer sie die Sinne für die umliegende herrliche Natur schärften, waren alle wieder guter Dinge. Plötzlich stand Gusch alarmiert auf:

„Wir müssen schnell hier weg!"

Er sprang vom Bachufer davon, um hinter einigen Bäumen Schutz zu finden, die anderen setzten rasch nach. Der Abstand zum Bach betrug jetzt etwa 15 Meter, der zum nahen Strand 20 Meter. Direkt neben der noch glimmenden Feuerstelle bildete sich erneut eine Art Feuerrad mit schwarzem Zentrum. Auch der Wachdreel ging ein wenig zur Seite. Alle blickten wie gebannt auf das, was nun geschah: Eine Gruppe von kleinen Tümmlern schwamm aus dem Meer direkt auf das Bachufer zu. Die vielleicht sechs oder sieben Tiere sprangen mit einem bogenförmigen Satz aus dem Wasser, um dann mitten in die Öffnung hineinzufliegen, um dort einer nach dem anderen, einfach zu verschwinden. Davor stießen sie noch eine Vielzahl schnatternder Laute aus, Gezired wurde unruhig und Eridan hörte förmlich, wie sie einander zuriefen:

„Grendart, das Mistvieh, ist direkt hinter uns, wir müssen drüben sofort umkehren, sonst kriegt er uns am Ende doch noch!"

Über der Meeresoberfläche erschien jetzt die gut einen Meter hohe Rückenflosse eines Ungetüms von einem Hai, der den kleinen Zahnwalen zielstrebig nachsetzte. Die furchterregende Erscheinung war in ihrem bogenförmigen Flug zum Kanalfenster gut von der nur 15 Meter entfernten Deckung erkennbar und die kleine Gruppe blickte höchst erregt auf das Untier, dessen Maße alles bisher Gesehene in den Schatten stellten. Das gigantische, schiefe Maul des gut zwanzig Tonnen schweren Riesen war mit etwa dreißig Zentimeter langen, spitzen, zum Schlund hin unregelmäßig nach hinten gebogenen Zähnen bewehrt, die großen, schwarzen Augen lagen ausdruckslos in ihren Höhlen, und der graublaue Körper, der für einen Augenblick in der Luft zu stehen schien, wurde von unzähligen, oft unzulänglich verheilten Bisswunden, die von Zahnwalen und anderen Tieren herrührten, übersät, kleine bunte parasitäre Tiere hingen oft an den verletzten Stellen. Das Ungetüm hinterließ einen fauligen, betäubenden Gestank, als es in dem runden schwarzen Kreis vollständig verschwand.

Als der Spuk vorbei war, verließen die Freunde wieder vorsichtig ihre Deckung. Der kleine Wachdreel zitterte aufgeregt und seine Haube irisierte in vielen Farben, schwabbelte hin und her, er war dem Hai nur um Haaresbreite entgangen, eine kleine willkommene Wegzehrung auf der Reise nach nirgendwo, wer weiß?

Gezired hatte sich als Erste gefangen: „Manchmal gibt es Unruhestifter wie diesen Grendart hier, die Tümmler haben sich als

Lockvögel bereit erklärt, ihn in einen anderen Teil des Ozeans zu lotsen, in dem er mehr von Fisch als von intelligenten Meeressäugern leben kann.

Ich hoffe, dass sie im Gegenkanal wieder zurückgefunden haben. Haie wie dieser und die Riesenraubquallen sind ernst zu nehmende Gefahren hier." Ricky schüttelte sich vor Unbehagen:

„Man sollte am Strand eine rote Flagge aufstellen, so macht man das wenigstens auf der Erde." Hella bewegte diese Bemerkung zu einem kurzen, gekünstelt klingenden Auflachen und sie drehte sich auf der Stelle, alle gingen mehrere Meter zurück, denn der Gestank des Grendart war kaum auszuhalten, hing immer noch über diesem Ort wie eine Giftwolke. Ricky musste unbedingt klugscheißen:

„Die schönsten Dinge im Leben, so wie dieser magische Ort hier, bergen oft die allertödlichsten Gefahren."

Gezired und Eridan verfielen in ein erregtes Gespräch. Eridan hatte klar und deutlich die Gedanken der Delfine gehört! Die Prinzessin freute sich so sehr, dass sie dem Mann spontan um den Hals fiel, der immer noch wie verdattert dastand. Er konnte auch klar und deutlich die Gedanken der anderen, die um ihn herumstanden, erkennen, außer jene von Gusch, der sich irgendwie abschirmte, nur Undeutliches und Unverständliches kam aus seiner Richtung. Doch der verstand sehr wohl:

„Eridan, als Nächstes musst du dich vor dem Ansturm der Gedanken anderer schützen lernen, sonst wirst du irgendwann wahnsinnig! Durch Training ist das zu erreichen, Gezired wird dir dabei helfen. Du hast in dir einen Kraftstrom, du musst ihn nur nutzbar machen. Es ist das Einfachste auf der Welt."

„… und zugleich das Schwierigste, so wie Japanisch lernen …", setzte Eridan den Satz fort. Gusch hatte leicht reden, für ihn war das alles so selbstverständlich wie in einem Buch eine Seite umzublättern, wenn es am spannendsten wurde.

Hella wurde ungemütlich zumute:

„Mir ist es eigentlich nicht gleich, wenn jemand meine intimsten Gedanken abzapft, ich weiß nicht, wie die anderen darüber denken."

Gezired suchte vertrauensvoll nach einem Ausgleich:

„Wir besitzen alle mehr oder weniger die Gabe. Richtig eingesetzt, wie das Messer eines Chirurgen, wird der Fluch zu einem Segen. Ich weiß, wovon ich rede, Hella."

Diese Worte konnten sie nicht beruhigen, aber sie musste sich wohl oder übel mit den neuen Gegebenheiten abfinden.

Die Tierärztin hatte plötzlich den dringenden Wunsch, alleine zu sein, sprach aber nicht weiter darüber, als in ihr engelsgleich helles Glockengewirr entstand, sie blickte entgeistert auf ihre vor sich ausgestreckten Hände und Arme, dann den gesamten Körper, der, immer leichter werdend, nach und nach durchscheinend wurde und dann einfach verschwand. Kurzzeitig lag ihr Bewusstsein an einem kaum beschreibbaren Ort, dann sah sie plötzlich, mindestens dreißig Meter hangaufwärts stehend, auf die kleine Gruppe herab und war völlig verdattert. Ihr Körper hatte den Teleportsprung unbeschadet überstanden, als sie gerade beiläufig darüber nachdachte, dass man eben vorsichtig mit seinen Wünschen umgehen sollte. Diese trockene Selbstironie – sie musste unwillkürlich einen kurzen Lacher ausstoßen. Als sie sich anschickte, die anderen wieder auf normalem Wege zu erreichen, hörte sie Guschs Stimme in ihrem Kopf:

„Ein kleiner Ortswechsel hat der Frau Doktor wohl gutgetan, nicht wahr?"

Unten angekommen, blickte eine wütende junge Frau auf den anmaßenden Dreel. Der seinerseits tat, als wäre nichts geschehen, aber zumindest Eridan und Ricky wirkten ziemlich perplex, so etwas war ihnen nun doch neu, auch wenn sie schon einmal von diesen Dingen gehört hatten, so gehörten sie doch gemeinhin eher zu einer Art Märchenwelt, deren Existenz sie wohl immer bezweifelt hatten.

„Übung macht den Meister, Herrschaften, doch wisst ihr nun einigermaßen, wie der berühmte Hase eben läuft! Ich glaube, ihr habt alle noch weitere Fähigkeiten, wenn mich nicht alles täuscht …"

Guschs Erscheinung wurde plötzlich luzide, er wurde länger und im gleichen Maße fast durchscheinend, man konnte genau nachvollziehen, wie sich sein Endoskelett zunächst mit veränderte, die inneren Organe langsam auflösten, bis alles wieder wie in sich zusammenfiel und ein richtiger schwabbeliger Dreel vor ihnen stand – die wahre Natur des Gestaltwandlers. Gusch war nun in ihren Köpfen und seine Kraft war bemerkenswert.

„Auch ich muss mich jetzt nicht länger vor euch maskieren, es wird auf die Dauer ziemlich anstrengend. Wir haben noch viel vor und sollten mit unseren Kräften haushalten lernen." Sein orangefarbenes Haustier konnte sich nun nicht mehr verstecken und hüpfte von einem zum anderen, um Aufmerksamkeit bemüht.

Ricky, der Letzte von der Erde, der sich bislang staunend im Hintergrund gehalten hatte, begann, sich ebenfalls zu verändern. Er wurde stetig größer und zugleich muskulöser. Bald platzten seine Hemdknöpfe, dann die Hosennähte, bis er, mehr als drei Meter groß, nur noch in seiner Unterhose vor ihnen stand, völlig verstört auf sich hinabblickte und einen makellos muskulösen Körper gewahr wurde. Auch die Haut hatte sich verändert und war jetzt von einer gummiartigen Konsistenz.

Nachdem er sich langsam von Verwunderung über sich selbst befreit hatte, nahm er einen gut zwei Meter großen Felsen mühelos mit einer Hand und schleuderte ihn mindestens fünfzig Meter gegen das offene Meer, wo das Geschoss mit einer riesigen Fontäne versank und dabei sich exzentrisch ausbreitende Wellenfronten verursachte.

Gezired klatschte, war sichtlich beeindruckt, bis sie bemerkte, dass der Kraftprotz, wieder zu alter Größe geschrumpft, sich verzweifelt an den Überresten seiner Kleidung zu schaffen machte.

„Nobody is perfect", meinte er nur verlegen und versuchte, den Tropenanzug, oder besser, dessen Reste, wieder in der ursprünglichen Art zu tragen, was ihm sichtlich misslang. Das Klima erlaubte ohnedies legere Kleidung …

Guschs Stimme war wieder deutlich in allen Köpfen zu vernehmen:

„Ich möchte ausdrücklich darauf hinweisen, dass es sich bei den von euch erlebten neuen Erfahrungen keineswegs um Folgen von Mutationen handelt, ihr seid keine Mutanten. Das zentrale Nervensystem des Homo sapiens ist bei artgerechter Entwicklung und energetisch balanciertem Umfeld durchaus in der Lage, ein qualitativ und quantitativ Mehrfaches an Fähigkeiten zu entwickeln, auf völlig natürlichem Wege, als euch das auf der Erde, kulturell und erzieherisch bedingt, gestattet war. Der in der Geschichte immer wieder vollzogene unheilvolle Rückschritt in oft reinen Materialismus mit lediglich sporadisch anklingenden Anfängen der geistigen und seelischen Entwicklung in regulären Bahnen wurde immer wieder durch existenzielle Krisen, Durchschlagen der niederen, tierischen Natur bis hin zu verheerenden Kriegen, aber auch Naturkatastrophen gleichsam erzwungen. Auch die Weiterentwicklungen im technologischen Zeitalter konnten und können diese Entwicklungen nicht verhindern, ja, deren scheinbare Erfolge blenden nur die Menschheit, während sie die humanistische Entwicklung, die naturgegebene Arbeit an Geist und Seele dabei sträflich vernachlässigt. Ähnliches ist vor hunderten von Jahren auch uns Dreel widerfahren, und droht uns heute neuerlich von Sorr. Nur wenige Individuen, gemessen an den mehr als sechs Milliarden Menschen, ist die Bedeutung der geistigen Weiterentwicklung wirklich ausreichend bewusst, und das nur für bestimmte Zeiträume. Ihr seid zwar insgesamt auf dem richtigen Weg, doch in Beibehaltung eures Entwicklungszyklus kann ein echter Bewusstseinssprung möglicherweise erst frühestens in mehreren tausend Jahren erfolgen, so unsere Schätzungen. Bis dahin wird man sich immer wieder nur an einzelnen, weit entwickelten Persönlichkeiten orientieren. Und deren Natur wiederum ist oftmals genetisch vorgegeben, wie die der Insaan, also auch ihr, Ricky, Hella und Eridan. Macht das Beste daraus, bemüht euch hier auf Ard, wir werden euch natürlich dabei helfen."

Gusch schien müde zu sein und schloss sich einer kleineren Gruppe seiner Artgenossen an, die offenbar lautlos miteinander kommunizierten. Plondt hatte eine neue Montur für Ricky herangeschleppt, die nach seinen Beteuerungen aus einem extrem dehnbaren, widerstandsfähigerem Material gefertigt war, dessen Natur dem ersten Anzug aus lebenden, nachgiebigen Pflanzenfasern ähnelte. Außerdem lag ein Haufen Dulpurs für alle bereit und Gezired wie Plondt machten sich an den Kiemenanzügen emsig zu schaffen, offenbar, um deren Zuverlässigkeit zu überprüfen. Auch hier erhielt Ricky eine Sonderanfertigung, sodass einer möglichen Vergrößerung seines Körpers unter Wasser nichts mehr im Wege stand. Plondt hatte ein paar Worte zur Erklärung:

„Die Anzüge wurden gemeinsam mit den Zebuhren entwickelt und stehen in fast unveränderter Form seit mehr als achtzig Jahren bei uns in Gebrauch. Abgesehen von den physikalischchemischen Eigenschaften des Materials, das auch Aufenthalte in größeren Tiefen über längere Zeiträume gestattet, steht das Spezialgewebe mittels eines neurodermalen Interfaces direkt mit den Strömen des Mittelhirns in Verbindung, das unwillkürliche Informationen über Gemütszustände, etwa Fluchtreflexe oder Angst, aber auch Freude und Zorn, direkt an die Oberfläche weiterleitet. Wie bei den Oktopussen auf der Erde resultiert daraus die glorreiche Möglichkeit einer wechselnden Tarnung, indem auch optische Reize aus der Umgebung über das Gehirn direkt an die Anzugoberfläche weitergeleitet werden, Änderungen in Muster und Farbschattierung der Umgebung werden somit nachvollzogen und eine Entdeckung, etwa durch Fress- oder andere Feinde unter Wasser erheblich erschwert. Wir statten der Kolonie von Zebuhron nämlich in Kürze einen Besuch ab. Ohmquart ist von Natur aus neugierig und kann es kaum erwarten, euch kennenzulernen. Er hat hier das Sagen, auch wenn der Hang zum Individualismus bei der Rasse viel ausgeprägter ist als bei uns Dreel und auch den Menschen und Insaan."

Das Abenteuer unserer Freunde auf Ard konnte nun bald in eine neue Phase eintreten, wir richten unsere Aufmerksamkeit jedoch zuvor einer anderen Region zu, wo Entwicklungen im Gange waren, die interstellare Ausmaße angenommen hatten und die einigermaßen heile Welt ganzer Heerscharen von Völkern bedrohte. Sorr und die aufstrebende Macht Brufans, des von Ard verstoßenen Dreels, durften nicht mehr ignoriert werden, und die Geheimdienste waren emsig unterwegs, ständig neue, besorgniserregende Botschaften an die jeweiligen Führungen weiterzugeben, die ihrerseits alarmiert zu Gegenmaßnahmen übergehen mussten. Im Klartext bedeutete dies allgemeine Aufrüstung, denn die diplomatischen Möglichkeiten schienen überall langsam in Sackgassen zu verlaufen. Eine Reihe an sich friedliebender Zivilisationen waren bedroht und bald würden nur einige wenige Schlüsselereignisse genügen, um eine Kettenreaktion der Gewalt vom Zaun zu brechen.

ZWEITES BUCH

15

DIE ANDERE SEITE

Vilandar, zentrales Machtzentrum Brufans, größter Ballungsraum von Sorr. Die Höhle des Löwen. Hier liefen alle Fäden des Konterimperiums und der Dreel'schen Revolution zusammen. Die Stadt war über einem weitverzweigten, von brackigem Wasser teilweise erfüllten, dunklen Höhlensystem aufgebaut, eine Unzahl verschieden großer Hohlräume war mit einem noch größeren Netz schmaler, oft gefluteter Gänge verbunden, wobei einige der Haupttunnel zu dem nahe gelegenen Ozean im Westen sowie einem riesigen Binnensee im Osten Verbindung hatten. Vor tausenden Jahren gab es hier nur einige wenn auch enorm dimensionierte Tropfsteinhöhlen, der größte Teil der Anlage war jedoch mittlerweile künstlich erweitert worden, ursprünglich zwecks Abbau von seltenen Erzen. Bei Versiegen der Vorkommen diente sie dann als Gefängnis, welches bis vor einigen Jahrzehnten von einem multidimensionalen Kraftfeld umgeben war. An der Oberfläche hingegen ragten mit Erkern und bizarren Vorsprüngen versehene Türme hoch in den rosaroten Himmel, die Stadt durchzogen von einem dichten Verkehrsnetz und verbunden mit mehreren Satellitenstädten, welche teilweise lediglich von Androiden oder Cyborgs „bewohnt" waren. Nichtsdestoweniger herrschte dort ein geschäftiges Treiben und Maschinenlärm war über viele Kilometer außerhalb noch zu hören. Weiter im Norden sowie an den Ufern des Binnensees erstreckten sich die enorm dimensionierten Raumschiffwerften und stark frequentierten Raumhäfen eines sich rasch entwickelnden Machtimperiums. Im Herzen der Stadt lag der ehemalige Hochsicherheitstrakt des inzwischen lange aufgelassenen Gefängnisses, welcher zur Schaltzentrale und Residenz des Herrschers von Sorr umgebaut worden war.

Brufan, nach einem Transformatorunfall bei der Zerstörung des Dreelgefängnisses verstümmelt, fehlten über die Hälfte seiner wertvollen Tentakel, darüber hinaus hatte er drei seiner fünf Augen eingebüßt. Vor 43 Jahren noch Mitglied der Schubbutz, war er den Machthabern unbequem und verstoßen worden, hierher, auf die öden Felsen von Sorr, die er und die Seinen in mühevoller Arbeit wieder einigermaßen lebenswert gemacht hatten. Seit dem Unfall waren seine multiplen Fähigkeiten zu kommunizieren eingeschränkt. Während ein gesunder Dreel in allen Farben irisieren konnte, brachte er lediglich einige Schwarz-Weiß-Töne zum Ausdruck, was ihm den Namen „Dunkler Dreel" eingebracht hatte. Doch im selben Maße, wie er gezeichnet war, waren seine übrigen Sinne stärker als üblich ausgebildet, vor allem verfügte er über viel Geduld und einen eisernen Willen, mit dem er auch andere in seiner Umgebung im Zaum halten, begeistern und bei Bedarf beherrschen konnte.

In seinem an den Wänden von Algen schwach lumineszierenden Gemach war er niemals alleine, stets umgeben von zahlreichen um ihn wuselnden Dreelkindern, welche er von verschiedenen Teilen der Galaxis gestohlen hatte. Wie viele seiner ehemaligen Mitgefangenen ernährte er sich auch nicht von Kleinstlebewesen und Plankton, stets knabberte er an halb verwesten Säugetierknochen und schlürfte oft schon in Fäulnis zerflossene Innereien aus mehreren, ständig um ihn herumstehenden Schalen und Amphoren, sodass ein süßlich-abstoßender, Übel erregender Geruch allgegenwärtig war.

Hinter ihm türmte sich zudem ein meterhoher Berg leerer Schneckenhäuser, Muscheln und anderer Krustentiere, die Dreel besaßen einen Stachel, mit dem sie die harten Schalen durchbohrten, einen gewebsverflüssigenden Brei injizierten und nach Minuten das Innere aussaugten. Ganz ohne Meeresfrüchte ging es eben doch nicht.

Die härteste Strafe für Brufan war aber nicht das Gefängnis gewesen, sondern der unvermeidliche Verlust der Sippe, der übrigen vier, das heißt, drei von ihnen, denn Tissar war ihm geblieben, sie trat freiwillig die Strafe zusammen mit ihm an und wich nicht von seiner Seite, wogegen sich Jolan, Bischuur und Nekett von ihm abgewendet hatten, sie waren auf Ard geblieben, seinen Beschwörungen zum Trotz und in Missbilligung seiner Pläne. Der Teufel sollte sie holen. Doch seit jenen Tagen lag eine Schwermut über ihm, die er nicht abstreifen konnte, wenngleich die Liebe Tissars herzzerreißend war. Aber auch die gestohlenen Dreeljungen konnten den erlittenen Verlust nicht wettmachen.

Er spürte ihre Gegenwart, noch bevor sie aus einem Seitengang auf ihn zukam, die Getreue, und seine Nähe aufsuchte, mit ihren Tentakeln seinen Körper zart berührte, wobei sie ihm Kraft durch in allen Farben leuchtende, kleine elektrische Entladungen spendete. Mit seinen traurigen Augen, die er milde auf sie richtete, nahm er die Zuwendungen dankend entgegen und sein Körper straffte sich. Er riss sich von Tissar los und bewegte sich zielstrebig in eine Ecke, wo sich eine bioplastische Haube von der Decke her auf seinen halbkugeligen Körper senkte. Ein Geschenk der Psutt, der Ureinwohner von Sorr. Die dunkelgrün leuchtende Kopfbedeckung stabilisierte seine Psyche und bahnte seine hyperdimensionalen Fähigkeiten, gab ihm zusätzliche Kraft und Schutz vor jeder Beeinflussung von außen. Auch kompensierte sie seine offensichtlichen körperlichen Makel, wenn auch nur unvollständig. Was er anderen antat, nämlich die oft zwangsweise Umwandlung in bio-robotische Lebensformen, lehnte er an sich selbst strikt ab, denn kybernetische Tentakel und Augen wären für ihn durchaus machbar und eine große Hilfe gewesen. Auch wäre durch diese Eingriffe seine Glaubwürdigkeit bei den Abtrünnigen von Sorr gestiegen, er wäre sozusagen „mit gutem Beispiel vorangegangen", doch sträubte sich bei ihm jede Faser seiner selbst gegen die Applikation der mechanischen Implantate.

„Die Hinrichtungen sind in vollem Gange", gab er Tissar zu verstehen. Die Gnadengesuche hatte er rundweg abgelehnt, ein Einlenken wäre nur als Zeichen von Schwäche interpretiert worden, und klares, rigoroses Handeln war das Gebot der Stunde. Wer nicht auf einer Linie mit seiner Führungsgewalt war, hatte in seiner Nähe nichts zu suchen. Er konnte auch niemanden laufen lassen, da Ard bald gewarnt sein würde und seine Stärke im Überraschungseffekt lag. Lediglich Umwidmung zur Neuerschaffung kybernetischer Lebensformen war erwägenswert, und die infrage gekommenen Individuen waren an einschlägigen Orten bereits in Arbeit. Überall in Vilandar erklangen die markerschütternden Schreie der Sterbenden und herrschte das Entsetzen der in Umwandlung Begriffenen. Auch Fremdorgane von Säugern anderer Welten fanden darin ihre Verwendung. Die neue Ordnung sollte effizient eingeläutet werden, stets kontrollierbar und jederzeit einsetzbar, genau nach den Plänen seines Konzils.

Letzteres bestand neben ihm aus Gosch, dem Zwillingsbruder des Dreels im Schubbutz, des weiteren Jaahlen, dem Dreel-Cyborg, Utter von Dinckenstein, einem mittelalterlichen Hexer von der Erde, und Solanda, einer Insaan, die anstelle von Hanaquik, der in Ungnade gefallenen Hexe, bis auf Weiteres eingesetzt wurde. Er und fünf Bundesgenossen entschieden über das Schicksal von Millionen. Doch war es offensichtlich, dass Brufan alleine die Macht hatte und er mit eisernen Tentakeln sein Imperium formte.

Überall auf Sorr spürte man es: Der Stern des Dreel'schen Reiches war im Steigen begriffen, wer auf einer Linie mit der Führung war, konnte mit Reichtum, Macht und sich stetig mehrendem Ansehen rechnen, auch der geringste Arbeiter, ob Dreel, Insaan, Schoschonoor, gleich, aus welcher Ecke des Universums er hierher gelangt war, hatte viele Möglichkeiten, sein Leben zu verbessern. Man lebte in Saus und Braus, die Spiele der Reichen waren vielfältig und oft böse.

Doch da waren auch die anderen, die Gescheiterten, jene Unglückseligen, die es nicht geschafft hatten, und manchmal dachte Zubel, der Arbeiter in der Erneuerungsfabrik, schien es, als wären sie in der Überzahl, und die Polarisierung zwischen den beiden Bevölkerungsgruppen war gewaltig. Dazwischen gab es wenig, ein Streben nach einem bescheidenen, unauffälligen Leben galt hier nicht als erstrebenswert und erlangte auch keinen Beifall von der Restbevölkerung. Zubel war klug und erfahren genug, um zu wissen, dass dieser Zustand auf Dauer nicht gut gehen konnte. Mitgefühl mit den vielen Opfern des brutalen Systems war hier jedoch eine Schwäche und äußerst gefährlich, da man von Brufans Schergen leicht in einen existenziellen Abgrund gestürzt werden konnte. Darum blühte auf Sorr die Schattenwirtschaft, Moral und Ethik waren kleingeschrieben und es zählte einzig der persönliche Vorteil.

Der Insaan Zubel war mit vier Jahren auf Ard entführt worden, hier in einer Staatsinstitution aufgewachsen, kannte er die Schwächen des Systems nur allzu gut, und in weiten Kreisen roch es auch förmlich nach Revolution. Doch wer überleben wollte, musste sich vorerst wohl oder übel ruhig verhalten, gute Miene zum bösen Spiel machen, auch wenn es überall Gleichgesinnte zu geben schien.

Die unglücklichen Neuen kamen immer durch dieselbe Tür. Die Luft ringsum war abgestanden, es roch nach Schweiß, Blut und Fäkalien.

Erst kam die Musterung durch SCHWESTER, der zentralen biomechanischen Recheneinheit mit ihrer seidigen, gefährlich einschmeichelnden Stimme. Sie stand in fortlaufendem Zwiegespräch mit BRÜDERCHEN, dem Effektor oder ausführenden Organ, denn SCHWESTER alleine konnte sich oft nicht entscheiden, dazu brauchte sie schon eine starke Hand. Wer die beiden tatsächlich kontrollierte, das blieb dem Normalbürger jedoch durchwegs verschlossen und ein neugieriges Nachfragen war nicht ratsam, man konnte hier leicht in Ungnade fallen, um dann als Cyborg seine Integrität und den Großteil seines Körpers zu verlieren, und dies war hier noch ein Gnadenakt. Zwecks Abschreckung wurde aus dieser Tatsache auch kein Hehl gemacht. Trotz SCHWESTER und BRÜDERCHEN war das hier alles offenbar doch kein Familienbetrieb, denn Papa, Mama, Oma und Opa waren entweder in Ungnade gefallen oder lebten irgendwo, auf einem fernen Stern … man erinnerte sich ihrer kaum noch, so war es eben praktischer.

Die Neuen kamen also immer durch dieselbe Tür. Diesmal war es ein junger, verschreckter und verdreckter Dreel, der unsanft hereingestoßen wurde, sich dabei mehrere Male wie ein Ball überschlug und dann, seitlich und regungslos vor den Arbeitern zum Liegen kam, kaum bei Bewusstsein. Irgendwo war er aufgelesen worden, von einer Patrouille, befand sich offenbar zur falschen Zeit am falschen Ort oder erregte irgendwie ihr Ärgernis, die Gesetze wurden hierzulande offenbar recht frei interpretiert und die Fabrik war auf fortlaufenden Nachschub angewiesen. SCHWESTER kam als bio-robotischer Riesendreel, drei Meter hoch, mit sechzehn Augen bestückt, und pflanzte sich mit ihren plumpen Tentakeln vor dem Unglückseligen auf, begrüßte den Ankömmling mit einem belebenden Stromstoß von einem ihrer spitz pediküren Vorderfüßchen. Der zuckte unwillkürlich und riss seine müden Augen überweit auf. In ihrem glockenhellen Singsang wirkte sie fast mitfühlend, jedoch pointiert: „Du meine Güte, wie siehst du denn aus, wie kommt ein kleiner Artgenosse denn in eine solche Lage? Hast du nicht aufgepasst, mit wem du dich da abgibst? Na, das können wir auch für dich erledigen. Ich achte auf das Wohl meiner Artgenossen, nicht wahr, Zubel?" Letzterer stand fast wie unbeteiligt neben ihnen. Sie richtete sich wieder an den Dreel: „Hast du vielleicht noch einen Wunsch, vielleicht eine besondere Fähigkeit, mit der ich dich ausstatten soll? Aber bedenke es wohl: Du wirst damit bis an den Rest deiner Tage leben müssen, und das kann noch eine Weile dauern, mein Freund!" Hinter ihr klackte und schnarrte irgendetwas Mechanisches. BRÜDERCHEN kam um die Ecke und pflanzte seinen knallroten, fünf Meter hohen Metallrumpf unmittelbar vor den Versammelten auf. Er war ein Roboter wie aus dem Lehrbuch, mit starken hydraulischen Armen und Beinen, einem bei jeder Bewegung summenden Wirrwarr von den versteckten Servomotoren, wie als Kontrast saß jedoch auf seinem kurzen Hals ein überdimensioniert medizinballgroßer, pausbackiger Babykopf, den er um 360 Grad drehen konnte. Er schielte auf SCHWESTER hinab und begann plötzlich, durchdringend und hysterisch zu schreien, eben wie ein unzufriedenes Baby, piepste sie dann mit metallisch kreischender Stimme an: „Ich habe schlecht geschlafen, wieso weckst du mich immer wieder, wenn ich meine Ruhe brauch?" Künstliche Tränen rannen über seine geröteten Backen und Rotz tropfte von seiner Nase, der vor ihm bald einen kleinen See bildete. Das Schlafbedürfnis einer biorobotischen Einheit war wohl eher vorprogrammiert worden, doch Fehler in Programmen waren immer wieder Ansporn zu intelligenten Veränderungen, vielleicht wuchs der Babykopf ja auch noch einmal bis zur Adoleszenz heran …

SCHWESTER war jedenfalls wenig von ihrem BRÜDERCHEN beeindruckt und beschäftigte sich wiederum mit dem kleinen Dreel, zu dessen steigendem Entsetzen. „Wir benötigen dringend gewisse Organe von dir, mein guter Freund, ein paar deiner Artgenossen funktionieren nämlich nicht mehr so richtig, dein Gehirn kann auch noch gerettet werden, du wirst dann groß und stark sein, mit einem unverwüstlichen Körper aus hochwertigen Legierungen kannst du für dich selbst und uns alle noch große Verdienste erwerben, wie heißt denn du eigentlich, mein Kleiner?" Das Hirn der Dreel war fünflappig und äußerst diffizil gebaut. Eine Transplantation in einen Cyborg würde jedoch große zerebrale Schäden verursachen, viele ähnliche Operationen zuvor waren letal verlaufen. Bei Überleben würde nach erfolgter Konditionierung wohl von dem ursprünglichen individuellen Wesen nicht mehr viel übrig bleiben, auch das Fehlen einer Unterstützung durch seine Sippe reduzierte beträchtlich die Erfolgschancen eines solchen Unterfangens. Doch diese Dinge wurden einfach in Kauf genommen, Order von oben. Man war an dem raschen Aufbau einer Armee wohl mehr interessiert, als an arterhaltenden Erwägungen.

SCHWESTER umschlang den Unglücklichen mehrfach mit einem überlangen Tentakel aus Bioplast, richtete ihn damit auf und fixierte ihn mit mehreren Argusaugen. Dann hob sie ihn an, setzte ihn auf ihren Kopf und schleimte die Gänge entlang, um in einer großen Halle vor scheinbar undefinierbaren Maschinen haltzumachen. BRÜDERCHEN und die drei Arbeiter Pfizek, Vizek und Zubel waren ihr gefolgt. Mit einem langen, dünnen Tentakel umschlang sie den Dreel und setzte ihn behutsam auf den Boden, während die drei Arbeiter sich an den Maschinen zu schaffen machten. „Du wirst jetzt schlafen, mein Kleiner, und nach einem beglückenden Traum beginnt für dich ein neues Leben." Mit diesen verheißungsvollen Worten verabschiedete sich die Dreel-

Cyborg, drehte sich um und schrumpfte auf ein daumennagelgroßes Gebilde zusammen, das sich rasch in einem vorgefertigten Schlitz in der Maschinenwand verflüchtigte. BRÜDERCHEN stapfte einfach davon, nur der Baby-Kopf sah ihnen noch mit schelmischem Grinsen nach.

Zone um Zone wurde der kleine Körper gescannt, von allen Seiten näherten sich ihm schlauchförmige Gebilde unterschiedlichen Kalibers und die Maschinen um ihn erwachten zu klackend, summend und knirschendem Leben. Über dem Dreelkopf hing ein seltsam geschwungener Trichter. Die Arbeiter wichen zurück, als sich eine durchsichtige, hermetisch versiegelnde Wand zwischen sie und das Opfer schob. Um Keimfreiheit zu gewährleisten, erfüllte ein Aerosol die Kammer, das später von einer Laminar Flow-Belüftung ersetzt wurde. Die Prozedur hatte begonnen und der kleine Dreel träumte bereits. SCHWESTER hatte sich im Psychopon eingeloggt, einem Gerät, das den Traum des Dreel für sie erfahrbar machte. Ihr empfindliches Hirn lag in einer der tausenden Sarkophag-Kammern, ihr Riesendreel-artiger Cyborg-Körper war nur die „Maske", das vom Hirn aus gesteuerte Effektor-Modul, das fast beliebig verändert werden konnte. Nur das winzige neurale Interface, das ständig mit ihrem Hirn in Verbindung stand, war nicht wandelbar. Dieses befand sich jetzt in einer der Maschinen unmittelbar neben der Operationskammer, eben im sogenannten Psychopon. SCHWESTER war süchtig nach Träumen, immerhin handelte es sich um den letzten natürlichen Traum des Unglückseligen, das versprach eine besondere Grenzerfahrung, die ihr nicht entgehen durfte. Außerdem erfolgte unmittelbar danach die Konditionierung des neuen Cyborgs, und es war eine ihrer Aufgaben, seine Seele nicht loszulassen, den Vorgang zu überwachen und zu steuern. Vorerst wollte sie nicht eingreifen, nur zusehen, miterleben, vielleicht lag in dem Traum eine wichtige Botschaft, etwas, das sie ihrem Erfahrungsschatz hinzufügen konnte, nach über 3000 Umwandlungen hatte sie schon so manches erlebt und viele energetische Einheiten waren in ihre Aura übergegangen, der alten Seelenklauerin, es lag ihr einfach im Blut … eigentlich war die Seele der Opfer ja tabu, sie sollte ja nur ihren Job machen, aber sie war eben unersättlich und jede Umwandlung ließ ihre eigene Aura förmlich aufleuchten. Doch wusste sie nicht, dass sie im gleichen Maße Teile ihres eigenen Wesens verlor, der Herr des Universums ließ eben nicht mit sich verhandeln. Da könnte ja jeder Gott spielen. Mit entzückter Spannung verfolgte sie das Geschehen: Aus dem Dunkel der Nacht dämmerte es langsam und es erschienen etwa zwanzig elefantenartige Tiere wie schwerelos kreisförmig einander gegenüberstehend, sodass sich ihre ausgestreckten langen Rüssel in der Mitte zu berühren schienen. Sie verloren ihren festen Stand am Boden und schwebten etwa 2 Meter über der Oberfläche, und das durch sie gebildete radförmige Gebilde begann, sich langsam zu drehen. Dabei strebten ihre dicken Beine durch die Fliehkraft nach außen, als in der Mitte, dort, wo sich ihre Rüsselenden trafen, ein kleiner, rosa Elefant die Radnabe gewaltsam und mit markerschütterndem Röhren durchbrach und wie rasend unter heftigem Tröten auf den Träumenden zulief. Ihm folgte, nach der Art einer Stampede, eine ganze Elefantenherde, mächtige Bullen, Kühe und Kälber, ein bedrohliches Schauspiel. Der kleine Elefant an der Spitze war offenbar Sri Ganesha, der Hindugott der Unschuld, der, gepeinigt, bei dem träumenden Dreel Schutz zu suchen schien. Er spürte genau, dass die Prozedur wider die Natur ablief und konnte aber nichts tun, als den Träumer zu warnen. Die Szenerie veränderte sich langsam, es wurde wieder stockdunkel, als aus der Tiefe eine armdicke Kobra erschien und sich aufrichtete. SCHWESTER blieb keine andere Möglichkeit, als dem Reptil direkt in die großen schwarzen Augen zu blicken. Als die Angst der Voyeurin auf ihrem Höhepunkt stand, schnellte der Kopf der Schlange blitzschnell vor, um SCHWESTER mehrmals in die Stirne und die Augen zu beißen. Der Schlangenkopf veränderte langsam seine Gestalt und es formte sich vor ihr der kahle Schädel von Gosch, dem Gestaltwandler-Dreel, diesmal in seiner humanoiden Form – erwischt, das Herz fiel ihr vor Angst und schlechtem Gewissen in die „Hose". Gosch war sichtlich aufgebracht:

„SCHWESTER – Ich hatte dich schon mehrmals im Visier, du hast es nur noch nicht bemerkt. Ich warne dich zum letzten Mal, bei Wiederholung machen wir aus deinem Hirn Futter für die Queggel, unsere Flammen speienden Riesenhunde freuen sich über jede Abwechslung in ihrer Diät! Außerdem warten schon andere auf deinen Job, also noch einmal: Mach' deine Arbeit und kümmere dich nicht um Dinge, die dich nichts angehen!" Sein Gesicht schwand langsam und es folgte schaurige Dunkelheit. Hatte seine Warnung die gewünschte Wirkung erzielt? – Nur die Zukunft würde es zeigen ...

Inzwischen war die Umformung und Ausschlachtung des kleinen Dreels bereits weit fortgeschritten, unter dem Trichter schwebte das entleibte, pulsierende Dreelhirn, durch zahlreiche Schläuche und Leitungen mit der Maschineneinheit verbunden. Der fast hohle Körper hing leblos und Falten schlagend herunter, und an einigen Greifarmen hingen die präparierten, offenbar noch intakten Organe des Lebewesens, ebenfalls maschinell versorgt, und harrten einer Transplantation beziehungsweise entsprechender Verwahrung, bis eine solche stattfinden würde. Es gab genügend einflussreiche, gebrechliche alte Dreel, die auf eine Leber oder Niere, auf Tentakel oder Augen warteten.

P-26-Z4 erwachte langsam aus seiner tiefen Ohnmacht und konnte sich glücklicherweise an nichts erinnern. Andererseits war ihm seltsam zumute, denn sein langsam wieder gehorchender Leib fühlte sich eigenartig an. Er hatte eigentlich gar kein so richtiges Körpergefühl im üblichen Sinne und auf willentliche Impulse folgten keine gewohnten Bewegungen, sondern nur wechselnd starke Energieentladungen an unterschiedlicher Stelle, ohne dass sich irgendetwas regte. Doch konnte er sehen. Was er da erblickte, war erstaunlich, denn er sah drei Wesen auf je zwei Beinen, die mit ihren oberen Extremitäten an ihm irgendwelche unklaren Arbeiten vollzogen, dabei machten sie einen sicheren und geübten Eindruck, als wären sie mit allem bestens vertraut. Einer klopfte mehrmals hintereinander mit seinen Knöcheln gegen die Scheibe, die sein Sehorgan schützte. Offenbar war da irgendein Kontaktfehler gewesen, denn von nun an sah er alles in seinem

Umfeld inklusive der Arbeiter, jedoch auch, was in ihrem Inneren geschah. Der eine hatte gerade gegessen und in seinem Magen blubberte es. Das Organ in der Mitte des Brustkorbes pumpte regelmäßig eine dunkle Flüssigkeit durch ein weit verzweigtes System. Er sah an sich herab und entdeckte an der sphärisch gekrümmten Metalloberfläche seines eigenen Körpers zahlreiche, oft bizarre Auswüchse, Einsparungen und kleine wie größere, schlaff hinunter hängende Tentakel, ja sogar einen Arm mit einer Hand, die denen der Arbeiter nahezu bis ins Detail glich. Nun begann er auch, die Geräusche seiner Umgebung erst wie ein Flüstern, dann laut und deutlich wahrzunehmen, sie echoten von weit her wider, also befand er sich wohl in einer Art Halle, die allerdings nur mäßig gut ausgeleuchtet war. Trotz der Arbeiter fühlte er sich entsetzlich einsam, alleine gelassen und unnütz, stand einfach nur so da und ließ alles über sich ergehen. Wer oder was war er eigentlich?

„P-26-Z4, kannst du mich hören?" Ein anderer Arbeiter blickte ihn besorgt an und stand für eine Weile still, als erwarte er eine Antwort. Hatte er eine Stimme? Er versuchte es einmal, nur so probehalber. Ein sirenenartiges Heulen erfüllte die Halle und die armen Arbeiter hielten sich entsetzt beide Ohren zu, der eine wälzte sich, offenbar von Schmerzen gepeinigt, vor ihm am Boden, die anderen machten Anstalten, wie alarmiert davonzulaufen. Als er erkannte, dass er selbst für das Aufheulen verantwortlich war, beendete er seinen Versuch unverzüglich, er hatte wohl, zwar gut gemeint, den falschen „Dialekt" anklingen lassen ...

Der Aufschrei hatte BRÜDERCHEN herbeigelockt, der kam rasch heran und pflanzte seinen den Dreel-Cyborg um gut einen Meter überragenden Körper unmittelbar vor ihm auf, beugte sich zu ihm herab, ein breites Grinsen auf seinem Baby-Kopf:

„Pimp-my-Dreel, na, so was ... P-26-Z4, mit so einem Organ kannst du eine Armee befehligen! Du kannst stolz sein auf deinen neuen Körper, er braucht nur ein wenig Schulung." Er sah auf die Arbeiter herab: „Ihr werdet ihm schon Benehmen beibringen."

Plötzlich hob P-26-Z4 unwillkürlich seinen einzigen Arm und gab BRÜDERCHEN mit aller Kraft eine schallende Ohrfeige. Nach einer Schrecksekunde hielt sich der Cyborg die gerötete Backe und begann wieder, hysterisch zu plärren. Als er sich gefangen hatte, sah er P-26-Z4 mit durchdringendem Blick an. „Einfach so ausgerutscht, nicht wahr? Na, wir werden das schon hinkriegen, als Kampfroboter kommst du in die vorderste Reihe, als Kanonenfutter, dafür werde ich höchstpersönlich sorgen." Er wandte sich wieder an die Arbeiter, diesmal schroff und kurz angebunden: „Fertig konditionieren, und dann ab zu seinen Kameraden auf Ebene 6!" Nach einer Weile kam Bewegung in seine Tentakel und von nun an gehorchte P-26-Z4 nur noch seinen Routinen und Subroutinen, das programmierte „Leben" eines Cyborgs hatte begonnen. Er wusste allein, was er wissen sollte, und folgte nur noch seinen Befehlen. Das Gefühl von Einsamkeit schwand spätestens in dem Augenblick, als er sich mit den anderen P-26 in einem Ruheraum befand. Es waren ihrer bereits Hunderte und über allen lag eine dumpfe, gefährliche Aura. Die Armee des Dunklen Dreels war geboren und vergrößerte sich stetig, kaum jemand oder etwas würde dem etwas entgegenzusetzen haben.

Nicht weit entfernt standen die Raumschiffswerften im Hochbetrieb, das Arbeitsfieber hatte alle Anwesenden wie in einem Rausch gepackt, mehrmals in der Stunde starteten und landeten Schiffe aus umgebenden Raumsektoren und schafften Leute und Rohmaterialien aus allen umliegenden Gegenden heran, neben den allgegenwärtigen Cyborgs waren Dreel, Insaan, Schoschonoor, ja sogar einige wenige Zebuhren am Aufbau beteiligt, nur Malak fehlten in dem Reigen, oder ihr Vorhandensein war für Normalsterbliche nicht sichtbar, die Engelwesen hatten offenbar Besseres zu tun, als einem brutalen Diktatorenregime beim Aufbau seiner zerstörerischen Flotte zu helfen, doch vielleicht gab es ja auch gefallene Engel, wer wusste das schon – sie waren ja meist nicht sichtbar.

Die Sonne am Horizont würde bald untergehen und tauchte die gesamte Szenerie in ein blutiges Tiefrot. Die Atmosphäre ringsum war von ätzenden Giftgasen geschwängert und für Sauerstoff-Atmer kaum noch erträglich.

Die Suche nach außerirdischem Leben ist letztendlich ein Teil der Suche nach sich selbst, für jede wichtige Frage im Leben muss der Vollständigkeit halber auch irgendwo oder irgendwann eine Antwort existieren, darum haben Menschen des Altertums, des Mittelalters und der Neuzeit nicht aufgehört, sich mit diesem Thema zu beschäftigen. Mangels Wissen um die Beschaffenheit solchen Lebens blühen einerseits fantastische Vorstellungen, andererseits existieren durch und durch wissenschaftlich fundierte Annäherungen an diesen Themenkomplex. Die Wahrheit lag vielleicht irgendwo dazwischen.

16

DER RINGWALL

In der unvorstellbaren Weite des Alls war der kleine Raumer *Schigiti* von Baalusch, der Hauptwelt der Schoschonoor, geradewegs auf das rote Zwerggestirn von Sorr unterwegs. Nur noch fünf Lichtjahre trennten es von seinem Ziel. Der Kreuzer hatte die Form eines niederen Zylinders mit einem Durchmesser von annähernd 50 Metern und einer Höhe von 35 Metern, bot zwanzig der Methanatmer bequem Platz. Das ansonsten schnelle Schiff fiel infolge eines leidigen Antriebdefektes vorzeitig aus dem überlichtschnellen Flug in den Einstein'schen Normalraum zurück, war nur noch knapp lichtschnell unterwegs. Wenn sich daran nichts ändern sollte, würde die Reise demnach noch fünf Jahre benötigen. In der Zentrale vibrierte und klackerte es bedenklich und die Notbeleuchtung gereichte dem Innenraum lediglich zu einem faden, flackernden Glimmen, das periodisch von Rot nach Grün wechselte. Der groß dimensionierte Hauptbildschirm funktionierte jedoch noch einwandfrei und gab das Licht von tausenden Sternen wieder.

Winsel, der alte Kapitän, schwebte schwerelos und verkehrt über einer reparaturbedürftigen Einheit und fuchtelte, unwirsch fluchend, mit mehreren seiner zwanzig kleinen Arme vor sich herum. Dabei hinterließ ein scharfkantiges Gebilde einen tiefen Schnitt in seiner Seite, er blutete und hielt schmerzverzerrt mehrere Hände auf die Wunde. Man hatte die schadhaften Kristallplatinen bereits isoliert, nur war eben an Bord kein Ersatz aufzutreiben. Jetzt musste man improvisieren, sich mit gebastelten Überbrückungen herumschlagen, die aber nicht das erforderliche Ergebnis brachten. Die notdürftig zusammengeflickte Einheit gab zum fünften Mal hintereinander unter gefährlich zischenden Entladungen ihren Geist auf, noch bevor sie den gewünschten Effekt erzielen konnte.

In der nahezu sauerstofffreien Atmosphäre konnte sich jedoch kein richtiger Brand entwickeln. Winsel jaulte unter Schmerzen auf und überließ dem daneben schwebenden Jox das defekte Aggregat. Bläuliches Blut klebte an der Apparatur und hinterließ einen ammoniakalischen, durchdringenden Gestank in ein für Sauerstoffatmer giftiges Gasgemisch aus Methan, etwas Wasserstoff, Edelgasen und Wasserdampf, jedoch nur Spuren von Stickstoff und Sauerstoff sowie Kohlendioxid und Nitrosengasen; die Atmosphärenaufbereitung war also noch intakt. „Vielleicht hast du mehr Glück damit, mir reicht's vorläufig." Er stieß sich von der Einheit ab, um in Richtung Kommandosessel zu schweben und sich notdürftig zu versorgen. Auch die künstliche Gravitation hatte ihren Geist aufgegeben und in der Zentrale herrschte ein Chaos mit willkürlich herumtreibenden Gegenständen, Flüssigkeiten und – Individuen.

Der Planet Baalusch war reich an Bodenschätzen, insbesondere Herkelorium, welches für die Überlichtaggregate der Dreel ebenso von Bedeutung war wie für die meisten anderen der raumfahrenden Völker. Daneben gab es im Zylinderschiff noch ein Hilfsaggregat, angetrieben von drei kleinen Fusionsreaktoren. Im Laderaum waren säuberlich dreizehn Tonnen wertvolles Herkelorium verstaut, so wollte man sich bei Brufan einkaufen, ein Diktator musste milde gestimmt werden, sonst reagierte er unberechenbar. Die Liste seiner Opfer war lang, ihr Dahinscheiden meist schmerzhaft. Nun war das Unterfangen jedoch mehr als infrage gestellt. Winsel ließ von seinem Bordfunker einen wiederkehrenden Notruf absetzen, in derartiger Nähe zum Imperium musste es doch Patrouillen geben ...

„Ortung!" Die Stimme des Astrogators klang erregt. „Drei Schiffe auf Parallelkurs, korrigiere – sich langsam nähernd. Entfernung 3-37-16, jetzt – 15, kommen langsam näher. Herkunft unbekannt, reagieren nicht auf Sprechkontakt." Winsel stellte den Bordschirm auf die angegebenen Koordinaten. Erst nach Maximalvergrößerung erhielt man Aufschluss über die Form der Flugobjekte. Die unbekannten Schiffe unterschieden sich deutlich voneinander. Zwei elegante, lang gezogene Jets und ein größerer Kugelraumer kamen nun rasch näher und nahmen das Schoschonoorenschiff in die Mitte. Noch immer kein Funkkontakt. Jox drehte sich vom schadhaften Kristallpaneel zum Kapitän und presste gequält hervor: „Einheit fixiert, fertig zum Hypersprung!" Winsel roch die Lunte: „Die wollen unsere Ladung, schleunigst weg von hier!" Die Maschine heulte auf und auf dem Bildschirm sah man die Sterne vorbeirasen, Sekunden später gab das Aggregat erneut mit einem lauten Knall seinen kurzen Dienst auf. Fluchen. „Position?" Sie hatten lediglich weitere drei Lichtjahre geschafft. Von den Verfolgern keine Spur, noch nicht jedenfalls. Aufatmen. Dann gespannte Stille. Irgendetwas bremste ihren Flug merklich ab. Die teilweise defekten Gravitationsstabilisatoren arbeiteten auf Hochtouren. Ein Unheil verkündendes Vibrieren setzte der Hülle zu, welche sich zu verformen schien, sie sahen plötzlich alle doppelt, ja mehrfach, Jox, Winsel und die anderen griffen sich, von Schmerzen gepeinigt, an die Schläfen ihrer kleinen Köpfe, dann wurde es schließlich dunkel, das Schiff war zum Stillstand gekommen und sie bemerkten nicht mehr, dass sich von allen Seiten mindestens 70 Kreuzer der Dreel näherten und das Gefährt nun mühelos aufbrachen. Fette Beute diesmal, Brufan durfte sich freuen. Eine Menge Herkelorium und sechzehn verwirrte überlebende Schoschonoor, welche rasch der Umformung zugeführt wurden. Das Schiff wurde zerlegt und verwertet, bei ihnen zu Hause würde man lediglich einen ungeklärten Verlust ohne weitere Hinweise verzeichnen können.

Der Ringwall um Sorr stand, Fillys Stern war gesichert. Niemand ohne gültige Codes konnte ihn durchbrechen, der Kern des Imperiums war abgeschottet. Nur in kontrollierbaren Bereichen gab es Löcher im Schweizer Käse, sowohl gebetene als auch ungebetene Gäste wurden dort gebührlich empfangen, das Komitee war dort jedoch immer schwer bewaffnet.

Der Betrieb des – eigentlich eher sphärischen als ringförmigen – Energievorhanges war natürlich enorm aufwendig und als Quelle musste wohl vorwiegend der kleine Zwerg Fillys Stern herhalten, dessen Energien verständlicherweise über die Gebühr beansprucht wurden. Das Konzept war nur als Notlösung gedacht, bis es gelingen würde, in einiger Entfernung eine künstliche Nova zu erzeugen. Die Bemühungen Brufans in diesem Bereich waren bereits fortgeschritten und in Fillys Zylinder, einer riesigen Raumstation, arbeiteten fähige Köpfe und Maschinen fieberhaft an dem Projekt. Ein Netz künstlich erzeugter, kleiner Sonnen weit außerhalb des kleinen Filly-Systems speiste ohnehin schon nicht nur den Energieschirm, sondern auch den hohen Energiebedarf des Zylinders mit. Die konstant je 320 000 Kilometer entfernten Sonnen Fekton I–III strahlten permanent über der Oberfläche des künstlichen Gebildes mit der Form einer großen Regentonne. Ein Eisenkern mit autark fließenden Gravitonen gab dem Gebilde eher geringe Schwerkraft von 0,4 g, die für den Erhalt einer – eher dünnen – Atmosphäre genügte. Dem herannahenden Besucher erschien sie als ein schmaler, bläulicher Schimmer, der die gesamte Oberfläche überzog.

Im Inneren waren Fachkräfte aller Rassen sowie zahlreiche Cyborgs vertreten, die auch in ebenso vielfältigen Aufgabenbereichen ihr Bestes gaben. Mit 3500 Mann ständiger Besatzung und über 600 Laderampen und Andockplätzen konnte man Fillys Zylinder durchaus mit einem Bienenstock vergleichen. Hier wurden Raumschiffe gewartet, repariert und neu zusammengestellt, neuartige Technologien und Waffensysteme entwickelt und erprobt, Nachkommen gezeugt und es spielten sich auch Dramen und gelegentlich Tragödien ab. Natürlich waren den hier Privilegierten auch Freizeitbeschäftigungen verschiedenster Art nicht nur gestattet, man erwartete es förmlich allgemein von ihnen, dass sie sich an verschiedensten Spielchen beteiligten, sofern es der Dienst und die zahlreichen Schulungen zuließen. Heute war ein großer Tag für den Stützpunkt, denn General Urel würde in wenigen Stunden höchstpersönlich eine Inspektion durchführen, mit seinem Flaggschiff andocken. Aufregung und besonders geschäftiges Treiben herrschte überall. Neben Putztrupps und den routinemäßigen Kontrollen warfen sich alle in die beste Uniform, die sie zur Verfügung hatten. Wenn ein Oberbefehlshaber im Anmarsch war, wollte naturgemäß jeder – fast jeder zumindest – brillieren. Es gab ein paar Ausnahmen, Lahmärsche, denen die

Löffel noch lang gezogen werden mussten. Denen hatte gezeigt zu werden, wo es langging. Drutsch, der Dreel, war eine solche Ausnahme, er hängte noch in seiner mitgebrachten Hängematte, die Tentakel links und rechts herunterbaumelnd, döste, wohl träumend, mit halb geöffneten Augen in seiner Koje vor sich hin und hörte Rotz-Techno vom Baalusch. Kurz vorher hatte er sich noch mit kiloweise Muschelpaste den Bauch vollgeschlagen und war gänzlich auf Verdauung eingestellt. Dies sollte sich jedoch schlagartig ändern, das Schott öffnete sich mit in den Ohren schmerzendem Schleifen und es standen drei sehr wache Sicherheitsbeamte in dem kleinen, muffigen Raum und blickten höhnisch grinsend auf ihr Opfer. Es machte ihnen sichtlich Spaß, Wehrlose in die Mangel zu nehmen. Der Vorderste, ein Insaan mit steifem Uniformkragen und golden eingefasstem Monokel übernahm, bewaffnet mit stechendem Blick, die Initiative:

„Ein junger Dreel, sieh an. Kamerad Drutsch, nicht wahr? EZ 24-2-M4, deine Schicht in C6, 21 Alpha hat bereits vor 24 Minuten begonnen, du gehst deinen Kollegen dort ab, sie haben dich gemeldet! – Nicht wach zu kriegen, oder?" Ein bulliger Begleiter nahm seinen Elektroheini, einen Knüppel mit Schocker-Funktion, und hielt ihn geladen auf das Haupt seines Opfers. Drutsch sprang, wie von der Tarantel gestochen, seitlich von seiner bequemen Liegestatt direkt auf den harten Boden und verfiel für einige Sekunden in gefährlich aussehende Zuckungen, um sich dann mit weit aufgerissenen Augen langsam auf seine Tentakel zu begeben, völlig verschreckt und sprachlos ob der unerwarteten Ruhestörung. Er sonderte überall am Körper einen dünnen, kalten Schleim ab. Die drei Zebuhren, mit denen er im Team neue Technologien zur interstellaren Abfallentwertung erprobte, waren offenbar recht unkameradschaftliche Kameraden gewesen, jetzt hatte er den Salat. Die Beamten brachten ihn auf Trab und er schleimte in Zickzacklinien vor ihnen her, bemüht, erst einmal die Orientierung zurückzugewinnen. Seine Basistentakel arbeiteten auf Hochtouren. Die offenbar doch nicht ganz einwandfreie Muschelpaste drückte dabei schmerzhaft in seinen

Innereien und er hielt sich verkrümmt mit einigen Brusttentakeln seinen stechenden Bauch. Tränen flossen über drei seiner fünf Augen. Die Mundöffnung befand sich bei den Dreel zwischen den Wandertentakeln, nahe dem Boden, und dünnflüssig-grünliche, übel riechende Absonderungen unter und hinter ihm verrieten den schlechten Zustand seiner Verdauung. Aber er musste durchhalten, sonst blühte ihm wohl Schlimmeres als die höhnischen Laute, die ihm die Sicherheitsbeamten nachriefen. Derart in Nöten konnte er sich des Eindruckes nicht erwehren, dass es hier überall nach Frühjahrsputz roch, verstohlene Blicke der Vorbeihastenden verrieten deren Erstaunen über ihn und er begann, sich seiner etwas zu schämen. Das auch noch. Er musste seine Fassung zurückgewinnen. Kurz vor Erreichen seines Arbeitsplatzes verließen ihn seine Aufpasser, die schienen Besseres zu tun haben, denn eine einem Trompetenblasen ähnliche Fanfare, mehrmals hintereinander, war zu hören, ließ alle in seiner Umgebung Haltung annehmen. Die Vorhut kam, zuerst, allen voran, ein stattlicher, mit einem quietschenden Kettenhemd bekleideter Riesenkrake, dessen große Stielaugen böse vor sich her stierten, und der sich mit den gewaltigen Tentakeln zügig vortastete, gefolgt von jeweils einer Gruppe in bunte Schale geworfener Insaan und einigen Dreel, und einem knapp über dem Boden voranschwebenden, fast gänzlich schwarzen Etwas, das einem Insaan entfernt ähnelte, jedoch Hitze ausstrahlende, rauchende, dunkle Flügel am Rücken trug. Wo andere Augen hatten, staken dem Wesen wechselnd, einmal blutrot, dann schmutzig-gelblich glühende Kugeln hervor. Etwas Unwirkliches haftete der Erscheinung an, als könnte man irgendwie durch sie hindurchsehen, und dem ohnehin in Mitleidenschaft gezogenen Dreel lief ein kalter Schauer über den ganzen Körper. Gleich hinter dem in jeder Hinsicht dunklen Wesen folgte die Hauptperson, der General. Urel war ein überschwerer, jedoch durchtrainierter, glatzköpfiger und bullig dreinschauender Insaan, dem man anmerkte, dass er wohl keine Kompromisse einzugehen gewohnt war. Der mächtige, fleischige Schädel saß einem noch breiteren, kurzen Hals auf, sein Hinterkopf ging fast übergangslos in einen wulstigen

Nacken und die ausladenden Schultern über. Nur eine einzige, entfernt an Napoleon erinnernde, dunkelbraune Haarlocke zierte den Bereich über seiner faltigen Stirn. Braunschwarze Augen, hervorstehendes, breites Kinn. An seiner mit zahlreichen Orden behängten Uniform lagen übergroße Epauletten, seitlich, auf kurz gehaltener, dunkelblauer Jacke, unterhalb zierte ein mit riesiger Schnalle bewehrter Gürtel eine Hose mit Nadelstreif. An den Füßen trug er schwere braune Stiefel mit Metallbeschlag. Die Erscheinung war durchaus würdevoll und Respekt einflößend und in ihrer Wirkung auf die Umgebung nur mit dem davor schwebenden, schwarzen Monstrum zu vergleichen. Dieses schien im Vorbeigehen mit seinen durchdringenden Augen für eine Sekunde Drutsch zu durchbohren, der sich ängstlich hinter einem vor ihm stehenden Kameraden verbarg. Hinterlist, Sadismus und unverhohlene Brutalität lagen im Ausdruck des Gesichtes. Die Prozession bog mit schweren Schritten in einen Seitengang, dann war der Spuk erst einmal vorbei. Einem Adler ähnelnd, bildete ein großer Greifvogel die Nachhut. Fast lautlos schlug er im Vorbeiflug die großen Schwingen. Ein stechender Geruch wie der nach glühenden Kohlen blieb hinter dem Pulk zurück und nur zögernd kam Leben in die Zeugen des Durchmarsches. Alle Anwesenden zeigten Wirkung und Drutsch hatte nur noch ein paar Meter zu seinem Arbeitshocker, wo die Zebuhren schon auf ihn warteten. Er nahm hastig seinen Platz ein, die telepathischen Anfragen seiner Kollegen ignorierend. Er machte einfach stur da weiter, wo er vorher aufgehört hatte, wendete sich seinem ureigenen Projekt zu, Rückgewinnung höher molekularer Aminosäuren und Polypeptide aus dem Abfall der Station. Vielleicht würde er es patentieren können. Er versuchte, das Erlebte durch Arbeit zu überwinden, doch der Eindruck blieb in ihm hängen wie das Netz einer tödlichen Spinne, die ihn von nun an im Visier hatte. Es kam ihm vor, dass das Böse schlechthin gerade Einzug gehalten hatte.

17
IFRAN, DAS WÜRGEMAUL

„Ich erachte den Rücktransfer der Biomasse in die entsprechenden Lieferantenorte mittels Raum-Zeit-Brücke für mehr als ineffizient, Brufan. Mir ist die abschreckende Wirkung der Tierkadaver auf die Bevölkerung bekannt, nur liefe das einfache Verschwinden der Tiere ohne Wiederkehr derer Reste nicht auf das Gleiche hinaus? Meine Zeppeline auf der Erde zum Beispiel, irgendwann muss herauskommen, woher sie gestartet werden, dann wird die Geschichte nicht mehr so einfach ablaufen wie bisher."

Utter von Dinckenstein sah trotz seines beachtlichen Alters von über sechshundert Jahren noch immer fast jugendhaft aus, schlank, knapp 1,80 Meter groß, mit kurzen, dunkelbraunen Haaren und gleichfarbigen Augen mit durchdringendem Blick, bekleidet von einem langen dunkelgrauen Wollmantel mit hochgeschlagenem, stehendem Kragen. An den Füßen trug er schwarze Cowboystiefel mit etwas antiquierten Fersenspornen. Der trotz seiner mitunter feurigen Impulsivität lässige, tief in sich selbst ruhende, reife Charakter des seltsamen Mannes war wohl auf sein erfahrungsreiches, langes bisheriges Leben zurückzuführen. Auf welch dunklen Wegen dieses sich wohl abgespielt haben musste, in wie viele abwegige Machenschaften er mittlerweile schon verstrickt war, konnte kaum erahnt werden. Sein abnorm langes Dasein hatte er nach eigenen Angaben alchimistischen Experimenten zu verdanken, nur hatte er die Wunderdroge bislang erstaunlicherweise nicht patentieren lassen, er wäre wohl der reichste Magier aller Zeiten geworden. Stattdessen führte er sein Wirken im Geheimen durch die Zeiten. welch Geschicke hatte er wohl schon auf diese Weise beeinflussen können? Im Gegenzug für erleichterten Zugang zu terrestrischen Machtstrukturen hatte er von Brufan umfängliche Zugeständnisse für eine Machtergreifung auf der Erde erhalten. Der Tag X rückte immer näher. Man durfte sich keine Fehler erlauben. Ursprünglich war Hanaquik Teil des umstürzlerischen Planes, welcher durch die Eigeninitiativen der Hexe nahezu über den Haufen geworfen, zumindest hochgradig gefährdet wurde. Sie hatte sich durch Schaffung ihrer Privatarmee von Schläfern eindeutig zwischen die Fronten gesetzt, war jetzt allein auf weiter Flur gegen beide Dreel-Reiche und stand nun offenbar vor ihrer infiltrativen Auseinandersetzung gegen irdische terranische Interessen. Ihre „bessere" Welt musste sie erst noch vermarkten lernen, um nicht als kleine, sektiererische Gruppe im Gefüge der Weltordnung unterzugehen oder ihr Glück mit den Ihren in einer anderen Welt suchen zu müssen. Trotz der Aussichtslosigkeit der Situation war aber mit der gewandten, listenreichen Frau durchaus noch zu rechnen, vielleicht hatte sie das eine oder andere Ass im Ärmel, um bei einer der Parteien aufzutrumpfen. Man musste sie also im Auge behalten, soweit dies möglich war.

Brufan stand dem deutschen Hexer direkt gegenüber und gab ihm auf telepathischem Wege zu verstehen: „Deine Zeppeline sind nicht aufzuspüren, die erscheinen und verschwinden mit der Ladung jeweils im Zentrum des Ereignishorizontes der Brücke, wer sollte dir also etwas anhaben? Außerdem verwende ich den Transport auch für heimlichen Verkehr meiner vielen Agenten sowie Technologietransfer von und zur Erde. Die Zeit ist noch nicht reif für einen etwaigen Präventivschlag mit der Flotte, da ist noch viel Vorarbeit vonnöten. Tissar, siehst du einmal nach, wo Gosch so lange bleibt, wir haben da noch einige Dinge zu besprechen." Seine grüne Haube, die er von den Psutt erhalten hatte, glühte merklich heller auf, als er sich auf eine große Schalttafel zubewegte, um dort mit seinen Brusttentakeln mehrere Eingaben zu machen. In der Mitte des Raumes entstand eine dreidimensionale, holografische, detaillierte Darstellung von Vilandar und Umgebung. Im tiefen Höhlensystem waren einige der bis zu domgroßen Räume, welche miteinander durch Gänge kommunizierten, orange leuchtend gekennzeichnet. Er hob diesen Bereich hervor und vergrößerte ihn, ließ den Abschnitt in der Horizontalen langsam rotieren. Neben ihm stand nun auch Gosch, und alle fixierten gemeinsam die sich lautlos drehende virtuelle Erscheinung. In einer der Höhlen erschien schemenhaft ein bläulich leuchtendes, lang gezogenes, sich raupenartig bewegendes Gebilde. „Dies ist Ifran. Eigentlich ist es eine ‚Sie'. Ich habe sie vom Braunen Planeten herbringen lassen. Dort gibt es nur noch wenige verbleibende Exemplare der Spezies. In der dort ansässigen Insaankolonie wird es ‚Würgemaul' genannt. Sie leben als Allesfresser, nur lebendig muss es sein, Pflanze, Tier oder …" Gosch ließ vielsagend und absichtlich ein paar Sekunden verstreichen. „Das Besondere an Ifran – sie verdaut nicht nur die Lebewesen, sondern produziert gleichzeitig neue, wobei die Seelen des einen in jene der neuen übergehen. Gibst du ihr Fliegen, produziert sie Schmetterlinge, aus bestimmten Farnen und Schachtelhalmen entstehen Bäume, aus gewissen Säugern Menschen und aus Dreel Fische. Wie eine Reinkarnationsmaschine. Bemerkenswert, nicht wahr?"

Das wundersame Lebewesen war mindestens dreißig Meter lang, wie eine Raupe segmentförmig gewachsen, wobei das langsam hin und her baumelnde Kopfende den größten Umfang aufweisen konnte. Das dortige Maul – es hatte auch ein hinteres, kleineres – war kreisrund, gut fünf Meter im Durchmesser und mit zwei langsam gegenläufig rotierenden, durchgehenden Zahnreihen bewaffnet. Im tiefen Schlund verschwand gerade ein ochsenartiges Huftier, während hinten, offenbar als Ergebnis der vorherigen Mahlzeit, drei kleine Zwergziegen heraushüpften.

„Ifran ist hungrig, sie vertilgt am Tag gut drei Tonnen Lebendfutter, außerdem wartet sie schon lange sehnsüchtig auf ein Männchen. In diesem Zustand hat sie noch mehr Appetit. Wir haben in den letzten Stunden durch sie schon zwei Pfleger verloren, die hinten als kleine Schweinchen herauskamen. Sie ‚verdaut' ihre Opfer im Moment sehr rasch." Brufan zuckte nervös mit einem seiner verbleibenden Augen: „Was ist nun mit dem Männchen, kann man die Spezies in Gefangenschaft auch züchten?"

„Das ist nach meinem Wissen noch nicht gelungen, doch wer sollte so großes Interesse daran haben, diese Monstren auch noch serienreif zu machen? Nun, was nicht ist, das kann noch werden. Brufan, mit deiner Erlaubnis holen wir ihr auch noch ein Männchen. Haben wir für eine etwaige Aufzucht auch genug Futter?" Der Dreel räusperte sich gedanklich: „Interessanter Gedanke, ich glaube, das sollte in nächster Zeit kein Problem darstellen. Ifran und ihre Sippe können uns zwecks Erlangung größerer Diversität bei unserem Nutztierbedarf behilflich werden. Gosch, lassen Sie das Tier weiter beforschen, ich will alles über seine Kapazitäten erfahren. Außerdem soll es sich bei uns wohlfühlen, ich habe den Eindruck, dass sich unser Platzbedarf in naher Zukunft empfindlich steigern dürfte. Glückliche Würgemäuler werden wohl auch effizienter nutzbar sein, nicht wahr? Wenn man es zähmen könnte, wäre es auch als Waffe im Nahkampf gut zu gebrauchen. Bleiben Sie da dran, Gosch!"

Pfize, Vizek und Zubel hatten Feierabend und waren auch entschlossen, diesen gebührlich zu feiern. Alle drei waren noch solo, verdienten gut und wollten sich einmal so richtig amüsieren. Mit einer orangen Schlinge am Arm und unter der Haut implantierten Chips waren sie der Willkür der umherstreifenden Sicherheit nicht mehr auf Gedeih und Verderb ausgeliefert, konnten sich freier bewegen und die Vergnügungsszene der Stadt frequentieren, entsprechend gut waren sie bei Laune. Die Erneuerungsfabrik lag hinter ihnen, ein großer Kuppelbau, dessen Räumlichkeiten sich tief in die Erde erstreckten, mit mehreren Zugängen zum unterirdischen Höhlenlabyrinth und nur wenigen freien Ausgängen und Fenstern, der oberirdische Bereich machte nur 5 % der gesamten Anlage aus und war dabei für sich schon gewaltig anzusehen. Das Binnenmeerufer war nur einen Steinwurf entfernt, und sie schlenderten den Kai entlang, beobachteten die vorbeiziehenden Schiffe und pfiffen entgegenkommenden Mädchen nach. Die untergehende Sonne tauchte das gesamte Ufer, an dem sich einzelne und in kleinen Gruppen sitzende Zebuhren zwischen den Felsen aufhielten, in eine blutrote Zeile. Die Kraken würden während der Nacht ihren Geschäften unter Wasser nachgehen, in der Abendsonne rekelten sie noch entspannt ihre

Tentakel. Wenn man die Augen die Küste entlang nach Norden streifen ließ, kam man nicht umhin, auf grell aufleuchtenden Leitstrahlen startende und landende Raumschiffe, teilweise auch beträchtlicher Größe, zu beobachten. Zwischen Sorr, Fillys Zylinder und anderen Niederlassungen auf auch entfernteren Himmelskörpern herrschte reger Verkehr und vom nur vierzig Kilometer entfernten Raumhafen kam fast im Minutentakt ein dumpfes Grollen wie bei einem Vulkanausbruch herüber. Der Boden schwankte jedes Mal und die Vogelwelt wurde unruhig. Der etwas kleinere und pummelige Vizek kam auf eine Idee:

„Immer, wenn ich da langgehe und die startenden Schiffe sehe, beneide ich die Raumfahrer. Wir arbeiten tagein, tagaus unterirdisch vor uns hin und andere haben das Vergnügen, finde ich irgendwie ungerecht."

„Wir können zu Henriettas Bienenschwarm gehen und uns einen Gleiter ausborgen, Zubel, du hast doch einen gültigen Flugschein, oder?" Auf Pfizes Anfrage hin begann sich Zubel, der älteste der drei, in Verlegenheit zu üben: „Ohne Flugerfahrung bin ich da überfordert, außerdem haben die horrenden Versicherungsprämien die Mietpreise in astronomische Höhe getrieben, ich halte das für keine gute Idee."

„Für ein, zwei Stunden Gleitflug wird's schon noch reichen, wenn wir drei zusammensteuern, oder? Außerdem gibt's ja Fallschirme."

Überstimmt – was konnte Zubel da noch machen, also schlugen die drei Arbeiter die kürzeste Route zu dem kleinen Sportflughafen ein. Auf dem Weg dahin erinnerte er sich an seine Kindheit und Jugend. Damals liebte er es, stundenlang den Kunstfliegern und Flugstaffeln zuzusehen, wie sie über dem Gelände ihre Kunststücke vollbrachten, wie hunderte, ja tausende Besucher ihre Hälse nach oben reckten und voller Bewunderung raunten, als Flieger im Tiefflug nur wenige Meter über dem Boden, unmittelbar vor den Besuchern wieder hochzogen und pfeilgerade in die Sonne flogen. Am Ende, als sie ihre Maschinen verließen, waren sie allesamt gefeierte Helden, die ihren Ruhm auch sichtlich genossen und zur Schau stellten. Damals schwor er sich, in deren Fußstapfen zu steigen, sparte jeden einzelnen sauer verdienten Herkel, nur um an einem Schulungsprogramm teilzunehmen, als dessen Abschluss der Pilotenschein winkte. Es war der schönste Tag seines Lebens, als er das begehrte Dokument in Händen hielt, überglücklich malte er sich eine Karriere in der Brufan'schen Raumflugakademie aus, als ihn drei Wochen später eine Order von oben in die Fabrik befahl. Aus der Traum vom Fliegen. Doch insgeheim sehnte er sich noch immer danach, ferne Welten zu besuchen und fremde Kulturen kennenzulernen, in der Schwerelosigkeit ewig von Ort zu Ort zu reisen, ein Traum von der großen Freiheit.

„Henriettas Bienenschwarm" war eigentlich nur eine kleine, baufällige Bude am Rande eines kleinen Flugfelds. Henrietta war zu einem kleinen, blauen Psutt mutiert und der Bienenschwarm bestand nur aus zwei veralteten, klapprigen, viersitzigen Gleitern. Das Unternehmen hatte wohl bessere Zeiten hinter sich. Sie öffneten die dünne Glastür, eine kleine mechanische Glocke gab einen wenig auffälligen Klang von sich. Der Psutt saß mit verschränkten Armen an einem kleinen, überfüllten Schreibtisch und blickte den Besuchern gelassen entgegen. Die kamen wohl nicht allzu oft durch diese Tür. Der Einheimische hatte dunkelblaues Hautkolorit, sein Gesicht mit tausenden Falten offenbarte ein bereits fortgeschrittenes Alter. Seine vier gelben Augen blickten Zubel ausdruckslos an, als er seine Fluglizenz vor ihm auf den Tisch legte. Nach eingehender Überprüfung blickte er wieder auf und seufzte: „Vor drei Monaten abgelaufen, wie steht's mit den Nachschulungen, habt ihr überhaupt genug Geld dabei?" Vizek holte ein Bündel ihrer gemeinsamen Ersparnisse hervor und legte es auf den Tisch, 34 Herkel, drei Monatslöhne, in sauberen Herkelorium-Münzen. Eigentlich ein Vermögen, sie hätten es ja auch irgendeiner Nutte im nächstgelegenen Puff in den Rachen schieben können, doch war ihnen heute eindeutig nach etwas anderem zumute.

„Das reicht für einen Gleiterflug für …" Er rechnete kurz nach. „… für 2 Stunden, jede angebrochene Stunde kostet euch weitere 17 Herkel, nicht vergessen, der Pilotenschein liegt bei mir, hier ist er sicherer als da oben." Er zeigte mit einem seiner vier Arme kurz in Richtung Himmel und verbarg nur mühsam ein siegreiches Lächeln, ob der offensichtlichen Naivität seiner Kunden. Doch so leicht ließ sich Zubel nicht abspeisen, der kannte ja noch das Geschäft von früher und wusste, der Preis war – gelinde gesagt – überhöht. Er nahm einfach den Geldbeutel und den Flugschein und hatte sich schon umgedreht, als der Psutt einlenkte: „Also gut, 24 Herkel, aber das ist mein letztes Wort." Zubel hielt inne und legte 20 Geldstücke auf den Tisch, den Pilotenschein nahm er wieder an sich. „Du kennst meinen Namen und wenn wir nicht zurückkommen sollten, nutzt dir der Schein auch nichts, mein Freund." Der Psutt gab ihm wortlos den Zündschlüssel und meinte noch: „Ja, ich kenne dich, Zubel, die Zeiten ändern sich eben und ich muss wohl nehmen, was ich bekommen kann, aber bitte, passt auf, ja? Nicht um meinetwillen, sondern wegen euch mache ich mir Sorgen, ein Gleiter ist kein Gokart."

Zubel erhob sich und folgte den Kumpanen aufs Flugfeld, um sich einer der Maschinen zu nähern. Es war eine alte Tibar 44 und der Lack war an mehreren Stellen schadhaft. Sie enterten einer nach dem anderen das Cockpit und legten die komplexen Kombinationen an, Fallschirme eingeschlossen. Nach Einrasten der Zündung heulten die Triebwerke auf, die luftdichte Kabine rastete ein und das Gefährt setzte sich in Bewegung. Der Bordcomputer sprang mühelos an, und bei Hochjagen des Antriebs vibrierte das Gefährt bedenklich. Der Autopilot wurde auf Abruf geschaltet und die Reise konnte jetzt losgehen. Bald fühlte sich Zubel im Pilotensitz so gut wie heimisch. Die Maschine war entgegen deren äußerlichen Merkmalen sogar raum- und gar kurzzeitig überlichttauglich. Der Brennstoff war jedoch äußerst knapp bemessen, zur Sicherheit, wie es schien. Beim Start arbeitete der Gravitationsdämpfer einwandfrei und auf Hochtouren. Zubel zog das lang gezogene, 19 Meter messende Gefährt steil in den Abendhimmel und bald waren die Sterne sichtbar. Über dem Horizont konnten sie gerade noch den roten Fillys-Stern erkennen. Auf 55 Kilometer Flughöhe schwenkte er langsam in eine Umlaufbahn ein, unter ihnen glitt langsam die gekrümmte

Oberfläche des Planeten dahin, über ihnen erstreckte sich die Schwärze des unendlichen Weltalls mit seinen tausenden Gestirnen. Das Gefühl äußerster Spannung wich einem gelösten Staunen ob des wunderbaren Panoramas. Das Gefährt schien sicher zu sein, obschon es offensichtlich bereits in die Jahre gekommen war, funktionierten alle Systeme einwandfrei. Als sie die Tag-Nacht-Grenze endlich überschritten hatten, konnten sie bei Blick nach unten die Millionen Lichter eines technisierten Planeten wahrnehmen. Noch etwas anderes war zu bemerken: Es begann, penetrant nach Tabakrauch zu riechen. Störender Qualm breitete sich in der Kabine aus und Zubel fragte nach hinten, wer sich da wohl nicht zusammennehmen konnte. Die Sitze der Passagiere waren hintereinander gestaffelt, und von ganz hinten war deutlich eine tiefe, rauchige, krächzende Frauenstimme zu vernehmen: „Mach' nur weiter, Herr Pilot, ich komm' schon zurecht da." Qualm-Ringe bewegten sich einer nach dem anderen in Richtung Pilotensitz und die drei Arbeiter waren wie erstarrt. Ein blinder Passagier in IHRER Kiste? Nach einer Minute der Sprachlosigkeit kam von hinten: „Fragt ihr euch denn nicht, mit wem ihr es da zu tun habt? Macht nichts, ich bin hier nur auf der Durchreise. Die offiziellen Transportmittel in diesem Teil des Weltraums sind mir momentan nicht geheuer, aber bei euch ..." Es kamen ganze Wolken von beißendem Zigarrenrauch, in einer Niederdruckkabine eine beachtliche Belastung, die sie aber nicht zu stören schien. Zubel sagte wütend: „Wo willst du denn hin, wir setzen dich unterwegs ab, per Fallschirm ..." Gelächter aus der hinteren Sitzreihe. „Der war gut, braver Mann! Hast wohl noch mehr Witze auf Lager, spar' sie dir für deinen sauberen Chef, den Dunklen Dreel da unten. Mit mir kannst du spaßen, aber nur, wenn ich mitlachen kann, deshalb Vorsicht, guter Zubel, so heißt du doch, nicht wahr?" Die letzten Worte kamen gefährlich leise zischend nach vorne. Zubel war besorgt. Auf dem Radar näherten sich rasch und aus vier Richtungen größere Objekte. Minus 400 – minus 300, in 10 Sekunden Kollision. „Es wird ungemütlich hier oben, stimmt's? Was habt ihr denn ausgefressen? Dann werde ich eben euren Arsch retten müssen, aufgepasst!"

Irgendjemand hatte wohl etwas gegen die drei Arbeiter, oder war es nicht doch eher ihr ungebetener Gast, der hier Aufmerksamkeit erregt hatte? Goschs Glatze erschien auf dem für alle zu sehenden Display. Dann seine Augen, der Mund … „Hexe! Komm' herüber, oder du scheinst gleich als Sonne über Sorr!" Noch fünf Sekunden. „Du wolltest es nicht anders, wir sehen uns dann drüben wieder!" Die Projektile in Form modifizierter Marschflugkörper wurden nun mit freiem Auge sichtbar, wurden erbarmungslos rasch größer und größer.

Die drei Freunde vergingen in einem grellen Lichtblitz. So schien es jedenfalls. Ein ohrenbetäubendes Krachen und Quietschen von grob zerstörtem Metall lag in der Luft, das Geräusch endete dann sehr plötzlich und wich vollkommener Ruhe. Die Wrackteile gesellten sich zum übrigen Weltraumschrott, der hier reichlich umherflog.

Sein ganzes Leben war vor seinem inneren Auge abgelaufen und er hatte jeden Sinn für Raum und Zeit verloren. Als Kind saß er auf einem Zirkuspferd, das stumpfsinnig und etwas gequält seine Kreise um die Manege zog, begleitet von ebenso geschmackloser Musik und dem wiederholten Peitschen des Dompteurs. Er hatte allerlei Gymnastik auf dem sich ständig bewegenden Rücken des Tieres zu vollführen, ein Handstand, gefolgt von einem gekonnten Sprung, in dessen Folge er dem Tier in Gegenrichtung aufsaß. Er trug ein silberweiß glitzerndes, eng anliegendes Trikot, unter dem er im Scheinwerferlicht fürchterlich schwitzte. Ängstlich blickte er auf die vorderste Reihe der im Kreis sitzenden Zuschauer, wo er für einen Moment die Augen seiner stolzen Mutter suchte. Die Menge klatschte, es roch nach Pferdeäpfeln und Sägespänen, als sich der schlanke, große Dompteur zu einer Fanfare verbeugte und das Pferd hinter den Eingangsvorhang geleitete.

Alles um ihn verging wiederum in einem blendenden Weiß. Es gab kein Oben, kein Unten, keine Zeit, doch irgendwie kristallisierten sich die Strukturen eines Raumes um Pfize, und er wurde seiner Kumpane gewahr, die wie er in voller Montur auf dem glatten Boden eines ziemlich steril wirkenden Raums saßen oder lagen und immer wieder, offenbar in Schmerzen, aufstöhnten. Von der alten Zigarrenraucherin fehlte allerdings jede Spur. Hanaquik materialisierte direkt vor ihrem Widersacher und blickte ihm trotzig in die Augen. Ihr verfilztes, dunkles Haar hatte rauchende, stinkende Spitzen und entlockte Gosch unwillkürlich ein mehrmaliges Husten. Sie standen in demselben Raum wie die drei noch nicht völlig orientierten Insaan.

Gosch war nervös: „Wir müssen reden. So geht das nicht weiter, Alte. Du kommst und gehst und nimmst auf niemanden Rücksicht. Dein Spiel durchschaut hier jeder, du willst deinem früheren Boss wohl eins auswischen, nur wird dir das nicht gelingen, Brufan hat alles wohl im Griff, und wenn ihm etwas entgehen sollte, sorge ich und der Rest dafür, dass du und deine Privatarmee uns nicht in die Quere kommen werden." Auch Hanaquik war sichtlich erregt: „Mit dir rede ich nicht, du Schlitzohr, und auch nicht mit deinem sauberen Bruder auf der Wasserwelt, du wirst wohl auch in Zukunft damit leben müssen, dass andere sich nicht eurem fiesen Plan anschließen wollen. Roboterarmeen. Ekelhafte Cyborgs. Igitt! Aber euer Disput kommt mir nur gelegen, wir werden den Kosmos wiederaufbauen müssen, den ihr da kaputt machen wollt. Bis dahin sind wir geschiedene Leute."

Hanaquik sah nur kurz auf die Arbeiter und wollte davon, beim Dematerialisieren kam sie jedoch nicht weit, das Letzte, was sie sah, war Goschs triumphierendes Gesicht. Er hatte ihre Energien heimlich in die vierte untere Welt abgezogen und die schicksalhaft geschlagene und nun gefangene Hexe gab nur ein jammerndes Stöhnen von sich. Sie und die Insaan waren nun semitransparent, die Materie nicht wirklich greifbar, und um sie herum zeugten bedrohlich dunkle, sich in verschiedene Richtungen bewegende Schatten davon, dass sie hier keineswegs alleine waren. Nach und nach entschwanden sie aus Goschs Blickfeld, der sich befriedigt, ein beschwingtes Lied auf den Lippen, davonmachte. Vorerst konnte er sich auf wichtigere Aufgaben konzentrieren, denn es erschien unwahrscheinlich, dass Hanaquik den Regenten dieser Dimension, den schwarzen Malak, entkommen konnte. Dort herrschten eigene Gesetze, ein Reich der Angst, der Schmerzen, ohne Hoffnung auf Erlösung von einer wohl ewigen Verdammnis. Die dort hausenden Dämonen waren auch für eine starke Hexe, die sie doch war, nicht mehr beherrschbar. Sie war jedenfalls schon erwartet worden. Schwaden von übel riechendem Schwefel und Teer hingen über dem Geschehen. Fünf schwarze Malak, mit nach oben gereckten glimmenden Flügeln, umstellten sie und streckten ihre spitzen, gebogenen Krallen nach ihr aus, durchbohrten ihre Kleidung. Ihr entsetztes Aufschreien, von zwei der Wesen davongetragen, wurde lediglich von einem Anflug sadistischen Grinsens beantwortet. Zurück blieb eine nach verbrannter Kohle und Schwefel stinkende Wolke, die der heiße Wind rasch davongetragen hatte. So geschah es, dass Hanaquik nunmehr doch noch ins Hintertreffen gelangte.

Es durfte keine Zeugen geben. Die drei zu Tode erschrockenen Arbeiter waren ebensolche des Geschehens, um sie bemühten sich nun die restlichen drei Engel, einer für jeden von ihnen. Die Schreie, als sie bei lebendigem Leibe von den Kreaturen bis auf die Knochen abgenagt wurden, blieben ungehört, das Geklapper der Gebeine im heißen Höllenwind zeugte jedoch noch lange von dem Ereignis auf Ebene -4. Doch der Appetit der Bestien war nicht zu stoppen, er steigerte sich zur Raserei und so aßen sie nicht nur die Körper, sondern vernichteten in sich auch die entkörperten Seelen der Unglücklichen und nährten derart ihr eigenes endlos verzehrendes Feuer. Erst hernach gaben sie sich mit dem Erreichten zufrieden und stoben schrill schreiend von dannen. Der Flug der drei Arbeiter hatte nun doch einen mehr als nur tödlichen Ausgang, wiewohl sich niemand zuvor die Art ihres Endes ausgemalt hatte. SCHWESTER und BRÜDERCHEN in der Erneuerungsfabrik mussten sich jetzt wohl neue Arbeiter besorgen.

Die Kinder Hanaquiks jedoch waren nun allesamt verwaist, orientierungslos, zumindest vorerst. Würde die Hexe sich befreien können? Es sah derweil nicht danach aus, jetzt, wo der Dreelkonflikt sich allmählich zuspitzen würde, war die im Verborgenen gewachsene dritte Kraft allzu plötzlich erlahmt.

Wenden wir uns nun wieder den Geschehnissen auf Al Ard zu, wo Insaan, Dreel, Zebuhren und Malak so einmütig zusammenlebten. Vielleicht würde gerade dies in dem sich anbahnenden Konflikt den Ausschlag geben, würde das harmonische Zusammenspiel der Völker am Ende triumphieren. Brufan war für alle eine Bedrohung, deren Ausmaß zu diesem Zeitpunkt noch weit unterschätzt wurde. Man hatte es beinahe verlernt, Kriege zu führen.

Nur wenigen lag ein solches Leben noch nahe und einer davon war Sahashrel, der mit seiner Gefährtin Lonoq von Chielmar aufgebrochen war, um in seine ursprüngliche Heimat zu gelangen, in die Ebenen von Deraar, einer Steppenlandschaft im Inneren des nördlichen Kontinents und Heimat seiner berittenen, nomadisierenden Freunde und Verwandten, die jedoch, nunmehr weitgehend urbanisiert, in den Städten von Ard lebten. Ein paar Gruppen waren noch in der weiten Steppe geblieben und zogen auf ihren Pferden und mit ihren Jurten durchs weite, flache Land, auf den Spuren ihrer Vorfahren.

18

DIE EBENEN VON DERAAR

Er hatte den schwarzen Gaul vor drei Jahren aufgegabelt, herrenlos war er völlig unvermutet vor ihm aufgetaucht, zeigte beim ersten Wiehern seine makellosen Blechzähne und scharrte temperamentvoll, mit dem Schweif umher schlagend, mit seinen Vorderläufen im trockenen Erdreich, als hätte er auf Sahashrel schon gewartet. Wahrscheinlich hatte er es sogar, denn er besänftigte sich erst in dem Moment, als der Kämpfer langsam auf ihn zuging und seinen langen Kopf vorsichtig streichelte und sanft auf ihn einredete. Die beiden verstanden sich augenblicklich und blieben seitdem ein Gespann. Lemross, das Pferd mit dem Blechgebiss, hatte aber noch andere Eigenheiten. Es spürte jede drohende Gefahr längst im Voraus und hatte damit Sahashrel wohl mehrmals das Leben gerettet, obwohl auch dieser über eine vergleichbare Fähigkeit verfügte, die aber mehr eine intuitive, etwas weniger stark ausgeprägte Gabe war. Lemross folgte darüber hinaus auch auf telepathisch geprägte Zurufe, konnte auf Wunsch bald Freund wie Feind aufspüren und war empfänglich für den desintegrierten Schnelllauf, den Sahashrel beherrschte. Die wertvollste Gabe war jedoch das „Ausspiegeln", er konnte sich und seinen Reiter für seine Umgebung geradewegs unsichtbar machen, um dann wie aus dem Nichts wieder zu erscheinen.

Die Gebirgskette entlang der Küste fing einen Großteil der Wolkenbänke, die aus Westen kamen, auf, sodass das flache Grasland dahinter deutlich weniger Niederschläge abbekam. Im leichten, entspannten Trab waren Sahashrel, Lonoq und Lemross ostwärts unterwegs, rund um sie erstreckte sich die Steppe bis an den jeweiligen Horizont. Chielmar lag nun bald drei Tagesritte hinter ihnen, ebenso in ihrem Rücken die rasch untergehende Sonne und gegen Abend erreichten sie eine kleinere Ansammlung von

Jurten, Pferden und Nomaden, die gerade ein Feuer bereiteten, indem sie unterwegs gesammelten, getrockneten Pferdemist und das wenige Holz, das da und dort herumlag, schichteten. Um sich vor der nachts empfindlichen Kälte zu schützen, trugen sie sorgsam geschnürte Olkezenfelle und Pelzmützen ähnlich denjenigen in Sibirien gebräuchlichen. Der Handel mit den Tierfellen war in diesem Weltenteil ein wichtiger, unbedingt erforderlicher. Die Olkezen, mittelgroße Raubkatzen, lebten von der Jagd auf Kleinnager, die in diesem Teil der Welt reichlich vorhanden waren, sodass die Anzahl erlegter Tiere in keiner Weise den Bestand der Art gefährdete. Die Ankömmlinge wurden freudig begrüßt, Lemross versorgt und die Gruppe verschwand unter den Blicken neugieriger Frauen und Kinder in der großen, zentralen Jurte, wo bereits mehrere der Krieger um ein langsam schwelendes Feuer herumsaßen, sich murmelnd, zuweilen Pfeife rauchend, unterhielten. Allerlei bekannte Gerüche durchzogen das Lager und der Wurampf, ein Gulasch-artiger Eintopf, brodelte langsam vor sich hin. Frauen brachten Körbe voll dunklen Brotes herbei und stellten sie vor den Versammelten auf den von Teppichen ausgelegten Boden. Einige der Nomaden waren sesshaft geworden und betrieben bescheidenen Ackerbau und Viehzucht, dort, wo es noch ein paar Hügel, Bäume und etwas mehr Niederschlag und kleinere Bachläufe gab. In der Steppe wurde das erforderliche Wasser in Ziehbrunnen gefördert, denn es gab nur einen nennenswerten Wasserlauf, den Boopesaar, der von den Bergen Chielmars über ein im zentralen Gebiet verlaufendes Knie in Richtung nördliches Weltmeer führte, wo sich das einzige Sumpfland des Kontinents befand, wo das Zusammenspiel kontinentalen und maritimen Klimas für ein artenreiches Biotop mit Wasservögeln, Huftieren verschiedener Art und im Wasser lebenden Kleintieren sorgte. Doch hier, hunderte Kilometer südlich, herrschte Trockenheit vor, zuweilen und an verschiedenen Orten verteilt, fand sich gar nahezu vegetationsfreie Wüste. In dieser Landschaft fühlte Sahashrel sich zu Hause, wo er einst aufgewachsen war und seine ersten Erlebnisse und Abenteuer bestanden hatte.

Wo sein Stamm sich gerade aufhielt, war ihm nicht bekannt, wenn er Glück hatte, würde er irgendwann während seiner Reise auf ihn stoßen. Seine Mutter war während der Geburt des vierten Kindes gestorben, der Vater musste wohl noch am Leben sein, er hatte bald danach eine neue Familie gegründet und mit der jungen Frau zwei weitere Kinder gezeugt. Wie es seinen Geschwistern wohl ergangen war? Auch er hatte in den letzten Jahren eine Menge erlebt und es lag ihm viel daran, sich einmal richtig austauschen zu können. Nur Geduld. Nun war Lonoq bei ihm und er hatte Verantwortung zu tragen, die über seine Person hinausging. Seine lebhafte, rassige Gefährtin blieb stets an seiner Seite, auch in der Jurte, wo sie den anderen Frauen bei der Arbeit half. Die Männer unterhielten sich über die Jagd, durchgestandene Stammesfehden und allerlei sonstige Neuigkeiten. In einer Welt ohne Radio und Fernsehen, die es hier noch gab, konnte man noch enger mit der eigenen und allgemeinen Natur leben. Man kam auf seltsame Geschehnisse zu sprechen, die sich da und dort ereignet hatten. Plötzlich waren vor den Augen einiger Krieger deren Reitergenossen und auch Beutetiere kurz vor dem Abschuss verschwunden und nicht wieder aufgetaucht. Sorgenfalten legten sich auf das Gesicht Sahashrels, denn er hatte solche Geschichten auch anderswo schon zu hören bekommen. Doch ließ er sich den Wurampf schmecken, der reichliche Genuss von halb vergorener Stutenmilch erzeugte langsam Schwere in seinen Gliedern und die Anstrengungen der Reise machten sich nun doppelt bemerkbar. Als die Nacht hereingebrochen war, erhielten er und Lonoq ein Lager in einer der Jurten, wo die beiden fast augenblicklich in tiefen, traumlosen Schlaf fielen.

Währenddessen trugen sich in Chielmar, am östlichen Meer, nur wenige hundert Kilometer entfernt, gelegen, dramatische Szenen zu. Obschon sorgsam eingepfercht, verschwand buchstäblich über Nacht ein großer Teil des dortigen Nutzviehs, aber auch Pferde und einige Insaan. Dies legte die Vermutung nahe, dass letztere Leute einfach mit den Tieren davongezogen waren. Doch gab es nirgendwo Spuren, die auf eine vermeintliche Freveltat weniger

Mitbürger schließen ließen. Der kahlköpfige Bosch leitete die notwendige Untersuchung und betrat mit zwei Gevattern die ärmliche Hütte von Litsched, der Alten, die mitsamt ihren zwei Ziegen spurlos verschwunden war. Auf der Feuerstelle brodelte noch die Kräutersuppe der Einsiedlerin und gab wohlriechende Dämpfe an den umgebenden Raum ab. Das Ereignis konnte demnach nicht lange zurückliegen. Hritel und Fihr, die beiden Begleiter, waren fassungslos, sie kannten die Frau nun schon so viele Jahre und nun war sie spurlos verschwunden. Boschs Miene verdunkelte sich:

„Dieser Ort ist verflucht. Ich habe es gleich gewusst, es geht hier nicht mit rechten Dingen zu. Wir müssen bald aufbrechen und das alles hinter uns lassen, sonst geht es uns genauso wie der armen Frau hier. Hritel, Fihr, geht zu den anderen. Wir nehmen mit, was wir können und ziehen nach Süden, in Richtung Bradhare. Etwa hundertsiebzig Kilometer weiter findet sich ein fruchtbares, unbewohntes Tal zwischen den Hügeln. Dort werden wir ein neues Heim aufbauen. Wir müssen diesen Ort zurücklassen, ob wir nun wollen oder nicht."

Nur wenige alte, schwache und kranke Bürger blieben mit ihren Familien. Man würde sie später nachholen, wenn die neue Siedlung im „Tal der Gesegneten" aufgebaut war. Hunderte Insaan strömten auf den leeren Platz vor dem Langhaus und versammelten sich verängstigt, zusammen mit ihren Pferdekarren, die oft bis zum Bersten mit allerlei Hausrat, Werkzeug und Proviant gefüllt waren.

Der Exodus aus Chielmar konnte beginnen. Ernüchterung und Wehmut stand in den Gesichtern geschrieben, als sich die ersten Wagen unter der Führung von Bosch in Richtung Süden in Bewegung setzten. Kaum einer redete und eine kleine Gruppe stand winkend zurück, das Häuflein, das bleiben wollte, war nun gänzlich auf sich alleine gestellt und sah schweigend den immer kleiner werdenden Wagen nach. Der Treck in eine ungewisse Zukunft hatte begonnen. Er würde wohl eine gute Woche in Anspruch nehmen, man musste mit den Kräften und Proviant haushalten, es waren gut 300 Siedler, und nicht alle waren den zu erwartenden Strapazen ohne Hilfe gewachsen, es gab alte, kranke und schwangere Leute sowie Kinder unter ihnen, die alle ihre besonderen Bedürfnisse hatten. Die Leitung des Trecks hatte Bosch übernommen, er gab die entscheidenden Kommandos, unterstützt von den beiden Mönchen Hritel und Fihr, die bei den Leuten beliebt waren. Alle waren jedoch von der Notwendigkeit des Unterfangens überzeugt und durchaus motiviert, die Aussicht auf eine bessere, sicherere Zukunft beflügelte so manchen und man machte schon Pläne dafür.

Der neue Morgen empfing Sahashrel vor seiner Jurte mit Temperaturen nahe dem Gefrierpunkt. Er streckte sich, rieb seine Hände und sein Hauch bildete vor ihm dichten Nebel. Glücklicherweise war es windstill. Noch bevor Lonoq drinnen erwacht war, hatte er sorgfältig sein Bündel geschnürt, überprüfte und ergänzte zuvor sorgfältig dessen Inhalt sowie seinen Bogen, die Pfeile und sein Säbelmesser. Auch Lemross schnaubte schon erwartungsvoll hinter ihm und spürte, dass der heutige Tag wohl der Weiterreise gewidmet war. Lonoq rieb sich den Schlaf aus den Augen, legte ihre Ledersachen an und gesellte sich zu ihrem Partner. Der saß bereits an der noch glimmenden Feuerstelle und bereitete wertvollen Buttertee, dazu hatte er bereits Brotfladen und ein wenig festen Ziegenkäse herausgeholt. Schugg, der dicke Schmied, war auch schon auf und kam hinzu, blickte Sahashrel lange in die blauen Augen, denn er ahnte, dass der Schnellläufer heute den Dingen auf den Grund gehen wollte. Wie zur Bestätigung begann Sahashrel, Käse kauend: „Wir brechen dann auf. Wir müssen Spuren finden, die zu den vermissten Freunden und Tieren führen, vielleicht finde ich auch noch meinen Stamm da draußen. Wo sind denn die Leute verloren gegangen?" Schugg deutete nach einigem Zögern nach Süden. „Vielleicht dreißig oder vierzig Kilometer in diese Richtung, vor ein paar Wochen waren wir noch gut hundert Kilometer weiter, nahe dem Südmeer. Auch dort verloren wir einige Pferde, die sind einfach über Nacht verschwunden, keinerlei Spuren."

Es kamen drei junge Krieger, gut ausgerüstet mit Recurvebögen, vier hechelnden Hrocken, großen, struppig grauen, hundeartigen Tieren mit jeweils sechs Beinen und spitz zulaufenden Drachenköpfen, deren Mäuler waren mit langen, scharfen Zähnen bewaffnet und stanken faulig fünf Meter gegen den Wind. Die hervorstehenden, dunkelrot unterlaufenen Augen gaben den Tieren ein zusätzliches, furchterregendes und blutrünstiges Aussehen. Ihren Herren gegenüber waren sie jedoch zutraulich, ja gar sanft zugetan und durchaus folgsam. Der größte der Männer stellte sich vor. „Ich bin Gunsch. Der neben mir Lappe, und der Dicke da heißt Murr. Wir sind nachweislich die besten Krieger hier und wollen uns dir anschließen, Sahashrel." Stolz pflanzten sie sich vor dem Schnellläufer auf, einer auf ein Abenteuer begieriger als der andere. Die drei Schecken hielten sie bereits hinter sich am Halfter. Lonoq bewunderte die muskulösen Gestalten und Sahashrel erhob sich erfreut und umarmte die Bundesgenossen einen nach dem anderen. Er würde wohl kompetente Hilfe benötigen und war sich nicht zu gut, diese auch einmal anzunehmen. Die Hrocken jaulten erregt auf und spielten kämpferisch miteinander, als die Leute sich auf die Pferde schwangen. Diesmal erhielt Lonoq einen jungen, kräftigen Rappen für sich alleine und es konnte losgehen. Der ganze Stamm versammelte sich noch einmal um die Gruppe und man sprach ihnen mit derben Ausrufen Mut zu. Hinten bliesen zwei Hörner und die Reiter setzten sich in Bewegung nach Süden, waren nach einer halben Stunde nur noch als kleine Striche am Horizont zu erkennen.

In dem Ausmaß, in dem die Sonne Schamms stieg, wurde es allmählich heißer und sie durchquerten immer öfter Wüstenlandstriche. Bald wurde es unerträglich und sie beschlossen, bis zum frühen Abend an einem Ziehbrunnen zu rasten, den Wasservorrat zu ergänzen und Kraft für die Weiterreise zu tanken, die wohl bis in die Nachtstunden hinein geplant war. Hrocken und Pferde wurden angebunden und ein Feuer bereitet.

Sahashrel richtete sich auf und inspizierte das ringsum sich ausdehnende, trockene Grasland, das wenig Abwechslung bot. Ab und zu ein Strauch oder ein vertrockneter, blätterloser Baum, unterwegs hatten sie gelegentlich Spuren streunender wilder Hrocken und einiger herrenloser Kamele gesichtet, die ein wenig gedrungener und massiger waren als auf der Erde, auch hier wurden sie oft als Reit- und Lasttiere genutzt, intelligent und ausdauernd sowie genügsam waren sie dennoch in Geschwindigkeit den Pferden weit unterlegen. Lemross wurde neben ihm ein wenig unruhig. Sahashrel hatte sich oft gefragt, wie er wohl zu den seltsamen Blechzähnen gekommen war, konnte sich aber bislang keinen Reim daraus machen. Hauptsache, sie erfüllten ihren Zweck. Manchmal fragte er sich, welche Fremdteile sich wohl noch in dem Tier befanden. Er kannte vom Hörensagen die Geschichten über Cyborgs und Roboter, die andere Teile dieser Welt oft scharenweise bevölkerten, und war froh, hier zu leben, wo Insaan und Natur noch eine Einheit bildeten, ohne den technischen Kram, der Geist und Körper derer Schöpfer zu vergiften drohte. Ihn schauerte bei dem Gedanken an metallische Flugobjekte, elektrische Rasierapparate und computergesteuerte Kompaktküchen sowie den Schmutz und die Verkommenheit großer Siedlungen und Städte. Das war nicht seine Welt. Doch wie lange konnte man den Appetit der Leute auf unberührtes Land noch hintanhalten? War das Verschwinden von manch Insaan und Tieren womöglich schon ein erster Vorbote der Zivilisation oder waren hier ganz andere Kräfte im Spiel? Ungelöste Fragen, die einer Antwort bedurften. Es ging um das Überleben einer Kultur, seiner Welt. Die Wahrheit war jedoch viel abenteuerlicher, als er es sich je erträumen lassen konnte.

Lemross wurde nun wirklich unruhig, wieherte und verdrehte dabei seine Augen, stampfte, Staub aufwirbelnd, nervös auf der Stelle und nötigte Sahashrel und Lonoq, auf ihn beruhigend einzureden und ihn zu streicheln. Irgendetwas stimmte nicht. Auch die drei Begleiter richteten sich auf und griffen instinktiv an ihre Waffen.

Der Schnellläufer bemerkte als Erster die seltsame Veränderung, die um sie aufgetreten war. Durch Flutung des Zwischenraumes erweiterte er seine multidimensionale Wahrnehmung, plötzlich wurde er vier Sonnen gewahr, die abwechselnd nebeneinander oder gleichzeitig vom Himmel schienen. Kamele, seltsame metallisch glänzende Objekte und andere Lebewesen erschienen und verschwanden wieder. Einmal war alles ruhig, dann erkannte er in der Ferne mehrere Staubsäulen, lokale Stürme mit voll ausgebildeten, über die Ebene wandernden Windhosen. Die waren in dieser Weltregion keine Seltenheit, jedoch traten sie gewöhnlich vereinzelt auf. Er sah jedoch in der Umgebung einmal mindestens ein Dutzend von ihnen, die jedoch in einer anderen Realität einfach nicht vorhanden waren. Im Westen erkannte er in der Ferne einen in Schlangenlinie sich fortbewegenden Strom an Leuten, Vieh und Wagen, der im nächsten Augenblick wieder verschwunden war. In einer Realität sah er sich einer gigantischen Staubwolke gegenüber, die in etwa einem Kilometer Entfernung in einen riesigen Tornadotrichter überging, der alles, was darunterlag, wie ein Staubsauger in den Himmel zog, entwurzelte Bäume, Felsen konnte er gerade noch erkennen, danach war dort wieder alles still.

Sahashrel analysierte die chaotische Situation mit seinem messerscharfen Verstand und mittels eigener Erfahrungswerte. Offensichtlich waren in einem bestimmten geografischen Bereich die Dimensionen durcheinandergekommen, ob dies nun gewollt war oder ein Naturereignis, das konnte man noch nicht sagen. Wenn gewollt, dann zu welchem Zweck? Der Schnellläufer konnte durch langjährige meditative Praxis und natürliche besondere Begabung Dimensionsräume eröffnen, sich dort hunderte Male schneller fortbewegen. Die Ebenen von Deraar waren da und dort auch unterschiedliche, zum Teil sich überlappende Bereiche zeitlich und räumlich getrennt voneinander existierender Realitäten, die so natürlich nicht vorkommen durften. Also hatte hier irgendjemand oder irgendetwas dran herumgedreht, so viel war klar. Der Zweck der Übung würde aber auch bald deutlicher werden, denn mitten aus einer der vier Sonnen (jede davon war natürlich dieselbe, nur zu verschiedenen Zeitpunkten) kam rasch ein annähernd kugelförmiges Gebilde näher, etwa hundert Meter davor war deutlich der Vertex, ein im Zentrum heller Energiewirbel, zu erkennen. Die graublaue Kugel mit einem Durchmesser von gut 350 Metern kam in einer Höhe von etwa 50 Metern, 300 Meter vor dem Ziehbrunnen zum Stillstand und aus der Nähe konnte man an der stählernen graublauen Oberfläche zahlreiche spitze und halbkugelige Auswüchse erkennen, die ihrerseits durch röhrenförmige Leitungen untereinander verbunden waren. Das ganze Gebilde strahlte Hitze aus und wohl auch anders qualitative Strahlung, die die Haut und Augen der anwesenden Nomadengruppe über die Gebühr strapazierte. Über mehrere geschwungene Rutschen, die offenbar Kraftfeldern entsprachen, verließen aus mehreren Öffnungen zahlreiche Personen das Gefährt, um, erst einmal am Boden angekommen, sich zu sammeln und dann in mehrere Richtungen auszuschwärmen. Lemross und die Hrocken wurden wiederum unruhig und das nicht ohne Grund, denn drei Gruppen von jeweils zwanzig schwer bewaffneten Kriegern strömten unbeirrbar auf die kleine Ansammlung von Nomaden zu.

Sahashrel, Lonoq und die drei Krieger griffen instinktiv zu ihren Waffen, warfen sich jeweils hinter ein Gebüsch in die leider nur spärlich vorhandene, unzureichende Deckung und warteten auf die Schar. Murr hielt die Hrocken noch zurück, denn niemand wusste, ob sie nicht in den sicheren Tod rennen würden, doch war dies wohl anzunehmen. Ihr Auftritt würde schon noch kommen. Sahashrel nahm vorher noch seinen geliebten Lemross am Halfter, der sich folgsam neben ihn hinter ein dichtes Gebüsch legte. Allein die Berührung besänftigte das Tier ein wenig.

Der Schnellläufer fasste sich ein Herz und schwang sich auf den Rücken des sich erhebenden Tieres, um seitlich davon zu traben. Er wollte ein Ablenkungsmanöver starten, denn die Gruppe bildete für die Angreifer eine ideale Zielscheibe und würde leicht aufgerieben werden, wenn ihm da nicht etwas einfiel …

Im desintegrierten Schnelllauf befindlich war der Reiter wohl kaum aufzuspüren, erschien einmal links, dann einmal rechts von den verwirrten Angreifern, um dann von hinten die Schar zu dezimieren. Die intuitiv geschossenen Pfeile trafen alle, wobei er darauf achtete, die Kämpfer nur auszuschalten, nicht zu töten. Als bewegtes, immer wieder verschwindendes und auftauchendes Ziel war er praktisch unangreifbar, auch wenn er die Aufmerksamkeit von zunächst sechzig Männern auf sich gezogen hatte. Die sporadisch aufblitzenden Laserstrahlen sowie die Projektile der Schusswaffen gingen alle ins Leere. Die Schar wurde aufgerieben, und die anderen waren bereits viel zu weit weg, um rechtzeitig zu Hilfe zu eilen. Aufschreie des Erstaunens und des Schmerzes erfüllten das Schlachtfeld. Ein paar flüchtende Krieger wurden nun von den losgelassenen Hrocken gestellt, und deren Herren setzten den Tieren nach.

Sieg aus der Defensive dank Sahashrels sagenhafter Fähigkeiten.

Lediglich einer der hundeartigen Hrocken wurde von einer Strahlwaffe in die Brust getroffen und die verheerende Wirkung des Speziallasers setzte sich auch auf das übrige Tier fort, welches auf einen stinkenden, schwarzen, fußballgroßen Klumpen zusammenschrumpfte, beißenden Rauch von sich gebend. Der flüchtende Schütze wurde von einem wohl gezielten Pfeil auf gut 90 Meter Distanz in den Allerwertesten getroffen, bäumte sich noch einmal auf und stürzte dann kampfunfähig vornüber, die Strahlwaffe kam außer Reichweite zum Liegen.

Man hatte offenbar an alles gedacht, denn die verletzten Krieger hatten allesamt Schaum vor den Mündern, und wer noch nicht tot war, griff sich im Sterben mit vorgequollenen Augen, um Luft ringend, an den Hals. Gift. Auf diese Weise konnte niemand befragt werden. Zumindest kam keine brauchbare Antwort mehr. Bei diesem grausigen Anblick fluchte Sahashrel leise und fasste einen tollkühnen Entschluss. Er ritt geradewegs auf eine der geschwungenen, für normale Augen unsichtbaren Bänder zu, um, halb in Desintegration, blitzschnell in das Innere der Kugel zu gelangen. Kaum hatte er die Schotte passiert, schlossen sie sich hinter ihm auch wieder, und er befand sich im Inneren des Raumschiffes. Er musste sich ducken, um im Galopp die vor ihm liegenden Gänge passieren zu können.

Lemross schien die neue Umgebung seltsam vertraut, denn es hatte den Anschein, als wüsste er den Weg, stürmte instinktiv voran und Sahashrel ließ ihn gewähren und hielt die Zügel locker. Der Weg führte über Korridore, Abzweigungen, neue Gänge, spärlich beleuchtete Räume unterschiedlicher Größe. Erschrockene Besatzungsmitglieder, Insaan, Dreel und Zebuhren flohen oder drückten sich an die Gangwände, lediglich die Cyborgs blieben wenig beeindruckt. Der Überraschungseffekt des rasenden Reiters ließ offenbar jeden Gedanken an Gegenwehr vergessen.

Das Pferd stoppte erst in einem Raum, der wohl der Zentrale gleichkam, dort saßen mehrere Wesen an Kontrollpaneelen vor großen Bildschirmen, die teilweise Diagramme, teilweise die Schiffsumgebung wiedergaben. Sahashrels Blicke blieben an einer riesigen, fetten, vollbusigen Frau mit kurz geschorenem Haupthaar hängen, ihr massiger Stuhl schwenkte herum und sie durchbohrte ihn mit stechendem Blick aus kleinen dunklen Schweinchen-Augen, die eng nebeneinander in einem fleischigen Gesicht mit Stupsnase und Dreifachkinn lagen. Die Insaan, die mindestens 150 Kilo auf die Waage bringen mochte, füllte ihre Sitzgelegenheit bis auf den letzten Zentimeter aus, die Montur platzte aus allen Nähten und sie streckte ihre wurstförmigen, kurzen Extremitäten wie entwaffnet weit von sich:

„Erwischt! Was wollt ihr hier? Das ist nicht eure Welt, ihr passt hier nicht her!" Ihr Organ überschlug sich wie bei einem stimmbrüchigen Knaben, und als sie nach ihrem Strahler greifen wollte, bäumte sich Lemross ohne Sahashrels Zutun vor ihr auf und warf sie mit seinen Vorderläufen kurzerhand aus dem Stuhl. Sie war offenbar die Kommandantin, landete hart auf dem glatten Kunststoffboden und konnte sich für eine Weile nicht rühren.

Nun geschah es, dass Sahashrel unerwartete Schützenhilfe erhielt. In dem Raum saßen noch zwei Zebuhren und ein Dreel, die sich bislang, wohl zu sehr überrascht, herausgehalten hatten. Die Kraken nahmen nun jedoch den heftig protestierenden Hauben-Kopf in ihre Fangarme und warfen ihn kurzerhand aus dem Raum, schlossen und versiegelten dann die Tür. Der Nomade war kurzzeitig verwirrt, dann kam ihm zu Bewusstsein, dass die beiden das Schiff übernehmen wollten, es gab keine andere Erklärung, und zum Beweis vernahm er in seinem Kopf die lautlose Stimme eines der beiden: „Wir haben genug gelitten, wir liefern uns den örtlichen Behörden aus, wir laufen zu euch über, Wasserweltler!"

Sahashrel war natürlich mit der logistischen und praktischen Führung eines Raumschiffes hoffnungslos überfordert, seine Stärken lagen auf anderem Gebiet. Als sich die Lage etwas beruhigt hatte, legte er die Kontrolle über das Gefährt vollends in das Geschick der Zebuhren, die als leitende Offiziere wohl keine Schwierigkeit damit haben dürften. Zuerst musste man den Rest der Besatzung von der offensichtlichen Meuterei informieren. Das war der heikelste Punkt, denn es gab wohl noch einige Systemtreue neben System-Erhaltern, die Letzteren waren wohl leichter zu überzeugen. Doch eine Mehrheit rechnete man sich aus, und die gab es. Jubelgeschrei kam über drei verschiedene Videokanäle. Die Befreiung vom Joch Brufans lag hier in der Luft und wurde vielenorts freudig begrüßt.

Durch das nahe Schott kam ein baumlanger, blonder Insaan mit blauen Augen und kurz geschorenem Haar hereingestürzt und umarmte Sahashrel, den Retter der Stunde. Hinter ihm kamen noch mehrere Besatzungsmitglieder, unter ihnen auch drei weitere Zebuhren und fünf in allen Farben irisierende Dreel, diesmal mit freudigem Blick in ihren Augen und in enger wechselseitiger Verschmelzung. Sahashrel und der blonde Insaan strahlten einander an.

„Wir haben ein paar Leute dingfest gemacht, die uns Schwierigkeiten bereitet haben. Die Sturmtruppen sind leider verloren, auch ich habe da unten Freunde zurückgelassen, für deren Tod bist du jedoch nicht verantwortlich, sie konnten nicht anders, waren konditioniert. Ich bin Chafaq, wer bist du?"

„Mein Name ist Sahashrel, und ihr befindet euch in meinem Heimatland. Doch woher kommt ihr eigentlich, euer Raumschiff ist doch sicher von weit her, oder?"

Einer der Zebuhren schob sich vor, seine Augen schillerten, der glatte, feuchte Körper war über und über mit braunen Flecken übersät, die auf sich ständig ändernde Weise ineinander übergingen, über dem Kopf lag ein schweres, bis zum Ansatz der Tentakel reichendes Kettenhemd:

„Mein Name ist Requert. Wir kommen direkt aus Vilandar, von Sorr, mit dem üblichen Auftrag. Beschaffung von lebender Biomasse. Wir hätten euch, eure Pferde, Kamele und Hrocken beschlagnahmen sollen. Unter uns Kraken gibt es seit einiger Zeit Widerstand, unter anderem auch unsere eigenen Leute für dubiose Machenschaften einzufangen. Die Propaganda lautet, es wäre für ein höheres Ziel, der Zweck heiligt aber nicht immer die Mittel. Unter Druck und Androhung leiblicher Konsequenzen haben wir bislang meist nachgegeben, doch irgendwann gerät das Fass zum Überlaufen und wir beschlossen, nun ist es genug. Wir wollen zu Ohmquart, dem Leiter der Zebuhrenkolonie auf Ard, uns ihm anschließen im Kampf gegen das perverse diktatorische Regime Brufans und Goschs. Wir haben ausreichend Geheiminformationen über den Gegner, die wir herzlich gerne teilen würden. Außerdem befindet sich nun ein leistungsfähiges Schiff in unserer Hand." Zu Requert und den beiden Kommandooffizieren hatten sich noch drei weitere Zebuhren gesellt, auf den Videoschirmen wurden die Ereignisse auf der Brücke im gesamten Schiff aufmerksam verfolgt. Aus dem Maschinenraum kam eine wichtige Botschaft. Ein kleiner dicker Insaan meldete sich laut zu Wort:

„Der Kreuzer ist jetzt ganz in unserer Hand. Es gab da und dort Widerstand, vor allem unter den Dreel, aber wir haben es unter Kontrolle. Chafaq, du bist unser neuer Kapitän, das haben wir beschlossen, zumindest vorläufig. Die Zebuhren wollen zu Ohmquart?"

Der frischgebackene Kapitän blickte auf seine dicke Vorgängerin, die bewegungslos vor ihm in einem energetischen Fesselfeld lag. Nach einigen Sekunden erwiderte der sportlich gebaute, blonde Insaan, der wohl Mitte dreißig war:

„Wir werden uns wohl zunächst offiziell den Behörden von Ardenia ausliefern, dann sehen wir weiter. Schließlich kommen wir aus feindlichem Territorium, und wir wollen hier keinen Zwischenfall provozieren." Zu den Zebuhren sprach er gewählt: „Ohmquart wird sich sicherlich freuen, eure Schützenhilfe zu erhalten, Requert. Wir lassen aber besser zuerst die Diplomaten sprechen, wir sind ja zivilisierte, intelligente Lebewesen."

„Damit können wir leben", meinte Requert, nachdem er sich kurz mit seinen Artgenossen ausgetauscht hatte. „Also, auf nach Ardenia, in der dortigen Raumkontrolle sitzt unser Admiral Vretz, wir sollten uns rechtzeitig ankündigen, sonst gibt's ein Gemetzel, noch bevor wir uns umdrehen können."

„Ein einzelnes Schiff wird dort kaum als Bedrohung ersten Ranges aufgefasst werden, ihr unterschätzt die Neugier der Behörden. Sahashrel, möchtest du uns begleiten? Man wird dort sicherlich mehr Gehör finden, wenn ein zuvor Unbeteiligter für uns spricht, außerdem bist du ein ausgezeichneter Kämpfer!" Chafaq reichte ihm vertrauensvoll die Hand, Sahashrel erwiderte zögernd die Geste und bemerkte noch: „Ich muss zuerst meine Gefährtin mit hereinholen und ihr alles erklären, sie weiß ja von nichts … aber ja, ich bin mit von der Partie, Chafaq. Wir werden diesem Ungeheuer von Brufan die Zähne zeigen!"

Die Raumbehörde von Ardenia wurde verständigt, man willigte ein, das Schiff unter Eskorte in der Hauptstadt zu landen.

„Wie heißt denn euer Kahn eigentlich?"

„Du wirst mit dem Brufan'schen Zifferncode nichts anfangen können, Sahashrel. Aber eigentlich verdient das Schiff einen eigenen Namen, was meint ihr, Leute? Ich habe da schon einen Vorschlag, wir nennen das erste übergelaufene Schiff ‚NEUE HOFFNUNG'!"

Ein Jubeln kam über alle Videokanäle an Bord, und auch die Offizierscrew nickte zufrieden über Chafaqs Vorschlag. Sahashrel holte Lonoq an Bord, die, vorerst etwas verwirrt, ihren Rappen wieder bei den drei Nomaden lassen musste, die sich mit Glückwünschen bei Sahashrel verabschiedeten und wieder zurück zu ihren Jurten ritten.

Die NEUE HOFFNUNG startete und erreichte Ardenia, eskortiert, nach 3 Stunden Bummelflug. Dort wurde sie bereits von einer aufgebrachten Menge und einem offiziellen Empfangskomitee erwartet. Bald würde es sich zeigen, ob der neue Name den Herausforderungen der Zukunft gerecht werden würde.

19

OHMQUART

Er war eine Zierde für seine Rasse. Der Zebuhre war unvorstellbar alt und in ihm vereinigte sich das tiefe, enorme Wissen, die Kraft und Intuition von Generationen von Kraken, er hatte sich wahrlich den Respekt und die Stellung, die er genoss, verdient. Auf Ard sprach er für Hunderttausende seiner Rasse und sein Einfluss reichte wohl weit über das System Schamms hinaus. Und wer auf dem Planeten etwas erreichen oder verändern wollte, gleich, ob Dreel, Insaan oder Malak, kam um seinen Entscheid nicht herum.

Die politische Struktur der Zebuhren, soweit sie organisiert handelten, war überwiegend hierarchisch. Wie eingangs erwähnt, neigten die Wesen jedoch zu einem ausgeprägten Individualismus und nur bei ausgesprochenen Notsituationen zogen auch alle an einem Strang. Da sich langsam, aber sicher eine solche existenzielle Lage zu entwickeln drohte, kam Leben in die Gemeinschaft, und man hätte es den Kraken kaum zugetraut, wie einhellig sie in so einem Fall hinter ihrer Führung standen. Ausgenommen waren jedoch die, welche sich aus freien Stücken dem Brufan'schen Reich auf Sorr angeschlossen hatten, doch die würde man wohl kaum noch im Ardischen Riesenmeer antreffen, es sei denn, es gab unerkannte Spione. Doch dies war eine ganz andere Sache. Es waren Hunderte der Zebuhren auf ungeklärte Weise verschwunden, die durchaus systemtreu hinter Ohmquart standen, dies war alarmierend genug und deren ungeklärtes Schicksal bewegte die Gemüter, es mussten Maßnahmen ergriffen werden, um dem Einhalt zu gebieten, seien sie auch notfalls kriegerischer Natur.

Ohmquart residierte in einem unterseeischen Labyrinth, nahe der Insel Mehuraam, einem energetischen Knotenpunkt von großer Bedeutung für Dreel, Zebuhren und Malak, mit Einschränkungen auch der Insaan. Hier war ein Ort, der für intergalaktische Fernreisen, rituelle Akte wie Begräbnisse und Dimensionsaustausche geeigneter war, als irgendwo sonst auf dem Planeten. Hier wurden Entscheidungen von großer Tragweite getroffen.

Sangunaul hieß der engere Herrschaftsbereich des Labyrinths, wo der Zebuhrenfürst, zusammen mit seinem umfänglichen Harem und Hofstaat anzutreffen war. Er hatte eine Einladung ausgeschrieben und die betraf unsere Freunde von der Erde, gemeinsam mit der Delegation der Insaan. Der Pomp war gewaltig, man hatte alle Register gezogen, um bei den Besuchern Eindruck zu schinden. Sauerstoffatmer fühlten sich in ihrer angestammten Atmosphäre wohler als in ihren Kiemenanzügen, den Dulpurs, darum wurde im Palast eine 400 Meter im Durchmesser haltende Luftblase erzeugt und aufrechterhalten, in der es den Gästen an nichts mangeln sollte. Bedienstete Schoschonoor, Methanatmer in ihren speziellen Anzügen, waren überall rastlos unterwegs, um für eine würdige Empfangstafel zu sorgen, Unterkünfte herzurichten und Unterhaltungsmusik zu organisieren, man wusste, dass sich Insaan wie Menschen gerne bei Tanz und Spiel vergnügten, es gab Rotz-Techno vom Baalusch, eine billige Rock'n'Roll-Imitation japanischer Manier sowie eine mittelalterliche Tanzgruppe, die ebenso wie eine Karaoke-Gruppe von Gestaltwandler-Dreel gestellt wurde. Auch ein Streichquartett für ein Haydnkonzert stand auf dem Programm. Ohmquart liebte klassische Instrumentalmusik von der Erde.

Als Gezired, Plondt, Eridan, Ricky, Hella sowie Gusch und Malaa'ek schwimmend die Eingangsplattform erreichten und einer nach dem anderen triefend nass und etwas unterkühlt aus dem Meer stiegen, wurden sie bereits von einer Blasmusikkapelle empfangen. Ein Ehrentag für ganz Sangunaul.

Ohmquart ruhte, umgeben von seinen drei Hauptfrauen, fast unbeweglich auf seinen meterlangen, mit Saugnäpfen versehenen Tentakeln und blickte mit seinen großen, wechselnd in allen Farben leuchtenden Augen entspannt und wohlwollend auf die etwas verlegenen Neuankömmlinge. Ein bronzenes Kettenhemd schmückte die empfindlicheren Teile seines Körpers, auch die Oberseite seiner Fangarme war mit glänzenden Metallgirlanden verziert. Die Insignien der Macht, ein von einem schwarz glänzenden Schnabelpaar umgebenen Dreizack aus Herkelorium, prangte an der Stelle zwischen seinen wachen Augen. Daran erkannte ein Eingeweihter den offiziellen Charakter des Empfanges.

Ausgerechnet Hella, die Ärztin, hatte sich offenbar infolge Unterkühlung ein Virus zugezogen, hatte eine rote Nase und brennende Augen, musste unentwegt niesen und krächzte mit Halsschmerzen vor sich hin. Da kam schon eine kleine Gruppe zwanzigarmiger Schoschonoor herbei, einer davon mit einem kleinen, orangen Köfferchen, das er vor ihr öffnete und ein Fläschchen hervorholte, das er Doktor Pfermann entgegenhielt:

„Alles austrinken, ein Wundermittel von Baalusch!"

Hella folgte dem Rat etwas widerwillig und verzog ob des eigenartigen Geschmacks dessen Inhalts angewidert ihr Gesicht, sie schluckte unter Schmerzen alles auf einmal, wie empfohlen, und dankte, höflich nickend, dem Methanatmer. Nach wenigen Minuten trat merkliche Erleichterung ein und alle wunderten sich über die Medizin, als das Krächzen der Tierärztin plötzlich aufgehört hatte. Nach einer kurzen Pause kroch Ohmquart langsam auf die Neuankömmlinge zu und seine tiefe Stimme hallte in den Köpfen der Besucher.

„Willkommen in Sangunaul, Freunde! Wie ihr seht, nehmen wir euren Besuch hier wirklich ernst. Es sind auch ernste Zeiten und Entscheidungen müssen getroffen werden. Doch sollt ihr euch bei uns so richtig wohlfühlen. Wie ich sehe, ist euch kalt. Wie wäre es mit einem Besuch bei unseren Thermalquellen, danach könnt ihr es euch einmal im warmen, trockenen Quartier gemütlich machen. Meine Frau Lirada wird euch begleiten. Sie ist selbst sehr wärmebedürftig und oft in Bluhn."

Gusch nickte den etwas ratlos dastehenden Begleitern lächelnd und aufmunternd zu und da setzten sich erst einmal alle in Bewegung, der lieben Tintenfischdame hinterher. Die freute sich sichtlich über die ehrenvolle Aufgabe und unter ständigem, erregtem Wechsel ihrer Hautmusterung und Farbe ging es einige Gänge entlang, die wohl normalerweise zumindest teilweise geflutet waren. Lirada war etwas kleiner als ihr Gemahl, doch ausgestreckt noch immer gut vierzehn Meter lang. Fast angekommen, blickte sie verschmitzt auf die hinter ihr laufenden Eridan und Gezired und kniff ein Auge zu, als sie sich in deren Köpfen meldete: „Ihr beide habt doch was miteinander, das sieht doch ein blinder Grottenolm!"

Die Prinzessin lächelte etwas verlegen und die Schamesröte lief in ihre Wangen. Eridan hüstelte ein paarmal, sagte aber nichts, da waren sie auch schon am Pool angelangt. Dort dampfte und brodelte es schon gewaltig und in den Ecken drückten sich ein paar Zebuhren herum.

Lirada pflanzte sich vor den Anwesenden auf und befahl: „Alles ausziehen, und dann hinein ins Vergnügen!"

Die Schar leistete gehorsam Folge und einer nach dem anderen versank in dem warmen, schlammigen, eigenartig riechenden Wasser, um sich einem gewählten Platz am Beckenrand zuzuwenden. Gusch verwandelte sich wiederum in einen Dreel und genoss sichtlich die seltene Gelegenheit, schloss halb seine fünf Augen und nahm einen bräunlichen Farbton an, sich seiner Umgebung anpassend.

Die Brühe war zwar gewöhnungsbedürftig, doch nach einer Weile recht angenehm und – vor allem warm, um die 32 Grad. Im Randbereich blubberte es gewaltig, offenbar die Quellen, die noch ein wenig wärmeres Wasser zu spenden schienen, dort fanden sich auch die meisten Zebuhren und Dreel, ein riesiger Knäuel von ineinander verwundenen und verknoteten Tentakeln, vor sich hin dösend, mit oft halb geschlossenen Augen. Man genoss offensichtlich die feuchte Umgebung, die Wesen weilten zum Teil in einem geistig entrückten Zustand.

Auch die Menschen und Insaan blieben beisammen und tauschten sich entspannt aus, Gezired kuschelte mit Eridan und tauchte ihn ein paarmal zum Spaß und heftigem Protest seinerseits unter. Auch Ricky und Hella kamen einander näher, Lirada beäugte sie neugierig aus dem Augenwinkel heraus und sichtlich nicht ohne Genugtuung. Dann kam auch Ohmquart langsam daher gekrochen und das Becken lief an allen Seiten über, als er seine massige Gestalt majestätisch in die Fluten gleiten ließ. Er positionierte sich unmittelbar neben seiner Frau und tat es den anderen gleich.

Die Idylle währte eine Weile, bis es den ersten Badegästen wohl zu warm wurde und sie Anstalten machten, das Becken zu verlassen. Rickys Knarr-Partie war so gut wie vergessen und er erfreute sich wieder völligen körperlichen Wohlbehagens. Auch Hellas Schnupfen war wie weggeblasen. Eridans Schmerzen in den Knien und der Halswirbelsäule waren ebenfalls verschwunden. Die Insaan-/Mensch-Delegation nahm sich einer nach dem anderen Bademäntel und sie wurden zu den Kabinen geleitet, wo bereits trockene Sachen bereitlagen. Die Zebuhren und Dreel schienen sich noch weit länger dem Heilwasser hinzugeben und ließen auf sich warten.

So vergingen wohl mehrere Stunden der Muße und der Erholung und die Leute von der Erde konnten sich an keinen Ort ebendort erinnern, der heilsamer auf Körper und Psyche gewirkt hätte, als das bräunlich schlammige Gebräu in Bluhn.

Mitten ins allgemeine Wohlbehagen fiel ein durchdringender, sich oftmals wiederholender Sirenenton, man konnte sein eigenes Wort nicht verstehen, so laut schallte es aus jeder Ecke und aufgeregte Schoschonoor und Dreel bevölkerten an allen Orten die Gänge.

Eridan und die anderen stürzten, kaum angekleidet, wieder auf den Gang und schlossen sich dem Strom der anderen Wesen an, zurück zum riesigen Pool, wo Aufregung und Tumult herrschten. Mitten im Becken hatte sich das Wasser kohlrabenschwarz gefärbt, und der Fleck dehnte sich immer weiter aus, die Zebuhren und Dreel waren schon größtenteils aus der Brühe entflohen, als in der Mitte des schwarzen Flecks eine nach Luft schnappende Frau erschien. Ihre dunklen Haare wirkten angesengt und sie war nur von fetzenartigen Resten ihrer Kleidung, die ebenfalls zahlreiche Brandlöcher aufwies, bekleidet. Prustend ging sie wieder und wieder unter, um sich dann doch, mühsam nach Luft schnappend, über Wasser zu halten, fuhr die ihr zu Hilfe Eilenden zornig fluchend an und erreichte schließlich aus eigenem Antrieb den Beckenrand, wo sie dann doch entkräftet und nach Sauerstoff ringend, innehielt. Gusch hatte sich zur Sicherheit in ein meterlanges Krokodil verwandelt, das lauernd um den ungebetenen Gast herumschwamm. Die Frau schien die Echse bereits von irgendwoher zu kennen, denn bei ihrem Anblick schimpfte sie nur noch mehr und drohte ihm mit beiden Fäusten. Der wiederum ließ sich jedoch dadurch keineswegs beeindrucken und hielt sie weiter in Schach. Mühsam machte sie sich zum Ufer und versuchte, sich dort hochzustemmen, da traf sie Guschs muskulöser Echsenschwanz mit voller Wucht und sie segelte mehrere Meter durch die Luft, um hart gegen den Hallenrand zu schlagen. Dort blieb sie stöhnend liegen, triefend nass und kaum bei Bewusstsein.

Gusch war unter Wasser zum Insaan transformiert und schritt langsam die Stiege am Beckenrand hinauf, wo Ohmquart und die anderen bereits auf ihn warteten. Er blickte zurück: „Dies ist Uzuubs schwarzes Blut, ungeheuer toxisch. Es frisst euch das Fleisch vom Leibe, das Becken muss geleert und peinlichst genau gesäubert werden." Auch der Geruch im Becken hatte sich deutlich gewandelt, von dort kam ein Odeur nach Erdöl. Um Hanaquik war die bis auf den Schnabel bewaffnete Leibgarde Ohmquarts aufmarschiert und sicherte den Bereich. Letzterer meldete sich zu Wort:

„Die Geschehnisse ereigneten sich in meinem Herrschaftsbereich. Ich erkläre hiermit die Hexe für gefangen und frei zum Verhör. Der Hohe Rat der Tichyel schickt uns Zynt, einen untadeligen Malak. Auch Gusch und die Erdgesandten werden teilnehmen. Das Verfahren findet bei mir im Palast in drei Stunden statt. Bis dahin soll Hanaquik wiederhergestellt werden und unter strengster Bewachung stehen."

Die Hexe hatte dies alles mit nur einem halb geöffneten Auge, kaum bei Bewusstsein, wahrgenommen, ohne ihre üblichen Kommentare und ohne Zigarre im Mund. Doch sie würde den Versammelten die Wahrheit ins Gesicht schleudern, sie war es satt, ständig Opfer von Intrigen zu sein, immer auf der Flucht. Der Hölle war sie entronnen, Uzuub, der Anubis der Erde und Herrscher der Unterwelt auf Ard, hatte Federn gelassen und würde sich mit Sicherheit rächen. Die Zeichen standen nicht gut für Hanaquik, doch sie war noch am Leben, und nur das zählte im Moment.

Fünf Dreel hatten um sie ein multidimensionales Kraftfeld gebildet und in ihrem geschwächten Zustand gab es für sie kein Entrinnen. Doch möglicherweise hatte sie es auf eine Konfrontation mit Gusch und den Zebuhren angelegt, war ihr Auftauchen hier kein Zufall gewesen. Was führte sie nur im Schilde?

Die drei Stunden waren schnell vorüber und man versammelte sich im Sitzungssaal von Ohmquart. Die wichtigsten Personen waren bereits anwesend und Boten huschten von einem zum anderen Teilnehmer, um alle auf das Kommende vorzubereiten und Ohmquart die neuesten Informationen zukommen zu lassen. Schneidende Spannung lag über der Szene und Ruhe trat erst ein, als Hanaquik, in Begleitung der wachenden Dreel vorgeführt wurde. Sie machte immer noch einen jämmerlichen Eindruck, doch das konnte bei ihr durchaus täuschen.

Der Abgesandte der Zebuhren auf Ard hielt den Vorsitz. Streng fixierte er die Hexe: „Sprich! Was hat dich bewegt, diesen geheiligten Boden zu entweihen, Alte?"

Diese antwortete kleinlaut: „Mehuraam. Ich habe Höllenqualen hinter mir und mein einziger Ausweg aus der vierten unteren Dimension war der Tunnel hierher." Sie zeigte anklagend auf Gusch: „Dieses Scheusal ist für meine missliche Lage verantwortlich! Fragt ihn, diese Schlange von einem Dreel, wie ich dort gelandet bin!"

Die Augen aller richteten sich auf Gusch. Der hatte seine lange, hagere Insaangestalt erhalten und sein Glatzkopf bot allen ein Pokerface. Bei aller Verschlagenheit der Hexe, in diesem Punkt hatte sie die Wahrheit gesprochen. Wahrscheinlich war er damals zu weit gegangen, auch eine Person wie Hanaquik hatte ein faires Verfahren verdient. Doch wie hätte er oder irgendwer sonst sie einem solchen zuführen sollen? Die Angelegenheit versprach, brisant zu werden …

Um peinlichen Fragen anderer zuvorzukommen, antwortete er unverzüglich, stand auf, und als würde er mit einem Anklageplädoyer beginnen wollen: „Hier steht also Hanaquik. Um allen Anwesenden zu verdeutlichen, welchen Gesetzen sie eigentlich verpflichtet ist, muss ich weit ausholen. Gehe ich richtig in der Annahme, dass du die letzte Geistliche deiner Art bist oder das zumindest von dir behauptest? Bis vor gut 7000 Ardjahren beherrschte die Insaan auf Ard nämlich eine Priesterklasse, ein Hort des Friedens, des gesammelten Wissens von vielen Generationen, nur verpflichtet dem Überwesen Sachch, von dessen Gnade alles abzuhängen scheint. Das alte Wissen der Insaan verpflichtet dich unter anderem zur Nicht-Einmischung in politische Konflikte, nicht wahr?" Hanaquik nickte verhalten.

„Stimmt es weiter, dass du dem abtrünnigen politischen Gefangenen Brufan auf Sorr zur Flucht verholfen und damit einem Konflikt Tor und Bahn verschafft hast, der Millionen von Lebewesen in tödliche Gefahr gebracht und schon Hunderttausenden das Leben gekostet oder sie in eine Cyborg-Sklaverei geführt hat? Allein dafür verdienst du die höchste Strafe, die ein Tribunal vorsieht. Auch die Zebuhren sind betroffen."

Hanaquik richtete sich auf und blitzte den Gestaltwandler feurig an:

„Viele haben sich Brufan aus eigenen Stücken angeschlossen, auch Dreel. Ihr habt ihn zu Unrecht verbannt, er hätte euch bei einer wichtigen Reform helfen können. Nun habt ihr ihn zum Gegner. Der Verbrecher, der er jetzt ist, war früher durchaus kooperativ. Ihr selbst habt ihn zu dem Scheusal gemacht, könnt ihr das nicht erkennen? Auch ich will mit ihm und seinesgleichen nichts mehr zu tun haben. Es wird zu einem schrecklichen Konflikt kommen, dies bestätigen alle Omina und auch die rationale Vernunft. Ich will helfen, Gusch, für alle da sein, wenn es danach an den Wiederaufbau geht …"

„Indem du deine Privatarmee schaffst, nicht wahr? Wir sind hier bestens informiert, auch Brufan wird deine Pläne schon durchschaut haben. Wer garantiert uns, dass du uns nicht allen in den Rücken fällst und die Macht an dich reißt? Dies wäre bei deiner Vergangenheit wohl zu befürchten, deshalb plädiere ich bei dir, Ohmquart, für Maßnahmen, die dem zuvorkommen sollen. Wenn du so friedliebend bist, warum hilfst du uns nicht, alles zu verhindern?"

„Wenn ich die Macht dazu hätte, würde ich es tun. Doch um diese ausüben zu können, müsst ihr mich freilassen! Meine Kinder gehorchen nur mir und ich habe viele von ihnen in Schlüsselpositionen. Gebt mir freies Geleit und ich werde euch im Kampf gegen Sorr helfen. Danach könnt ihr mich ja noch immer kreuzigen und verbrennen."

Ohmquart und die anderen Anwesenden hatten alles genau verfolgt und nun hielt er es für an der Zeit, sich einzumischen: „Dies ist ein großes Risiko, meine Verehrteste. Aber es ist eine Überlegung wert, und aus diesem Grunde werden wir uns zur Beratung zurückziehen. Das Verfahren wird morgen um diese Zeit fortgeführt. Bis dahin bleibst du bei uns." Er wandte sich an Gusch: „Du informierst meinen Freund Muhmktet von den Insaan, er soll sich an der Abstimmung über Hanaquiks Zukunft beteiligen, ich wünsche in diesem Fall keine Alleingänge."

Gusch nickte knapp und überantwortete sich einem Energietunnel nach Mezmerie in die Krypta des Monarchenpalastes. Malaa'ek und die Menschen sowie Esmariel schlossen sich Ohmquart und Lirada an, der Malak hatte die Aufgabe erhalten, sich an Zynt und den Rat der Tichyel zu wenden. Ein vereinter Spitzengipfel mit allen alliierten Kräften würde sehr bald ins Haus stehen, um eine effektive Strategie gegen Sorr zu entwickeln, man ahnte kaum, dass es dafür schon fast zu spät war, denn Brufans Offensivkräfte waren bereits ungeahnt erstarkt und der Schlag gegen Ard und die Erde stand bevor.

20

DAS TRIBUNAL

Die Frau mit dem wirren, schwarzen Haupthaar und den vielen Falten im Gesicht schwebte in ihrem multidimensional gesicherten Kraftfeld, und diesmal gab es für sie kein Entrinnen, sie wollte sich auch nicht aus dem Staub machen, da sie nun zum ersten Mal die Chance sah, etwas Entscheidendes verändern zu können. Die Präsenz aller auf Ard vertretenen Machtgruppen würde ihr ein Podium gewähren, auf dem sie ihren Anliegen Nachdruck verleihen konnte. Aufgrund ihrer vergangenen Nähe zu Brufan erschien sie noch als Unsicherheitsfaktor, und sie musste damit rechnen, dass ihr nicht vertraut werden würde. Aber zu viel stand jetzt auf dem Spiel, dass sie nunmehr wieder kneifen durfte, und die Lage der Dinge verlangte rasche Entscheidungen, das war mittlerweile nun allen klar. Brufans Macht stieg fast stündlich.

Es gab eine uralte Prophezeiung, dass ein fortgeschrittener und verloren geglaubter Dreel das Gleichgewicht einst wiederherstellen würde. Er wäre mit der Macht von Sachch ausgestattet und niemand würde sich ihm widersetzen können.

Doch noch schien seine Zeit nicht gekommen zu sein, außerdem waren Prophezeiungen auch bei den Dreel keine so sichere Angelegenheit.

Gusch, Merhel und Sequran als Vertreter des Schubbutz, Muhmktet III. und Prinz Plondt, Ohmquart als Gastgeber, Zynt, der geflügelte Malak und Wichnuh, oberer Hellm der Schoschonoor saßen einträchtig nebeneinander. Findi, das orange gestreifte Haustier Guschs, kauerte neben dem Gestaltwandler und schnarchte vor sich hin. Als Liebesbeweis tröpfelte Gusch mit einem seiner Tentakel kühles Salzwasser auf die Nase des sechsbeinigen Wesens, das instinktiv immer wieder genüsslich daran leckte. Hinter dem Tribunal war der geräumige Sitzungssaal von schaulustigen Zebuhren, Insaan und Malak erfüllt, Letztere hatten auch oftmals ihre Kinder und Puppen in Körbchen mitgebracht, es wurde derart getuschelt und gezischelt, dass der Gerichtsdiener mit einem lauten Ausruf Schweigen begehrte. Ein wiederholtes Tröten aus schlabbrigen, feuchten Blasrohren brachte schließlich die Menge zur Ruhe. Ohmquart hob zwei seiner gigantischen Tentakel und eröffnete das Tribunal gegen Hanaquik, Lautsprecher verstärkten seine Stimme in und außerhalb des Gerichtssaals, es handelte sich um eine öffentliche Anhörung:

„Die Vorwürfe gegen dich sind bereits artikuliert worden, dein Einfluss über die gegenwärtige Lage rechtfertigt jedoch ein politisches Vorgehen, denn die Machthaber von Sorr haben bereits empfindlichen Schaden an mehreren Rassen verursacht und du scheinst genug Kompetenzen zu haben, um auch als Verbündete gegen sie in Betracht gezogen zu werden. Um deine etwaige Begnadigung zu erwirken, musst du zu umfänglicher Zusammenarbeit bereit sein. Nun ist der Zeitpunkt gekommen, um deine wahre Gesinnung unter Beweis zu stellen. Dies sind also die Aussichten. Wir wollen lediglich wissen, was dich zu deinen vergangenen Schritten bewegt hat, Brufan zu befreien, sowie die Absichten erkennen, was deine sogenannten Kinder betrifft. Vor einem möglichen Bündnis müssen wir dir auch vertrauen können. Darum hat auch unser Freund Gusch noch einige Fragen. Kooperiere, und du sitzt vielleicht mit uns in einem Boot, wenn nicht, müssen wir dich auf unbestimmte Zeit auf Eis legen. Und spekuliere nicht mit deinen Fähigkeiten, die haben wir hier durchaus im Griff!"

Zynt, der blass von innen heraus scheinende Malak, erhob seinen schlanken, durchscheinenden, geflügelten Körper und sah eine Minute ernst und schweigsam auf die Angeklagte, bevor er überraschend wohlwollend begann:

„Wir Malak waren immer auf der Seite des Guten, des Ausgleichs und der Hebung der Energien bei Insaan wie den Menschen, ob hier auf Ard, aber auch auf der Erde oder anderswo im Universum." Bei seinen letzten Worten erhob er den gestreckten rechten Arm, der in absichtlich zur Schau gestellter meditativer Ruhe einen Halbkreis vor ihm beschrieb und dabei über die Köpfe der Anwesenden zu streichen schien. „Wie wir bei dieser Dame hier verfahren sollen, hängt von ihren guten Qualitäten und ihrer Fähigkeit, diese innerhalb der Ordnung auf den energetischen Ebenen einzusetzen, ab. Ich weiß, dass sie dazu imstande wäre, doch spreche ich mich für eine ständige Überwachung aus, die von Malak, Insaan und Dreel bewerkstelligt werden muss. Auch ist es unabdingbar, dass sie selbst für einen Wandel einsteht, ich plädiere daher für eine Befreiung mit Überwachung. Ihre Teamfähigkeit muss sich erst noch erweisen. Was ihr Fehlverhalten in der Vergangenheit angeht, so können wir auch Verzeihen lernen. Doch was in aller Welt hat dich veranlasst, Brufan in seinen zerstörerischen Plänen behilflich zu sein? Sprich, Hanaquik!"

Die Hexe schien nur mehr ein Schatten ihrer selbst zu sein. Ihr Kopf hing vornüber und das ungeordnete Haar verdeckte einen Großteil des Gesichtes. Ihrem in relativer Schwerelosigkeit gehaltenen Körper hingen Schultern, Arme und Beine puppenartig schlaff herab. Als sie nach einer Minute Schweigens langsam den Kopf hob, erschien nur das Weiß in ihren überweit geöffneten Augen. Im Zustand ihrer offensichtlichen Entrücktheit kam nur ein schaurig anmutendes Raunen über ihre Lippen. Das Kraftfeld, das sie hielt, vibrierte und irisierte in den Regenbogenfarben, als es unvermutet in tausende glasartige Scherben zerbarst, die Stücke hernach in alle Richtungen des Raumes geschleudert. Langsam glitt sie zu Boden und hob ihren Kopf. Die Menge wurde unruhig, Gusch sprang alarmiert von seinem Platz auf, auch der mächtige Ohmquart zog seine Tentakel instinktiv zurück, blieb jedoch ruhig. Noch in Trance, begannen sich ihre Lippen langsam zu bewegen, um einige schwache Worte zu bilden:

„Verbünden? Warum sollte ich mich mit irgendwem verbünden? Ich bin der Boden, auf dem ihr steht, ich bin das Wasser, das euch umwogt und die Luft, die manche von euch atmen, IHR müsst euch mit MIR verbünden, wenn ihr etwas erreichen wollt, ihr Narren!"

Langsam kam Leben in ihre Gestalt und sie sog gierig mit ihren Lungen, atmete mehrmals kräftig und befreit durch, ihre Anspannung wich sichtlich einer ruhigen Gelassenheit, bis sie ein schelmisches Grinsen aufsetzte und pointiert zu reden begann, die Versammelten starrten sie stumm und nicht minder entgeistert an:

„Nun, da ihr wohl einseht, mich nicht festhalten zu können, werde ich euch eine Geschichte erzählen. Entspannt euch, ich bin keine Gefahr hier." Jemand brachte ihr einen einfachen Stuhl, sie setzte sich und begann:

„Erst einmal: Ich weiß nicht, woher ihr das habt, aber ich habe Brufan nicht befreit, das haben er und seine Kumpel schon selbst geschafft. Allerdings habe ich auch damals nichts dagegen unternommen, da ich der Meinung war, dass in Ausgewogenheit der Kräfte er das Recht dazu hatte, sich selbst, seine Vision und seine Anliegen zu verwirklichen. Ihr seid doch am Ende, ihr Dreel, die Spatzen pfeifen es schon von den Dächern, und er wollte seiner Rasse nur eine letzte Chance geben, sich zu regenerieren. Da habe ich ihn also gelassen und das war anfangs auch gut so. Dass Macht korrumpiert, gilt nicht nur für die Menschen der Erde, das musste ich dann leider auch erkennen. Nur war es dann zu spät, um wirksam einzugreifen. Versuche meinerseits wurden als feindselige Handlungen interpretiert, wonach ich von Sorr verbannt wurde. Ich muss mich vor euch auch nicht rechtfertigen. Allerdings sehe ich ein, dass ihr in Bedrängnis seid und ihr offenbar meine Hilfe benötigt. Darüber ließe sich reden, denn irgendwo sind eure Anliegen auch meine. Zum Teil jedenfalls. In dieser Lage sehe ich auch keine Veranlassung, jemanden zu täuschen." Sie hatte offensichtlich die Gedanken des skeptisch dreinblickenden Gusch gelesen, richtete ihren Blick auf ihn, der unbeeindruckt zurücksah. Man konnte die Spannung zwischen den beiden geradezu körperlich nachvollziehen.

Prinz Plondt erhob sich und die Zuhörer richteten ihm nun ihre Aufmerksamkeit zu. Er räusperte sich etwas unsicher und begann:

„Es gab einmal eine Zeit, und ich kann mich gerade noch erinnern …", er blickte verstohlen über seinen Vater hinweg, „… da hat die Welt noch zu dir aufgesehen.

Wie lange ist das jetzt her?! Vor vielen Jahren hast du deinem Orden alle Ehre gemacht, das alte Wissen gepflegt und gelehrt, vielen den rechten Weg gewiesen und warst in jeder Hinsicht ein Vorbild, auch für unsere Familie. Heute sind die Klöster nahezu verwaist, durch die Hallen weht der Wind und all die Geschäftigkeit dort ist einer Totenstille gewichen. Woran liegt das? Fehlen dir und deinesgleichen die Visionen, überlässt du uns Insaan alle den Dreel, Malak und Zebuhren, die uns weiterleiten sollen ... wie stellst du dir unsere Zukunft eigentlich vor? Eine Welt ohne Vergangenheit, ohne Kultur und Überlieferung, die verliert doch allmählich ihre Basis?!"

Hanaquik blickte an sich herab und seufzte, fing sich dann aber wieder und sagte selbstbewusst:

„Unsere Zukunft wird glorreich sein, junger Prinz! Es fehlt uns an nichts, und auch das alte Wissen lebt weiter. Es lebt weiter in dir und mir und allen, die sich dessen bewusst sind. Wir brauchen junges Blut, offene Insaan, aber auch Menschen von der Erde und anderen Welten, und ich sehe es als meine Mission an, diese zu finden und für unsere Sache zu begeistern."

„Deine ‚Kinder' also ... warum dann die Geheimniskrämerei?" Gusch hatte sich abrupt eingemischt.

„Ich brauche nun einmal meinen Handlungsspielraum. Und keine Spionage, Nachforschungen und allerlei Nachstellungen, vor allem deinerseits, Gusch. In den letzten Jahren war meine Arbeit durchaus fruchtbar und wir beginnen, uns zu formieren und werden uns auf unsere Art euren Bemühungen anschließen, denn Sorr wird eine reale Bedrohung. Was habt ihr eurerseits getan, um Brufans und seiner Genossen Machenschaften zu unterminieren? Meines Wissens beinahe nichts. Auf Sorr formiert sich allmählich aktiver Widerstand, es gibt eine Menge Unterdrückte, die zueinandergefunden haben, und sie suchen Verbündete, auch hier und auf anderen Planeten. Wir müssen sie stützen und Kontakte pflegen, um schlagkräftig und gemeinsam handeln zu können. Sonst sehe ich schwarz für euren romantischen Frieden auf Ard hier, nur so weit: Demnächst versucht Brufan einen Schlag auf Ard, ich weiß das aus sicherer Quelle."

Muhmktet III. meldete sich zu Wort.

„Auch wir formieren Einsatztruppen. Vor Kurzem ist ein Kreuzer aus Sorr übergelaufen, es werden weitere folgen."

Gusch fügte nun endlich, zur Überraschung vieler, und in ungewohnter Freizügigkeit hinzu:

„Wir werden dich nicht weiterverfolgen, Hanaquik. Du kannst uns von nun an deine Loyalität beweisen. Ich stehe zu unserem Wort. Es wird eine breite Allianz geben, Insaan, Dreel und Zebuhren sowie Malak und Schoschonoor werden Seite an Seite stehen, wir werden unsere Kräfte bündeln. Ein interdimensionaler Austausch auf Mehuraam wird den Anfang bilden. Die Insaan bilden schlagkräftige Einsatztruppen, die Zebuhren unter Ohmquart werden endlich gemeinsam auftreten und auch die Schoschonoor werden dabei sein. Sachch hat uns bisher gut geleitet und erkennt die Notwendigkeit eines schnellen Eingreifens, wird sich aber vorerst zurückhalten. Die Malak werden unsere schnellen Boten sein. Auch bei ihnen gibt es schwarze Schafe, manche geben sich offen zu bekennen, andere leben als Spione unter uns, sie müssen demaskiert werden. Wir haben auch einige von unseren Leuten direkt in Sorr, doch der Ringwall dort wird uns immer wieder Probleme bereiten. Also, die Allianz wird auf Mehuraam, in etwa fünf Tagen, so lange dauern die Vorbereitungen, stattfinden. Die Vertreter der Rassen mögen sich darauf bitte einstellen." Er blickte nacheinander auf Ohmquart, Muhmktet und Plondt sowie Malaa'ek und den Schoschonoor.

Die allgemeine Spannung wich einer betriebsamen Geschäftigkeit und einer Reihe von verschiedenartigen Diskussionen, während Gusch sich wieder setzte. Die Runde löste sich allmählich auf und alle verschwanden in ihre eigenen Bereiche.

Würde die sich nun endlich anbahnende Allianz ausreichen, um eine schlagkräftige Einheit zu bilden? Der Fall war einzigartig in der Geschichte und die Herausforderung war groß, zu viel hing von deren Erfolg oder Scheitern nun ab, so viel war nun allen klar.

21

INVASION

Vier Tage nach dem Tribunal.

Friedlich und gleichmäßig rauschten die schwachen Wellen an die teils sandige, teils zerklüftete Küste von Mehuraam. In der Hitze rekelten sich dort vielenorts Gruppen von Zebuhren in ihrer Mittagsruhe, um nach ausgiebiger Tiefseejagd zu verdauen und widmeten sich zuweilen auch der Hygiene und der Fortpflanzung, wobei sie ein wahres Fest wechselnder Farben und Muster ihrer Schleimhäute zeigten.

Manchenorts war der Friede jedoch augenscheinlicher Geschäftigkeit gewichen. Dort fanden sich in Lagern gemischte Gruppen von Dreel, Insaan und Malak, welche sich auf den „Fall der Fälle" vorbereiteten, Hyperdensaggregate zur Energieumwandlung und Variokete zur Erzeugung kleiner mobiler schwarzer Löcher aufbauten. Jeder dieser Variokete besaß mehrdimensionale Fangsäcke, welche die Überreste der im Ereignishorizont gefangenen Angreifer vor dem Abdriften ins Nirgendwo abzufangen in der Lage waren. Die Erzeugung der zum Betrieb nötigen nahezu unvorstellbaren Energien war bereits angelaufen und von verschiedenen Orten ließ sich ein mehrstimmiges Dröhnen und Brummen vernehmen, welches sich sehr langsam und gleichförmig steigerte.

In einer kleinen Bucht war auch die NEUE HOFFNUNG stationiert, und die Besatzung widmete sich in deren Umgebung recht unterschiedlichen Tätigkeiten, von meditativen Übungen bis zu kämpferischen Scheingefechten Sahashrels gegen einige in seiner Umgebung mit Schwertern bewaffnete fliegende Malak.

Man musste gewappnet sein. Mehuraam als energetischer Kreuzungspunkt galt als sensibel und man war durch Hanaquik vor einem kurz bevorstehenden Angriff Brufans gewarnt worden. Auch wenn es sich quasi als unbegründet erweisen sollte, war es doch besser, vorbereitet zu sein.

Das war gut so, denn oben, auf halbem Weg zum einzigen Gipfel der Insel, begann sich die Natur zu regen. In einem umschriebenen Areal wogten Bäume und Büsche, als wären sie von Geisterhand gerüttelt, wie in einem Sturm hin und her gerissen, die Luft wurde von weit her wie von einem Staubsauger dorthin angesaugt, ausgehend von einem luzide irisierenden, aufrecht stehenden, sich langsam drehenden Rad mit einem Durchmesser von mindestens sechs Metern.

Aus dessen Zentrum huschten teils mit kräftigen Schritten trampelnde, teils fliegende, imposante Gestalten von einer Größe zwischen drei und fünf Metern, um sich bald in zwei Kolonnen aufzuteilen. Die kleinere der beiden bewegte sich mit Getöse in Richtung Strand, die weitaus zahlreichere jedoch verschwand in einem zweiten, etwas kleineren Energietunneleingang, nur wenige Meter vom bereits erwähnten.

Die Gestalten entpuppten sich zunächst mehrheitlich als Roboter, Androiden oder Cyborgs, viele von ihnen wie hastig aus Schrottteilen zusammengeschweißt, aber auch brandneue, bunte Modelle. Auf Tarnung wurde offensichtlich kein Wert gelegt. Deren Fußstapfen wirbelten viel Erdreich und Staub auf, als sie rasch und mit schweren Schritten den Bergrücken hinabstapften. Niemand drehte sich nach hinten um und rasch befand sich die Kolonne bereits auf halbem Wege zu den Verteidigern.

In jene war neues Leben gekommen und in hastiger Betriebsamkeit brachten sie die Variokete in Stellung, von denen die ersten langsam ihre Betriebsstärke erreicht haben mussten. Anfänglich richteten sie nicht viel aus, und der Besucherstrom bewegte sich, gänzlich unbeeindruckt, weiter abwärts.

Aus dem Tunnelausgang stob eine schwärzliche, nach heißer Asche stinkende Wolke, und heraus flogen Gruppen von dunklen Gestalten, die sich als flugfähige, lange Schwerter führende, ansonsten weitgehend humanoide Malak, jedoch von der übelsten Sorte, entpuppten.

Zunächst hunderte, dann tausende Kämpfer erreichten solcherart Mehuraam, wobei der Löwenanteil derselben bald in einem zweiten, und einem sich mittlerweile dritten Tunnel wieder verschwand. Zu diesen Kreuzungsstellen bewegten sich nun auch Gruppen der Verteidiger mit ihren jeweiligen speziellen Anlagen. Auch einzelne Zebuhren waren, alarmiert, aus dem Meer den Angreifern zielgerecht entgegen gekrochen gekommen und griffen in das Geschehen ein, indem sie mit ihren muskelstarken Tentakeln die Roboter einzeln packten und dutzende Meter in die Landschaft warfen, wo sie oft manövrierunfähig oder gänzlich defekt zum Liegen kamen, oft stereotype, unnatürliche Bewegungen ausführend, manche in zahlreiche Einzelteile zerschellt, wobei sich auch organisches Material, meist in Form von Hirnmasse befreite und an Felsformationen und Schrottteilen klebrig haftete.

Auch Sahashrel war bald in der Nähe der Ereignishorizonte angelangt und versteckte sich vorsichtig hinter einem Felsvorsprung. Die Szene genau taxierend, den Bogen gespannt, sandte er Pfeil um Pfeil in Richtung der meist hastig den anderen beiden Kanälen zustrebenden Gestalten, wobei sich die dunklen Malak für kurze Zeit nahezu schutzlos zeigten. Überrascht und hilflos, im Sturze mit ihren angesengten Flügeln schlagend, wurde ihre Weiterreise jäh und für immer verhindert. Offenbar waren die dahinter Erscheinenden nun informiert worden, denn sie warfen sich mit erhobenen Schwertern in die Richtung des Schützen, der es vorzog, wieder und wieder in Desintegration seine Deckung zu wechseln, er tauchte einmal hier und einmal unvermittelt dort auf und stiftete so heillose Verwirrung unter seinen Gegnern. Herbei kamen auch zahlreiche Engelsgleiche, die den Eindringlingen in der Luft erbitterte Schwertkämpfe lieferten.

Die robusteren Cyborgs hingegen konnten ihre Reise mehrheitlich fortsetzen, Verluste unter ihnen gab es nur sporadisch durch Einsatz der mobilen Variokete. Die eingesackten Gegner wurden kurzerhand kampfunfähig gemacht.

Doch der Strom der Angreifer wollte nicht enden und Hunderten, ja Tausenden gelang die Flucht nach vorne. Wo würden sie wohl materialisieren? Nun, das konnte man sich ja größtenteils zusammenreimen.

Auch in Mezmerie, der alten Hafenstadt, und deren Festungen waren die Insaan, Dreel und Malak auf ein Eindringen von Brufans Horden vorbereitet. Der imperiale Palast und dessen Umgebung waren Sperrgebiet, Prinz Plondt und Zynt leiteten die Verteidigung, wobei zahlreiche Dreel ihnen zur Seite standen. Vom Hafen her strömten die Zebuhren in Zehnergruppen in Richtung Regierungsviertel, wo man den Angriff am ehesten vermutete.

Auch Gezired beteiligte sich eifrig, indem sie den Hofstaat in Sicherheit brachte und Raum für die Verteidiger schaffte.

Der engelsgleiche Zynt kam herbei. Mit salbungsvoller Stimme und eindringlicher Gestik bedachte er die junge Frau:

„Prinzessin. Es wird Zeit, sich in Sicherheit zu begeben, die Mauern eines Palastes sind kein ausreichender Schutz gegen Brufans Armeen. Hier wird die Gewalt am heftigsten zuschlagen und die Gefahren für Euch sind zahlreich." Er blickte auf und fixierte einen Punkt in der Ferne. „Ich werde Euch zum Berg Magpeg bringen, wo ich eine Sondereinheit befehlige. Einverstanden?"

Gezired war erschöpft, ihre langen Haare hingen ihr ganz unaristokratisch ins Gesicht und sie nahm dankend an. Ihr bedingungsloses Vertrauen in Zynt sollte jedoch bald ein Nachspiel haben. Vorerst jedoch nahm sie seine ausgestreckte Hand und flog mit ihm in Richtung des besagten Hügels am Rande der Stadt.

Dort angekommen, veränderte der Malak sein Aussehen. Entsetzt blickte sie in stechend gelbe Augen, die böse unter einem schwarzen, sich vorwölbendem Stirnwulst hervortraten. Sein Rückgrat knackte und von einem Moment zum nächsten beschrieb es mitten am Rücken einen unnatürlichen Buckel. Grinsend zeigte er seine braunen Zähne, wobei er im Sprechen beißenden Qualm verbreitete:

„Ja, Gezired. Ich gehöre zu Brufan. Überrascht? Bald dreht sich diese Welt mit einem neuen, besseren Herrn!" Er spie verächtlich vor ihr aus. „Ihr Aristokraten habt keine Ahnung von den Völkern, die ihr zu beherrschen glaubt. Schöngeistigkeit, Insaanismus, Verzierungen einer überkommenen, alten Kultur, damit könnt ihr doch nicht all die Völker, die hier leben, unter einen Hut bringen. Eure Dekadenz führt zum Niedergang der Beherrschten und zum Chaos. Dem wird nun Einhalt geboten, wir beschreiten einen anderen Weg!"

Während er auf die entsetzte Prinzessin, die all dies noch nicht fassen konnte, eingesprochen hatte, war hinter ihnen ein großes rotierendes Rad erschienen, in dessen Zentrum sich gähnend schwarze Leere etablierte. Er schleppte die Entführte, die sich heftig wehrende Frau, durch die Öffnung und die beiden waren bald verschwunden.

★★★

General Urel und Brufan, die beiden in ihrer Gestalt so unterschiedlichen Wesen, standen Seite an Seite neben dem Sorr'schen Raumhafen und beobachteten aus sicherer Distanz den geordneten Alarmstart der Flotte. Der in voller Montur dastehende Koloss von einem General überragte seinen Partner um ein Mehrfaches. Sie erwarteten Zynt, welcher sich mit seiner imperialen Beute und drei seltsam einförmig gekleideten bewaffneten Wachdreel den Herrschenden rasch näherte, ein sadistisches Grinsen konnte er sich nicht verkneifen.

„Wir haben hier ein nettes Pfand, falls es zu Verhandlungen kommen sollte." Die immer noch Widerstand leistende Prinzessin zerrte an allem, was für sie an dem gefallenen Malak erreichbar war, doch der hatte sie fest im Griff. Da kam Leben in Brufan und er winkte eine Gruppe herumstehender Cyborgs heran. „Bringt sie zu SCHWESTER und sagt ihr nur ‚Prozedur Anathanat Alpha sechs'. Sie weiß dann schon, wie sie verfahren muss." Der Pulk mit der Prinzessin und den unerbittlichen Cyborgs entfernte sich rasch in Richtung Erneuerungsfabrik, Brufan, Urel und Zynt bewegten sich dagegen zielbewusst in Richtung des bereitstehenden Flaggschiffs, der SORRUTA, einem gut 300 Meter Spannweite haltenden, Manta-artig geformten stahlblauen Raumer. Das beunruhigende Grollen der Triebwerke war weithin hörbar, ihre Vibrationen schmerzten nicht nur die Ohren aller sich in der

Nähe aufhaltenden Personen. Sie hob ab und in einer großen Schleife und atemberaubender Beschleunigung schloss sich die SORRUTA der Invasionsflotte an.

Auf Addhaduun, der vorgelagerten künstlichen Insel, war man ebenfalls vorgewarnt. Hier hielten sich auch Eridan, Ricky, Hella, gemeinsam mit Esmariel, dem Professor und Gusch, dem Dreel, auf. Ein Team arbeitete fieberhaft an einem gigantischen Varioket, welches nun nahezu hochgefahren und einsatzbereit war. Eine Gruppe Dreel richtete die Koordinaten des Kollektors in Richtung des aus Mehuraam zu erwartenden Dimensionskanals aus. Einige Kilometer vor den Hafenanlagen hatte sich knapp über der Meeresoberfläche ein riesiges, rotierendes schwarzes Loch gebildet. Unter dem Ereignishorizont war der Ozean erst in Wallung geraten und zeigte nun einen kegelförmig in die Tiefe reichenden Strudel, welcher jedes einfallende Objekt mit in die Tiefe reißen musste. Er hatte einen Durchmesser von einigen hundert Metern.

Entlang des Kais standen, wie an einer Perlenschnur aneinandergereiht, zahlreiche in Verschmelzung befindliche Dreel und starrten auf die See hinaus, in konzentrierter Erwartung der Dinge.

Die Luft vor ihnen flimmere bedenklich und bald erschienen vor ihnen die ersten Angreifer, welche, wohl ungeplant, bereits vor der Insel über dem Strudel zu materialisieren begannen. Cyborgs und schwarze Malak sowie Hundertschaften von Insaan schwebten kurze Zeit hilflos über dem Wasser, mit ihren Extremitäten rudernd sowie vergeblich mit den Flügeln schlagend, das nackte Entsetzen in ihren Gesichtern.

Die wie gebannt auf die Szene blickenden Gäste von der Erde blickten aus sicherer Entfernung auf das Spektakel. Aus allen Himmelsrichtungen erschienen im Ozean zahlreich Wale und Zebuhren, welche unter infernalischem Getöse den Herabstürzenden den Garaus machten, viele von ihnen verschwanden auf immer durch den Strudel in den Tiefen des Meeres, das sich ringsum tiefrot färbte. Nur wenige der Angreifer erreichten das Festland der Insel, wo bereits die Verteidiger positioniert waren und ihnen den Rest gaben.

Als solcherart Hunderte der Sorr'schen Armee ihr nasses Grab fanden, flimmerte erneut die Luft über Addhaduun. Eine unübersehbare Anzahl von meist Kugel- manchmal auch Mantaartigen Raumschiffen verdunkelte den Himmel über der Stadt, schwebte nun, meist ohne ihre Position zu verändern.

Gusch und die anderen blickten nach oben. Esmariel gab sich einen Ruck und erteilte hastig Befehle an Dreel- und Insaanoffiziere.

Der riesige Varioket wurde positioniert, auch an anderen Stellen der weitläufigen Stadt kam es zu vergleichbaren Geschützstellungen. Fast zur gleichen Zeit näherte sich die NEUE HOFFNUNG und landete, vorerst unbehelligt, in der Nähe des Hafens. Sahashrel verließ sie auf seinem wiehernden Lemross und schloss im Galopp auf die Führungsgruppe auf. Eine Horde wild brüllender Gestalten folgte ihm mit schwingenden Äxten, Heugabeln, Sicheln und Spaten. Die Bundesgenossen von Deraar …

Es erwies sich nun leider, dass der Einsatz der Variokete gegen die gegnerischen Raumschiffe keinerlei Wirkung zeigte. Jene ihrerseits begannen mit ihrem zerstörerischen Werk, indem sie, in umschriebenen Bereichen der Küstenlinie beginnend, den Effekt der Schwerkraft aufhoben. Dreel, Insaan und Zebuhren hoben reihenweise ab und schwebten, wild mit ihren Extremitäten rudernd, den Raumern entgegen oder gegen das offene Meer zu. Bald hoben sich auch die Uferanlagen und mit ohrenbetäubendem, metallischem Schrunden und Quietschen bog sich der Rand der künstlichen Insel Meter um Meter mehr und mehr gen Himmel. Wellenartig, über die gesamte Konstruktion verteilt, bewegten sich erdbebenartige Vibrationen über das gesamte Areal und richteten vielenorts verheerende bauliche Schäden an.

Nun ergossen sich Hunderte der großen Cyborgs Marke BRÜDERCHEN aus den Raumkreuzern, in Reih und Glied herabschwebend, und sammelten sich anschließend in Gruppen an mehreren Stellen der Stadt. Dort wurden sie wiederum von den Verteidigern der Wasserwelt gebührlich empfangen und es entstanden heftige Scharmützel mit verheerenden Verlusten auf beiden Seiten.

Die SORRUTA löste sich aus ihrem Verband und schwebte langsam hinab, um auf einem der Hauptplätze vor dem Hauptgebäude der Inselverwaltung zu landen.

Urel, Brufan und Tissar, welche ihren gebrechlichen Partner stützte, sowie der schwarze Zynt, traten vor die geöffnete Schleuse und schritten zielgerichtet, umgeben von einer Schar schwer bewaffneter Androiden, auf die marmornen Treppen der Kommandantur zu.

Im Tross führten sie fünf Sarkophage, die wie bei einer Begräbnisprozession von jeweils sechs Dreel getragen wurden. Die übergroße SCHWESTER lief fieberhaft von einem zum nächsten Sarg, um sich an dort angeflanschten Apparaturen zu schaffen zu machen. Von wenigen Ausnahmen unbehelligt, stolz die Treppen emporschreitend, verschwand der Pulk im Inneren des mächtigen Gebäudes. Die Verteidiger waren offenbar bei Kämpfen anderenorts zu stark gebunden, um hier eine wirksame Abwehr zu gewährleisten – mit einer Ausnahme: Hanaquik hatte es sich auf dem oberen Pol der SORRUTA gemütlich gemacht und rodelte nun im Sitzen und fliegendem Haupthaar die Außenhaut des Raumschiffes hinunter, dicht hinter ihr der Esel mit der Sternenkrone, gänzlich unbemerkt von dessen Besatzung. Unten angekommen, löste sie sich unvermittelt in Luft auf.

Die Invasoren waren indessen in Siegeslaune die Marmortreppen hinauf und im Sitzungssaal des Gebäudes angelangt. Dieser war eigentümlicherweise vollkommen leer. Nicht einmal Stühle oder ein Tisch, nur Dämmerlicht drang von außen durch die bunten Rosettenfenster in die Halle. Als die ungebetenen Besucher sich stillschweigend wunderten, gingen grelle Scheinwerfer an, dann trat aus einem Seitengang SCHWESTER hervor und verbeugte sich tief, hinter ihr kam ein Schock-BRÜDERCHEN auf Zehenspitzen hereingetrappelt und begann, von seltsamer Musik begleitet, mit einem vollkommenen Ballett, inklusive Fred Astaire'schen Stepps und Pirouetten. Es war wirklich befremdend, zuzusehen, wie die übergroßen Cyborgs mit den Babyköpfen sich leichtfüßig ihrer Schaustellung hingaben.

„Zur Begrüßung eine kleine Siegesfeier." SCHWESTER lächelte verschmitzt, nachdem das Stück endete und sich alle verbeugten. Die Reaktionen aus dem Publikum waren gemischt. Indessen waren auch säuberlich die fünf Sarkophage, auf ihrem Fußende stehend, entlang einer der Wände positioniert worden.

Just in diesem Moment wurde es von einem Augenblick zum anderen nahezu dunkel auf ganz Al Ard.

Gosch stürzte herein, fassungslos hervorbringend: „Energieverlust! Die Raumer stürzen ab!"

Die Worte gingen beinahe in einem infernalischen Getöse, welches von überallher ins Bauwerk drang, unter. Urel lief alarmiert ins Freie und konnte seinen Augen nicht trauen. An mehreren Stellen der Insel waren Rauchsäulen aufgestiegen und der Lärm war gespenstischer Stille gewichen. Lediglich eine gemischte Gruppe aus Insaan, Menschen, einem Zebuhren, einem Malak und fünf irisierenden Dreel in Verschmelzung, näherte sich langsam den Stufen der Kommandantur. Hinter ihnen rollte ein alter Mann in einem Rollstuhl einher, bemüht, den Anschluss nicht zu verlieren.

22

DER BOTE VON SACHCH

Ein eleganter, weißer Schwan gigantischen Ausmaßes glitt majestätisch, wohl von weit her angereist, über Addhaduun, um sich auf einem der beiden künstlich angelegten Binnenseen niederzulassen. Für die Landung benötigte er die gesamte Länge des großzügig angelegten Gewässers, um sich anschließend friedlich und sorgfältig sein flaumiges Gefieder zu putzen. Saant, so wurde das legendäre Tier weithin genannt, war aus den Sagen der Insaan bestens bekannt, jedoch nur von wenigen jemals gesehen worden, und auch dies lag schon Generationen zurück. Es wurde überliefert, er erschiene lediglich in Zeiten, da der harmonische Friede auf Al Ard empfindlich gestört war. Man sagte, er hätte die seltsame Gabe, wiederum ein Gleichgewicht in Aufruhr geratener Kräfte herzustellen. Statt von Fisch und anderem Getier oder Wasserpflanzen ernährte er sich auf sonderbare Weise von fehlgeleiteten Energien unterschiedlichster Form. Solcherart stellte er in der Legende ein gutes Omen dar. Er war, ähnlich seinem Gegenstück auf der Erde, nicht zuletzt durch die Erhabenheit seines Aussehens, dem weißen Gefieder und seiner eleganten Fortbewegung, ein Symbol von Frieden und Reinheit, vielfach abgebildet und in besonderer Weise verehrt.

Vielleicht konnte er dem Verhängnis von Al Ard auf seine eigene Weise ein Ende bereiten?

Denn Saant war weit mehr als nur ein Symbol, Fabelwesen oder ein schönes Tier, sondern eine klare Realität, in durchaus wirkungsvoller Weise. Anders als die wohlbekannten Drachen spie er jedoch kein Feuer, seine Augen waren sanft und statt Tod und Verderben brachte er Ruhe und Einheit zurück in diese geschundene, bereits verloren geglaubte Welt.

Die Invasion hatte jedoch nicht alleine Addhaduun in ihrem Griff, auch Ardenia, Mehuraam, Mezmerie und die Küsten vor Deraar standen vor dem Fall. Kämpfe und Zerstörungen führten bereits zu weitreichen Verwüstungen und zahlreiche Opfer waren zu beklagen. Lediglich die Zebuhren und Schoschonoor in den Tiefen des Weltmeeres konnten den perfiden Ideen Brufans und seiner dunklen Gesellen nichts abgewinnen und griffen entweder voll aufseiten der stabilisierenden Kräfte ein oder beteiligten sich derweil kaum wie die Methan und Wasserstoff atmenden Schoschonoor.

Zeitgleich wurde zudem auf der weit abgelegenen Erde durch den Hexer Utter von Dinckenstein der Friede in vielfältiger Weise gestört und im Vorfeld seiner geplanten globalen Machtergreifung vergiftete er die Gedanken und Gefühle der Menschen. Der neu aufwallende Rechtsextremismus, militante Islam und zeitgleiche Verirrungen bis an die Spitze großer Nationen sollten ihm das Vorfeld bereiten und wurden von ihm auf dunklen Wegen genährt. Noch fanden sich jedoch kaum Mehrheiten von Anhängern der für die sozialen Strukturen verantwortlichen, zersetzenden Machenschaften und vielfach rassistischen beziehungsweise rückschrittlichen Parolen seiner Vasallen wider deren Wissen. Die Kinder Hanaquiks und andere klare Geister waren noch in der Lage, vielenorts das Schlimmste zu verhindern, indem sie hinter den Kulissen fehlgeleitete Entwicklungen oft im Keim erstickten oder offen anprangerten. Doch wie lange noch, bis das Pendel zur anderen Seite hin ausschlagen würde? Derweil konnte dies niemand voraussehen.

Zurück in das Sternenbild des Schwans, die Region, welche unter der Macht des Überwesen Sachshs stand. Noch hatte dieses jedoch offenbar nicht eingegriffen, schienen ihm die Geschehnisse und Verhältnisse irgendwie entglitten zu sein.

In Addhaduun lief alles auf Sparflamme, Lebenserhaltung, Ernährung und einzelne Transportmittel waren noch, wenn auch auf niederem Niveau, funktionsfähig, sofern Letztere nicht durch die Kraterlöcher der durch den Inselboden im Meer abgesackten, schwer beschädigten fremden Raumschiffe unterbrochen waren. Variokete waren nicht mehr betriebsfähig, der Dreel'sche Dimensionsverkehr vollends zusammengebrochen. Die Vertreter der Haubenwesen litten schwer unter dem Energieverlust und hatten die meisten ihrer Fähigkeiten, zumindest vorerst, verloren. Deren Machtlosigkeit und die neu aufgekommene Stille sowie die Verluste an Leben waren mehr als bedrückend.

In der Zwischenzeit war die Gruppe der Verteidiger bei den Stufen zur Kommandantur angekommen, argwöhnisch und schweigsam empfingen Brufan, Urel und die anderen Köpfe der Invasionstruppe die Besucher. Bemerkenswert, dass die Zwillinge Gosch und Gusch fehlten, was vorläufig kaum jemandem aufgefallen war. Zynt und Malaa'ek warfen einander zornige Blicke zu. Für sie stellte der eine jeweils den Verräter an der Sache des anderen dar. Durch den Energieverlust waren jedoch jedwede Kampfhandlungen zum Scheitern verurteilt. Man hatte sich in der Gewalt. Eine Glocke ertönte verhalten im Saal der Kommandantur, wo sich alle mittlerweile versammelt hatten. Gab es in Betracht der geschehenen Gräuel und der gegensätzlichen Standpunkte überhaupt irgendetwas zu besprechen?

In der Zwischenzeit hatte jemand ein einzelnes Möbelstück mitten im Raum platziert, es war ein bequem aussehender Ohrenstuhl, dunkelrot samten tapeziert und mit runden, zum Teil verschnörkelten goldfarbenen Verzierungen versehen.

Dies war die Stunde von Algohm.

Still traten aus verschiedenen, gegenüberliegenden Tapetentüren zwei altbekannte Charaktere herein und bewegten sich beinahe gleichzeitig auf die einzige Sitzgelegenheit zu, setzten sich gleichzeitig. Während ihre Körper seltsam durchscheinend und schwach in den Regenbogenfarben irisierten, schoben sie sich ineinander, und es saß dort bald ein einzelner, alter Mann mit langem Ziegenbart und dessen Haupt von einem schlampig zusammengebundenen purpurroten Kopftuch nach Piratenart gekrönt. Die Hexe Hanaquik ließ sich im Schneidersitz neben ihm nieder und blickte in die verdutzen Augen der sich vor den beiden versammelten Personen. Suuhf, der Esel, stand ein wenig abseits, doch die Sterne seiner Krone funkelten.

Das Schauspiel hatte sich in nahezu absoluter Stille zugetragen und war deshalb nicht weniger gespenstisch und fremdartig, so, als fände alles in einer anderen, jedoch nicht weniger klaren Realität statt.

Die ersten Worte des Neuankömmlings waren leise und er richtete seinen Blick zu Boden, als spräche er nur zu sich selbst: „Gosch und Gusch sind eins und mein Name ist seit undenklichen Zeiten Algohm." Er blickte auf, in die verdatterten Gesichter der anderen. „Sachch hat mich beauftragt, diesem unseligen Verhängnis, in dem sich unsere Völker befinden, zu widmen."

Hinter ihm fand man fünf Särge, hochkant aneinandergereiht aufgestellt. Ihre Deckel waren gläsern, sodass deren Inhalt zumindest erahnt werden konnte. Derselbe im mittleren Kasten zeigte deutliche Anzeichen von Bewegung und bestand aus einem humanoiden Torso, verbunden mit dem Hals und Kopf einer jungen Frau, die ihre Augen in Panik weit aufgerissen hatte und zu schreien schien, ohne dass irgendein Laut nach außen durchdringen konnte. Jedoch war sie eindeutig lebendig und wach. Es war unverkennbar die Prinzessin Gezired, zumindest der wichtigste Teil von ihr, die vier Extremitäten sah man in den anderen Särgen durchschimmern, waren säuberlich amputiert worden und durch Schläuche und Leitungen versorgt beziehungsweise solcherart miteinander und dem Torso verbunden. Eridan wollte vorstürzen, der geliebten Prinzessin entgegen, Tränen schossen ihm ins Gesicht, doch Ricky und Hella hielten ihn gerade noch zurück. Urel und Brufan verfolgten die Szene völlig unbeeindruckt und Zynt trug sein schmallippiges, perfides Grinsen zur Schau.

Algohm war offensichtlich ein Gestaltwandler, jedoch ein ganz besonderer, welcher Dreel konnte sich sonst wohl derart in vollständige Charaktere gespalten, hieran derart vereinigen …

Während sich die beiden Gruppen mehr und mehr hasserfüllt entgegenstanden, ergriff der Bote wieder das Wort:

„Die Lage hat sich hier so sehr zugespitzt, dass ein Bruderkrieg nicht mehr zu verhindern war. Doch er muss beendet werden.

Deshalb das Eingreifen Sachschs. Das Geistwesen wacht seit Jahrtausenden über das Sternsystem und hat wichtige evolutionäre Entwicklungen zumindest gefördert. Die Fähigkeit, die Achse Zeit/Raum/Energie sowie Materie/Geist zu entschlüsseln ist ein wichtiger Schritt, ein weiterer, sich der Kräfte rudimentär auch noch zu bedienen, eine ungeheure Macht und benötigt jedoch auch ein hohes Maß an Verantwortung. Wer diese Fähigkeiten missbraucht, wird derer beraubt werden." Ein mahnender Blick in Richtung Brufan erfolgte. „Offenbar sind die Völker von Al Ard und insbesondere Sorr noch nicht bereit, diese zu tragen. Das Schlimmste muss nun verhindert werden, entweder durch eure Einsicht oder durch Zwang." Er erhob sich ächzend aus seinem Ohrenstuhl, straffte seinen knorrigen, schlanken Körper und blickte geradewegs in Brufans restliches Augenpaar.

„Ich bin jedoch nicht gekommen, euch eine Standpauke zu geben, sondern teile euch ohne Umschweife Sachschs Bedingungen mit.

Erstens: Diese Invasion ist beendet.

Zweitens: Das brutale Hinschlachten von Tieren und gar intelligenteren Lebewesen sowie entsprechende unethische Versuche an ihnen zur weiteren Entwicklung sogenannter Cyborgs ist strikt untersagt, ausgenommen rein medizinisch-rekonstruktive Operationen, wenn sie absolut indiziert sind.

Drittens: Sorr wurde in dieser Hinsicht geplündert und ausgeschlachtet. Dieses Verhalten ist eines denkenden und fühlenden Wesens nicht würdig. Eine Umsiedlung bereits ausgestorbener oder in ihrem Bestand hochgradig gefährdeter Spezies soll von Al Ard aus, streng reglementiert, erfolgen. Ein Missbrauch der Lebewesen wird strengstens geahndet. Mir als Gosch und Gusch obliegen hiermit besondere Vollmachten, die weitere Entwicklung zu überwachen und notfalls zu steuern. Sorr und Al Ard werden in Zukunft miteinander kooperieren. Ebenso ist ein Missbrauch anderer Welten wie der sogenannten Erde strengstens verboten. Um Brufans Kooperation auf die Probe zu stellen, wird er beauftragt, die hier entstandenen Schäden zu reparieren. Als Gegenleistung wird die Wasserwelt angehalten, bei der Reparatur der

Natur von Sorr behilflich zu sein und gemeinschaftlich zusammenzuarbeiten. Wenn dies nicht gelingt, werden die geistigen und evolutorischen Errungenschaften auf unbestimmte Zeit rückgängig gemacht, und das in jeder Hinsicht. Es wird auf Generationen hin unmöglich sein, Dimensionstransfers durchzuführen, die Rohstoffförderung wird auf ein Mindestmaß reduziert, um den Bau einer Raumflotte jeglicher Art zu verhindern, auch nur Versuche, die neuen Vorschriften zu umgehen, werden strengstens geahndet. Dies gilt in besonderer Weise auf Sorr. Der Planet wird bis auf eine Schutztruppe mit polizeilichen Aufgaben entmilitarisiert. Eine große Mission wird dort errichtet, in der Hanaquik für Sachch die Mittelsperson darstellen wird. Ihre Leute werden die Umstrukturierung beaufsichtigen und notfalls selbst in die Hand nehmen." Die Hexe brüstete sich ob des Gesagten und blickte in verdutze Gesichter. Algohm drehte sich noch einmal zu den fünf Sarkophagen um. „Dieses bedauernswerte Wesen hat ein Recht auf Leben!" Er sah Brufan eindringlich an. „Macht aus ihr wieder die Prinzessin, die wir kannten! Dies sind die Vorgaben von Sachch!"

Algohm blieb dann noch eine Weile ruhig sitzen und während langsam Leben in die Versammelten kam, stand er langsam wieder auf, wurde durchscheinend, und es lösten sich aus seinem Körper, wie von Zauberhand berührt, wiederum die beiden Zwillinge heraus. Gosch trat gesenkten Hauptes zur Gruppe um Brufan, Zynt und Urel, welche sichtlich übel gelaunt waren. Gusch trat leichtfüßig an die gemischte Gruppe mit Zhen-Li, den Dreel und Malak, Insaan sowie der Menschen heran. Hanaquik bestieg ihren Suuhf und der trappelte langsam mit ihr davon.

Drei Wochen später

Die Sonne glitt als glutroter Ball wieder langsam über den Horizont von Al Ard und Eridan stand, mit der wieder vollständigen Gezired an seiner Seite, den Blick in die Ferne gerichtet, am Kai von Addhaduun. Die Reparaturen waren in vollem Gange, nachdem man sich vorerst um die Gefallenen und Verletzten gekümmert hatte, war eine neue Geschäftigkeit in jedem Zentrum von Al Ard eingekehrt. Ungewohnte Gesichter waren auszumachen, wohl Hanaquiks Leute, die die Arbeiten beaufsichtigten und Ratschläge erteilten. Dies lief nicht immer problemlos, da man mit manchen Veränderungen nicht ad hoc einverstanden zu sein schien. Schließlich wurde man jedoch meist einsichtig. Ob die Dinge auf Sorr wohl gleicher Art einfach zu lösen waren?

Doch die meisten wollten sich derzeit nicht mit solchen Überlegungen belasten. Hier gab es genug zu tun.

Die Veränderungen auf Sorr waren sicherlich tief greifender. Die bis dahin unterdrückte Mehrheit der Bevölkerung nahm umso motivierter die Veränderungen an und begann mit der Neugestaltung umso rascher. Das tägliche Leben und die Umverteilung des Reichtums im Sinne des Gemeinwohls waren Hanaquiks vornehmliches Ziel. Brufan und Urel mit seinem Stab wurden ins Exil nach Irdenath geschickt, wo sie vorerst keinen Schaden anrichten konnten, eine milde Strafe für die Verbrechen, derer sie sich schuldig gemacht hatten. Zynt mit seinem dunklen Gefolge war plötzlich verschwunden und trotz intensivster Nachforschungen nirgendwo auffindbar. Dies gab allerdings Grund zu einer gewissen Besorgnis.

Nur die Hauptwege des Dimensionsverkehrs waren noch geblieben, darunter eine Verbindung zur Erde. In der geheimen Gegenstation, nahe dem schwedischen Göteborg, war Ricky zurückgekehrt, wundersam geläutert von den Yogis des Himalajas, und konnte seine Familie wieder in die Arme schließen.

Hella betrieb auf Mezmerie ein marines Forschungsprojekt und half Gusch mit der Auswahl der Spezies, die für die Neubelebung Sorrs vonnöten war. Hier gab es für Jahre ausreichend Arbeit.

★★★

Während die aufgehende Sonne das Paar am Kai wärmte, umspielte eine Brise das herabfallende dunkle Haar Gezireds. Eridan nahm ihre Hand und blickte ihr tief in die Augen. Er roch an ihrem Haar und sie küssten einander. „So schön wie heute warst du noch nie zuvor, seit wir uns kennen. Es wird Zeit, an die Zukunft zu denken. Wo werden wir wohnen? Hier, auf Addhaduun?" Gezired lächelte geheimnisvoll in sich hinein. Sie sah wirklich umwerfend schön aus heute, und blickte mit freudigem Strahlen an sich herab. „Wir werden in Mezmerie leben, Eridan, irgendetwas dagegen? Das Palastleben ist mir zu förmlich, aber ob der neuen Umstände werden wir wohl ein schönes Anwesen direkt an der Küste finden müssen."

„Müssen … Umstände …?", erkundigte sich Eridan und blickte ebenfalls an ihr herab, bis sein Blick in ihrer Nabelgegend hängen blieb. Da war doch etwas anders als sonst …

Gezired strahlte über das ganze Gesicht: „Es wird ein Knabe."

Nun war es endlich heraus und die beiden umarmten sich lange und innig.

Ausklang

Nach mehreren Wochen …

Auf dem Vorplatz des imperialen Palastes von Mezmerie war eine große, hufeisenförmig gestaltete Tafel gerichtet. Die Tische bogen sich förmlich unter säuberlich und kunstvoll bereiteten Speisen aller Art, um die Gaumen auch jeder noch so fremdartigen Geschmacksrichtung zu verwöhnen. Anwesend waren zahlreiche Ehrengäste, sogar Hanaquik war geduldet, hatte sie sich doch letztlich der „guten" Seite angeschlossen, und ihr Esel bekam hinter ihr ebenfalls eine Sonderration Heu mit Äpfeln und allerlei Köstlichkeiten, ließ es sich sichtlich schmecken.

Muhmktet III. war diesmal sehr ordentlich in seiner Galauniform gekleidet, führte angeregt Gespräche und prostete gut gelaunt einmal diesem, einmal jenem zu. Dem Monarchen gegenüber saß das frisch vermählte Brautpaar. Gezired trug ein weißes Kleid mit zahlreichen aufgestickten silbernen Sternen, auch in ihrem von einem Diadem gekrönten Haar waren solche zu finden. Eridan schmerzte ein wenig die Abwesenheit seines langjährigen Freundes Ricky, der sich wohl schon wieder in den Armen seiner

Familie auf der Erde befinden musste, doch ließ er es nicht zu, sich mit diesem Gefühl seinen großen Tag zu verderben. Der Dimensionskanal in das ehemalige Zuhause war ja noch offen und man würde einander wohl irgendwann wiedersehen.

Prinz Plondt saß zur Rechten seines Vaters. Er würde wohl einst seine Amtsgeschäfte übernehmen, als Thronfolger beliebt beim Volke und bestens für die Aufgabe geeignet.

Der kahlköpfige Gusch war ein wenig im Abseits auszumachen, er sprach nicht viel und man sah ihm die Anspannungen und die Arbeit der letzten Zeit wirklich an. Auf eine Frage Esmariels, wie er sich nun die Zukunft der Beziehungen zu Sorr vorstellte, reagierte er ungewohnt einsilbig, ja gar kryptisch. Dies war kein Tag der Politik, sondern des Feierns. Nicht nur die Vermählung des jungen Brautpaares, sondern auch der neue Friede musste ausgiebig begossen werden. Die toten Helden, der Hass Brufans und Zynts, all die Zerstörungen und die Gängelung durch Sachch mussten noch überwunden werden, doch wer die Gegenwart und Zukunft erleben und planen wollte, musste vieles hinter sich lassen und, wenn auch respektvoll, daraus die Lehren ziehen.

Denn die Vergangenheit ist Staub.

Leise zog Saant seine Runden über dem Geschehen und rauschte alsbald und mit sparsamem Flügelschlag geradewegs der am Horizont untergehenden Sonne entgegen. Irgendwann würde er wohl wieder erscheinen, folgt er dem Ruf der Herzen der Wesen von Al Ard.

ENDE

Anhang

BETEILIGTE CHARAKTERE UND ORTE
(IN NICHT CHRONOLOGISCHER REIHENFOLGE)

1. Insaan – humanoide Bewohner von Ard, der zweiten Erde, einer Wasserwelt
2. Esmariel – cognostischer Botschafter der Insaan
3. Malaa'ek oder Malak – sein engelsgleicher Begleiter
4. Dreel – telepathische Biognoster und Trauminduktoren halbkugelig-bläulich, molluskenartig, mit geschlängelten Podophyten und traurigen Augen
5. Amaal – Arbeiterklasse der Insaan
6. Pfizek, Vizek und Zubel – drei Arbeiter mit einem Plan
7. Brufan – der dunkle Meister abtrünniger Sektierer auf Sorr
8. Urel – Heerführer Brufans
9. Hanaquik – die Hexe von Sorr. Sie schließt die Augen und gibt verbrauchte Energie sofort zurück, doch bindet ein unlösbares Band ihr Opfer, denn der Blick der Hanaquik ist alles, nur kein Trick
10. Saant – der Schwan, der aus Bösem Gutes zieht und das Böse dadurch vernichtet
11. Lemross – Ein Gaul mit Zähnen aus Blech
    Wer viel irrt, der geht nicht fehl, wenn er reinen Herzens ist.
12. Gezired – die betörende Prinzessin und Blume der Südsee
13. Monarch Muhmktet III. – ein Insulaner mit einem Herzleiden
14. Plondt – Gezireds Bruder und Muhmktets Thronfolger
15. Suuhf – der Esel mit der Sternenkrone
16. Addhaduun – die Stadt über dem Meer
17. Algohm – der Dreel, der wieder zurückkam, um eine neue Ära zu begründen
18. Schwester und Brüderchen – zwei Cyborgs mit perversen Neigungen

19. Winsel und Jox – Kapitän und Astrogator der Schigiti, einem Kreuzer der Schoschonoor
20. Eridan Scott und Ricky Weeler – zwei Extrembergsteiger aus Neuseeland
21. Dr. Hella Pfermann – die kritische Tierärztin mit dem Pferdeschwanz
22. Sahashrel – Kämpfer mit Herz und Bogen
23. Hritel und Fihr – zwei nachdenkliche Mönche
24. Litsched – die Alte mit dem Blick für das Wesentliche
25. Gosch und Gusch – zwei ungleiche Zwillinge, hellsichtig und gefährlich
26. Zhen-Li – Geschichtsprofessor aus China, kurzsichtig und gehbehindert, doch sehr fleißig und weltoffen
27. Tissar – Brufans treue Begleiterin
28. Utter von Dinckenstein – altdeutscher Hexer mit Naziallüren
29. Ohmquart – Zebuhrenzar auf Ard
30. Zynt – ein gefallener Engel

Der Autor

Walter Siegfried Lorenz wurde 1957 in Wien geboren, in dessen Nähe er immer noch lebt. Lorenz ist Doktor der Medizin, Praktischer Arzt und Facharzt für klinische Pathologie und Zytologie. Im Zuge einer schweren Erkrankung befasste er sich intensiv mit sich selbst, mit Meditation und entdeckte schließlich das Schreiben für sich. Nach Artikeln für die medizinisch-wissenschaftliche Fachpresse begann er 2007 mit der Arbeit an seinem Science-Fiction-Roman „Das Verhängnis von Al Ard".

Neben seiner medizinischen Arbeit und dem Schreiben gehören gemeinsame Stunden mit seiner Familie, das Reisen, Lesen und Fremdsprachenstudium sowie sein Hobbygarten zu seinen liebsten Beschäftigungen. Das Schwimmen und die Teilnahme an Schwimmwettbewerben sind für ihn ebenfalls eine bedeutende Herausforderung geworden.

novum VERLAG FÜR NEUAUTOREN

Der Verlag

*Wer aufhört
besser zu werden,
hat aufgehört
gut zu sein!*

Basierend auf diesem Motto ist es dem novum Verlag ein Anliegen neue Manuskripte aufzuspüren, zu veröffentlichen und deren Autoren langfristig zu fördern. Mittlerweile gilt der 1997 gegründete und mehrfach prämierte Verlag als Spezialist für Neuautoren in Deutschland, Österreich und der Schweiz.

Für jedes neue Manuskript wird innerhalb weniger Wochen eine kostenfreie, unverbindliche Lektorats-Prüfung erstellt.

Weitere Informationen zum Verlag und seinen Büchern finden Sie im Internet unter:

www.novumverlag.com

Bewerten Sie dieses Buch auf unserer Homepage!

www.novumverlag.com